高等院校影视专业应用型人才培养系列教材

◎ 丛书主编　李兴国　高贺胜

影视剧本写作

孙丰俊　徐兴标　岳文立 ◎ 编著

中国广播影视出版社

图书在版编目（CIP）数据

影视剧本写作 / 孙丰俊，徐兴标，岳文立编著．--
北京 ：中国广播影视出版社，2024.3（2024.8 重印）
ISBN 978-7-5043-8858-2

Ⅰ．①影… Ⅱ．①孙… ②徐… ③岳… Ⅲ．①剧本—
创作方法 Ⅳ．① I053

中国版本图书馆 CIP 数据核字（2022）第 097575 号

影视剧本写作

孙丰俊　徐兴标　岳文立　编著

策划编辑	王丽丹	
责任编辑	王丽丹	
封面设计	盈丰飞雪	
责任校对	龚　晨	

出版发行	中国广播影视出版社	
电　　话	010－86093580　010－86093583	
社　　址	北京市西城区真武庙二条9号	
邮　　编	100045	
网　　址	www.crtp.com.cn	
电子信箱	crtp8@sina.com	

经　　销	全国各地新华书店
印　　刷	涿州市京南印刷厂

开　　本	787毫米×1092毫米　1/16
字　　数	280（千）字
印　　张	16.5
版　　次	2024年3月第1版　2024年8月第2次印刷

书　　号	ISBN 978－7－5043－8858－2
定　　价	50.00 元

丛书编委会

编委会主任 李兴国

编委会副主任 高贺胜 梁 锐

成员（按姓氏笔画排序）

王君婳 王志敏 刘亚男

孙丰俊 李 峰 杜宏艳

张晓亚 陈 淼 杨 博

杨 勤 徐 宁 蔺建旭

本书编写人员

第一章　孙丰俊

第二章　孙潇雨

第三章　杨培伦

第四章　岳文立

第五章　徐兴标

第六章　陈东妮

第七章　王　艺

第八章　钱馥莹

第九章　张晓佳

目 录
CONTENTS

第一章　影视编剧入门

一、影视艺术的特征

影视艺术是最年轻的艺术样式。1895 年 12 月 28 日，法国人卢米埃尔兄弟在巴黎一家大咖啡馆的地下室里，放映了他们自己拍摄的《火车进站》《水浇园丁》等短片，这一天被公认为是电影正式诞生的日子。自此之后，影视艺术凭借科学技术成为传播最广泛的一种现代艺术，它是一种不同于任何传统艺术的新型艺术。学习影视编剧，必须从它的艺术特征出发，学习它与编剧相关的基本规律，才有可能真正掌握其中奥秘，最终从事影视编剧创作。这里主要谈论影视艺术的三个特征：

（一）综合性

我们买票进入电影院，或许还在售票处购买了可乐和爆米花，高高兴兴地坐在座位上，等待着电影准时播映。这时，有必要问自己一个问题：当我们看电影时，实际上是在看什么？有人会说，我就是看个热闹。当然，爆米花电影似乎就是要起到这个功效——给人带来短暂的快感。但是现在的观众已经越来越不再满足于在电影院获得单纯、短暂的荷尔蒙刺激，他们中一部分人开始抱着欣赏的心态来观影，影片中的一切都可能会成为他们称赞的亮点或者贬低的缺点。所以，作为现在或者将来的电影从业者，不能完全带着放松的心态走进电影院。在电影院坐下后，你与电影院的观众在接下来的 120 分钟里看到的内容完全相同，如果你无法带着超越普通观众认知的态度观影，那么将来你创作出的剧本在很大程度上可能也难以得到他们的认同。

这时候，再问自己一遍：我在看电影时，实际上在看什么？或许这个问题就有了价值。了解一部作品的制作过程，可能会对这个问题的的解答有所帮助。

一般来说，一个影视项目启动时，已经有了完整的剧本或者至少有了简单的故事构思。这时，首先需要的是一个制作公司或者制作人，制作方也就是投资方，提供项目制作所需的资金。制作方会为这个项目找到合适的导演。导演拿到剧本后，会根据拍摄需要与编剧讨论修改剧本（如果此时还没有完整剧本，只有简单的故事，则需要找到合适的编剧完成剧本）。编剧创作剧本是"一度创作"，导演对剧本的处理被称为"二度创作"。在"二度创作"中，导演与制片、编剧、摄像、道具等主创团队会根据自己的创作经验、审美完成选景、分镜头剧本创作、选角、服化道设计制作、音乐制作、准备摄影灯光器材等综合创作。这是项目制作的前期准备。到中期拍摄阶段，这一阶段制片方需要负责整个剧组的食宿、交通、现场维护、预算控制等，全力保障导演的拍摄。最后是后期剪辑，后期工作包括镜头剪辑、画面调色、特效制作、音乐制作、声音合成、画面声音混录等。整个影视项目的制作过程都在导演与制片的监督下进行，各艺术部门之间通力合作，既互相制约又互相促进。

有作者将文学称为"单声道艺术"，影视称为"多声道艺术"。那么影视剧的拍摄过程也就是将"单声道"转为"多声道"的过程。从创作主体来看，剧本，尤其是文学剧本，绝大多数情况下是个人的单独创作，而影视剧的制作过程则是集体创作，它是编剧的剧本、导演的艺术构思、演员的表演、摄像的画面拍摄、舞美的服化道等多个部门联合起来的综合创作。

20 世纪初，意大利电影先驱乔托·卡努杜在他的一份名为《第七艺术宣言》（*The Birth of the Seventh Art*）的宣言中，声称电影成为一种新的艺术，从此，"第七艺术"成为电影艺术的同义语。

> 卡努多（卡努杜）用第七艺术命名初生的电影，与建筑、音乐、绘画、雕塑、诗歌和舞蹈相提并论，同时论述了各门艺术的地位：建筑和音乐是主要的；绘画和雕塑是对建筑的补充；而诗和舞蹈则融化于音乐之中。电影则是这些艺术的综合。作为艺术形态，电影也是静态艺术和动态艺术、时间艺术和空间艺术、造型艺术和节奏艺术的综合。这一"宣言"是把初生的电影引入艺术殿堂的最早的理论论述。①

综合艺术又叫复合艺术，指的是几种艺术成分综合而成的艺术。音乐、绘画、雕塑等单个艺术形式不能称为综合艺术，一般包含两种艺术成分的艺术形式可以被称为综合艺术。如歌曲，包含伴奏与歌词，伴奏为音乐，歌词为文学，因此音乐与文学融合后形成的歌曲是一种独立的综合艺术样式。除了歌曲外，戏剧也是一种综合艺术。戏剧所包含的话剧、戏曲、舞剧、歌剧、木偶戏、哑剧等戏剧样式无不是包含文学、表演、绘画、音乐等多种艺术成分的综合艺术。与电影大致相同，文学在戏剧中构成剧本，绘画构成舞台布景，音乐构成舞台音效与演员的唱腔台词，表演构成演员的动作呈现。

关于影视与戏剧的关系，有人认为电影、电视剧是戏剧在科技时代的一种延伸。例如《简明不列颠百科全书》就认为"戏剧形式也扩展到歌剧、芭蕾、电影、广播剧、电视剧等表演艺术门类之中"②。英国戏剧理论家马丁·艾斯林也认为电影和电视剧是机械录制的戏剧。

作为新兴的艺术形式，影视艺术拥有一系列不同于戏剧的艺术特征，尤其是在综合性上，它脱胎于戏剧又不同于戏剧。其构成成分与戏剧大致相同，都包括文学、绘画、音乐、雕塑、建筑、舞蹈等。戏剧的综合性具有"直观性"的特点，在演出时直接诉诸观众，与观众面对面。影视艺术的综合性需要有一个前提，那就是"影视化"，一切空间物质都要通过摄像机的拍

---

① 夏衍：《电影艺术词典》，中国电影出版社，2005，第29页。

② 《简明不列颠百科全书》第8卷，中国大百科全书出版社，1986，第496页。

摄后再现，人物、服装、舞台、道具等经过摄像机的拍摄，都发生了很大的变化。

如果我们以大自然中的物种进化为例，虽然从外表上看，人类与猩猩同样具有四肢、五官，但是进化后的人类与猩猩已经有了根本性的区别。

文学、音乐、绘画、表演等艺术门类经过影视人的制作加工，又加以内部分化、整合、变形，文学成为影视剧本，绘画、建筑、雕塑成为影视道具，舞蹈成为影视作品中人物的表演，音乐成为音响，影视的画面则由绘画分化而成。影视制作需要编剧、导演、演员、作曲、美术、摄影等人员的互相理解和默契配合，各种艺术成分的整合起着 1+1 ＞ 2 的作用，整体效果必然要大于简单的局部机械相加。

影视艺术综合性的另一个重要体现是奖项设置的多元性。以奥斯卡金像奖为例，第 91 届奥斯卡金像奖共颁发了 24 个成就奖项，分别是：最佳影片、最佳剧本（原创、改编）、最佳导演、最佳表演（男女主、男女配角）、最佳摄影、最佳剪辑、最佳视觉效果、最佳音响效果、最佳音效剪辑、最佳艺术指导、最佳服装设计、最佳化妆与发型设计、最佳原创配乐、最佳动画（长片、短片）、最佳纪录片（长片、短片）、最佳原创歌曲、最佳真人短片、最佳外语片。对比 1929 年第一届奥斯卡，当时只有最佳影片、最佳男演员、最佳女演员、最佳导演、最佳编剧、最佳摄影、最佳美术设计 7 个奖项。从中我们能够发现，在近百年的发展中，奥斯卡奖项设置呈现出越来越细化的态势，尤其是最佳视觉效果、最佳音效剪辑等奖项更是伴随电影科技的逐渐成熟才设立的，这是电影的综合性在发展过程中不断丰富的结果。

（二）时空性

前文提及，乔托将电影称为第七艺术，认为电影是多种艺术的综合。同时，他还根据艺术形象存在的方式，将古典艺术分为时间艺术和空间艺术。

时间艺术，指的是艺术以时间的方式存在，在时间的延续中序列化地呈现艺术形象、完成艺术表现的艺术，包括音乐和文学。在时间的先后承续关系中，音乐依靠声音的流动来组织形象，诉诸欣赏者听觉，文学依靠语言的流动，传递至欣赏者的大脑，需要欣赏者发挥想象力在头脑中组织形象。

空间艺术，指的是物质形态和艺术形象展开于空间中的艺术，它运用物质材料在空间中塑造可以用视觉直观感受的艺术形态，空间艺术的一大特征是造型性，空间艺术包括建筑、雕塑、绘画等。

除此之外，还有一种艺术的存在方式是时间艺术与空间艺术的结合体，被称为时空艺术。它的存在既依靠时间的连续性，又需要空间的造型性，即空间艺术在时间的变化中流动，包括戏剧、舞蹈、杂技等。时空艺术诉诸接受者的听觉和视觉同时欣赏。

电影和电视剧是用来讲故事的，它们的叙事不是一个单一维度的活动，既包括时间的流动，又包括空间造型的展现，也就是时间叙事和空间叙事的统一。

当我们看一部时长 120 分钟的电影，走进电影院时是上午 10 点，电影结束已经是中午 12 点了，流逝的这两个小时是电影的时间。而我们在银幕上看到的画面，是电影的空间。当然，电影放映机在银幕上所投射的视觉画面是狭义的电影空间，这是直接可视的空间。广义的电影空间除了在银幕上能够直接被观看的电影空间之外，还有非可视空间，那些观众通过剧情的延伸在大脑中想象出来的空间也属于电影空间的一部分。同理，电影的时间除了物质世界流逝的 120 分钟外，电影剧情中通过剧情传达出的"故事前史、暗场戏"等未直接展现、通过观众脑海想象的时间也属于电影时间。综合来看，电影是在时间的流动中、按照时间顺序呈现出了空间的变化，时间和空间两个维度缺一不可，时间叙事和空间叙事都不可能脱离对方单独存在。即使是从早期默片电影，甚至电影最初诞生时卢米埃尔放映的《水浇园丁》《火车进站》来看，电影可以没有声音元素，但时空是必不可少的，电影天生具有时空一体性的特征。

如果只有时间叙事，没有空间的展现，那只能诉诸观众的听觉，就成了广播剧；如果只有空间叙事，缺乏时间的流逝，那呈现在观众眼前的则是一幅幅画面的组合，是静止的空间，是摄影作品。两者离开了任何一方，影视剧叙事都将无法进行下去。也就是说，影视剧是按照时间逻辑来组织叙事的结构，按照空间功能来建构叙事形象的艺术形式。

（三）视听性

谈到视听艺术，其实我们所说的是影视作品的艺术语汇，也是影视艺术最基本的艺术语汇——画面、声音和蒙太奇。摄影、灯光、剧本、表演等都是为创造影视视听服务的。

法国新浪潮电影人阿特斯吕克在他的《摄影机、自来水笔、新先锋派的诞生》里提道：电影的确正在变为一种表现手段……电影逐渐成为一种语言……一个艺术家能够通过和借助这种形式准确表达自己无论多么抽象的思想，表达萦绕心头的观念……我把电影这个新时代称为摄影机——自来水笔的时代……它意味着电影必将逐渐挣脱纯视觉形象、纯画面、直观故事和具体表象的束缚，成为与文字语言一样灵活、一样精妙的写作手段。阿斯特吕克认为从新浪潮电影时期开始，电影艺术就已经成为一种语言、一种像文学或者绘画一样表达自我的语言，摄影机就是导演手中用来书写的自来水笔。导演能够随心所欲地运用手中的"自来水笔"代表电影艺术走向了成熟。

电影艺术的核心艺术语汇是画面，电影艺术走向成熟的发展历程，也就是电影画面语言运用走向成熟的过程，大致可以分为以下几个阶段：

（1）卢米埃尔兄弟的"活动照相术"；

（2）梅里爱的"戏剧化"电影和电影特技的运用；

（3）鲍特和格里菲斯的蒙太奇技术运用；

（4）普多金夫和爱森斯坦对蒙太奇技术的理论化；

（5）巴赞的长镜头理论。

最初卢米埃尔兄弟的"活动照相术"在银幕上只能呈现较为简单的情节内容，在后期电影人的创作中，不断创新电影表现手法，尤其是蒙太奇技术的出现与成熟，用有限的画面空间将电影的叙事空间无限扩大，可以在更短的电影时间内展现更多的信息。

在几十年的发展中，电影画面的制作最初只是简单的"活动照相"，在蒙太奇和长镜头两个电影艺术语汇成为电影人自觉运用的技术之后，电影艺术终于真正成熟并且独立了。

电影的艺术语汇除了画面外，还有声音。与画面不同，声音是经常被忽略的。我们走进电影院，通常都会说"看电影"，从主观上就把声音放置在一个可有可无的位置。在电影艺术发展历程中，在参与叙述与空间造型的声音元素真正出现在电影中之前，电影史上的默片时代早已开启并创造了伟大的成就，但是我们不能就此否认视听之一——"听"在电影中的重要性。默片并非没有声音，默片中的声音是观众通过画面内容在大脑中想象出来的。

人在接受信息时，视觉与听觉同时使用能够更好地理解信息要传达的内容。在播放电影时，你可以试着将视频设备调为静音，很快就会发现，完全无声的电影很难让观众真正理解电影要传达的情感和思想。因此，哪怕是默片时代，在电影播放时为了能够诉诸观众多重感官，放映方也会准备乐队、钢琴或者唱片作为伴奏。

1927 年，有声片《爵士歌王》让之前的哑巴电影开口说话，被认为是电影进入有声片时代的标志。有声电影的产生使电影由视觉艺术变为视听艺术[1]，给电影艺术带来巨大的变革。首先，电影反映现实的假定

图 1-1　电影《爵士歌王》剧照

性更小了，更接近生活。其次，电影表现现实生活的局限性也小了，可以直接反映生活中的声音世界。声音无须像过去那样由视觉因素来承担，进而使视觉元素得到解放。此外，由于增加了音乐、自然音响和人声等声音元素，电影节奏的形成不仅更加丰富，并且更加细腻。有声电影的节奏已不仅是纯视觉的节奏，而是视听结合的节奏。

现代影视的一大特征，就是思考如何将声音与画面完美结合。声音和画面作为影视语汇的两大元素，它们各自独立，但是在创作过程中不能过分强

---

① 邵清风、李骏、俞洁、彭骄雪：《视听语言》，中国传媒大学出版社，2014，第 95 页。

调声音元素与画面元素各自的独立性，它们相辅相成，共同创造影视艺术的空间和形象，二者缺一不可。

二、影视思维

影视剧本的写作，要求剧本能够在充满文学性的基础上，符合影视基本的艺术特征。我国古代对剧本有两种划分——"场上之曲"和"案头之曲"，顾名思义，后者是创作者完成后放诸案头供阅读的剧本，前者是能够经过创排被搬上舞台演出的剧本。清代戏剧家李渔认为"填词之设，专为登场"。"填词"即写剧本，如果一部剧本文学性过强，就容易成为案头之曲难以被搬上舞台或者拍摄出来。编剧都希望自己辛苦创作出来的剧本能够被拍摄出来，呈现在大荧幕上。不仅是古代戏曲剧本，现在依然会有大量电影"案头之曲"出现，主要原因在于部分编剧对影视艺术特征不够熟悉，无法创作出适合影视拍摄的剧本。

用"影视思维"创作剧本，这是编剧必须坚持的重要创作原则，它主要体现在两个方面：蒙太奇思维和文字的形象感。

（一）蒙太奇思维

自电影诞生以来，在电影叙事手法发展历程中出现的最重要的电影语言就是蒙太奇。关于蒙太奇，目前的共识是：镜头的组合是电影艺术感染力之源，两个镜头的并列形成新特质，产生新含义。[1] 电影的每个画面都是视听对位、视听同步、声画组合之间的对话和辩证。我们说蒙太奇是指画面与画面之间的组接，其实每一个画面都是声音与画面的蒙太奇效果。也就是说，蒙太奇处理的是镜头和镜头、画面和画面、画面和音响以及音响和音响等之间的剪辑组合关系。蒙太奇思维在编剧上的运用主要体现在以下两个方面：

1. 丰富影视时空，增加编剧讲故事的手法

蒙太奇的运用与影视剧时空相关。影视剧独特的时空结构是其区别于其他艺术门类的重要方面。最初卢米埃尔兄弟创造的电影时空是现实时空，在

---

[1] 许南明、富澜、崔君衍主编《电影艺术辞典》，中国电影出版社，2005，第32页。

现实时空中，时间的流逝和空间的存在与现实世界完全相同。当时观众能够看到的银幕世界实际上是摄影机限定的有限空间。蒙太奇出现之后，通过镜头的分接与组合，打破了现实时空，创造出了独特的影视时空。现在观众在银幕上看到的，是一个无限延伸的大千世界。

蒙太奇最早出现于美国电影导演鲍特的电影中。1903 年，鲍特在他的电影《火车大劫案》中首次采用了时空交叉的剪辑手法，实现了对时空的自由支配。后来，曾经在鲍特手下任职的格里菲斯，拍出了两部在电影史上具有里程碑意义的作品：《一个国家的诞生》和《党同伐异》。

在格里菲斯之前的影片，即使鲍特已经开始简单利用蒙太奇的剪辑技巧，但绝大部分的电影创作者还是习惯于用一个镜头来表现一个场景。格里菲斯的一大贡献是他在利用蒙太奇的剪辑手法讲好故事的基础上，进行了影片戏剧性情节的渲染烘托。

格里菲斯在蒙太奇上的贡献主要有以下两个方面：

（1）闪回的运用。闪回是格里菲斯发明的电影手法，他在多部影片中都用到了这种手法。通过闪回，能够交代过去、解释现在、烘托情感和推进叙事。

（2）交叉剪辑技巧和最后一分钟营救。鲍特运用的交叉剪辑，其实在一定意义上更像是影片中两条叙事线索并行发展。格里菲斯对交叉剪辑技巧的运用日渐成熟。最经典的是在《党同伐异》中，格里菲斯在交叉剪辑的基础上，为了制造刺激和悬念，运用了"最后一分钟营救"，使影片在表现一系列动作时大大超过了戏剧的表现力。"最后一分钟营救"是一种情节的安排，在正反双方的激烈冲突中，正方人物历经磨难，屡遭厄运，在最后一刻营救者赶到，正方获救，反方彻底失败；同时它也是一种时间的叙事，几条情节线同时展开，不同的场景来回往复，画面缩短，速度加快，利用悬念加强紧张感，在最后一刻将结果揭晓。

《一个国家的诞生》和《党同伐异》对电影艺术的主要贡献在于缩小了影片的基本构成单位——从场景中再细分出不同景别的镜头。从场景到镜头是革命性的一步，时空转换的自由是电影有别于其他艺术最根本的特点。

可以说，格里菲斯创造了电影艺术，使电影摆脱了作为戏剧附庸的地位，从此成为一门独立的艺术样式。法国新浪潮电影人戈达尔说：电影艺术自格里菲斯开始。

另外，在影视剧创作中，要学会分析每一场戏是如何利用蒙太奇思维处理的，如爱森斯坦在他的《战舰波将金号》中堪称"经典中的经典""敖德萨的阶梯"一段，在3分43秒的时长中，有139个镜头的蒙太奇组接，通过群众、沙俄军队、抱着孩子的母亲等人物动作的对比与冲突，让观众仿佛感到时间被拉长，空间被放大。

电影《情人》是利用下面六个镜头来处理汽车轧死人场景的：

（1）车辆来往行驶的街道：一个背向摄影机穿过街道的行人；一辆汽车驶来把他遮住了。

（2）很短的闪现镜头：司机刹车时一副惊骇的面孔。

（3）同样短的瞬间场面：因惊叫而张大嘴的被轧者的面孔。

（4）从司机的座位俯拍，在转动的车轮旁边的两条腿。

（5）因刹车而向前滑行的车轮。

（6）停止不动的车旁的尸体。[①]

如上可见，导演为了在荧幕上表现出惨烈的车祸，运用六个镜头将整个场景以快速的节奏剪辑在一起。这种剪辑方式既在荧幕上为观众呈现出了车祸——这个发生在极短时间内的事件的全貌，也让观众在瞬间体会到车祸——这个外部动作极其强烈事件的冲击力。与"敖德萨的阶梯"相同，在"车祸"场景中，观众也能够感到时间被拉长，空间被放大。

在"敖德萨阶梯"和"车祸"两个案例中，利用蒙太奇创造的电影时空艺术的震撼力和思想内涵的丰富性被淋漓尽致地表现了出来。

2. 为电影剧本选材提供理论支持

关于蒙太奇，很多人都有一个思维误区，认为编剧不需要懂得蒙太奇，导演懂就够了，这是一种狭隘的想法。蒙太奇不仅是一种重要的影视语言，它还是影视艺术的思维方式。苏联电影导演库里肖夫仅仅利用一名演员一张

---

① B. 普多夫金：《论电影的编剧、导演和演员》，中国电影出版社，1982，第63页。

无表情的脸、一盆汤、一副棺木和一个小女孩儿张图片的不同组合，就能制造出"饥渴""悲伤""喜悦"等神情。这个例子充分说明不同的拼接能够给观众带来不同的认知结果。

在剧本创作时，编剧拿到手的材料有很多，在去粗取精时，要注意保留那些能够表现主要人物冲突、表现核心内容的素材，无意义的素材可以舍弃。普多夫金认为：要删去现实中必然带有的，但只能起过场作用的无意义的素材，而只保留那些能表现出戏剧高潮的极富戏剧性的素材。电影创作的基本方法——蒙太奇的重要意义，就在于这种去粗存精的可能性。①

对素材的处理，不仅体现在剧本构架上，单个场景的表现也需要注意去粗取精。匈牙利著名电影理论家巴拉兹曾经举过一个例子：一个人走出一间屋子，接着我们看见室内乱七八糟，紧接着是一个特写，我们能看到鲜血正从椅背上滴下来。毫无疑问，从这三个镜头中，我们能够非常轻松地得出一个结论：刚刚有两个人在这个房间里进行了一场殊死搏斗，留在屋子里的那个人被走出去的那个人打伤了。通过这几个画面的组接，我们了解了画面之外的信息。当然，导演也可以按照时间顺序将整个打斗过程呈现在观众面前，但显然前者更具表现力。

希区柯克曾经举过一个例子：回顾电影的早期时代，如卓别林的影片，他有一次拍了一部名叫《流浪者》的短片。第一个镜头是在监狱的大门外，一个看守走出来贴了一张通缉告示。下一个镜头：一个瘦高个子的男人在河里游完泳上岸，发现衣服不见了，放在原地的是一套囚服。再下一个镜头：在一个火车站上，卓别林穿着一条过于长大的裤子朝摄影机走来。②

这一段没有展现瘦高个子男人衣服丢失的过程，也没有展现囚服是如何被放置在河边的，但是我们很容易得出结论：卓别林偷走了瘦高个子男人的衣服。在这一段中，即使将中间的内容全部删除，也不影响观众对影片的理解，反而令影片更加紧凑，观赏性更强。这就是蒙太奇思维在素材选取中的运用。

---

① B. 普多夫金：《论电影的编剧、导演和演员》，中国电影出版社，1982，第64页。
② 江流：《电影编剧学》，北京广播学院出版社，2000，第92页。

（二）文字的形象感

普多夫金曾经有这样一段话：小说家用文字描写来表述他的作品的基点，戏剧家所用的则是一些尚未加工的对话，而电影编剧在进行这一工作时，则要运用造型（能从外形来表现）的形象思维。[①] 从以上这段话中，我们不难发现，同样是讲故事，小说、戏剧、影视运用的工具是不一样的。影视剧是用镜头来讲故事的，这也成为影视区别于小说、戏剧最重要的艺术特征。

当一个编剧开始创作剧本时，出现在他脑海中的必然是一个个生动丰富的画面，他所要做的，是将出现在脑海中的画面用文字记录在稿纸或者电脑中，当剧本创作完成时，整部作品就已经在他的脑海中演完一遍了。这要求编剧具有丰富的想象力和形象思维能力，他才能将所想到的东西在大脑想象出来的空间中上演。

在描写方法上，影视和小说、戏剧有根本性的不同。很多时候，如果无法掌握准确的影视形象感的文字特点，完成的剧本就很可能不被认可，成为束之高阁的案头本。

具有形象感的文字语言往往也是具有造型性、动作性的语言。例如某编剧初学者写出了这样一句话："一个不平凡的人走在不平凡的大路上。"导演在剧本中看到这句话后，他会问：什么叫不平凡的人？他不平凡在什么地方？怎么展现出他的不平凡之处？什么样的路叫不平凡的路？如何用画面来表现？诸多问题其实可以化为一句话，这句话缺少具体的造型形象。

我们在阅读小说或者散文、诗歌时有时候会感到画面感很强，如果仔细分析那些画面感强的段落，能够发现，那些段落所运用的都是相对动作性强的文字。例如："小轩窗，正梳妆""海空凭鱼跃，天高任鸟飞""竹喧归浣女，莲动下渔舟"，阅读这些诗句时我们眼前仿佛出现了一个个栩栩如生的画面。

在鲁迅的《故乡》中，有这样一段描述：深蓝的天空中挂着一轮金黄的圆月。下面是海边的沙地，都种着一望无际的碧绿的西瓜，其间有一个十一二岁的少年，项带银圈，手捏一柄钢叉，向一匹猹尽力地刺去，那猹却将身一扭，反从他的胯下逃走了。

---

① B. 普多夫金：《论电影的编剧、导演和演员》，中国电影出版社，1982，第32页。

在阅读鲁迅的这一段描述时，运用形象思维，我们眼前仿佛呈现出了闰土刺猹未果、猹逃走的整个过程。这段文字之所以能够让我们看到那幅动态画面，就是因为这段描述具有强烈的动作性和造型性。

关于文字的形象感，在本书"剧本语言"一章，还会有详细论述，这里就不再多作说明。

对编剧来说，导演如何处理剧本，如何去拍摄，剪辑如何去剪辑素材，这些内容编剧无法规定，无法去要求，但是编剧能够为导演提供一部运用影视思维创作的剧本。

三、剧本创作

（一）什么是剧本

什么是剧本？剧本是影视创作的开端，是整部影片的基础。

什么是电影剧本？美国著名编剧、制作人悉德·菲尔德在他的畅销电影编剧教材《电影剧本写作基础》里开宗明义，认为"一部电影剧本就是一个由画面讲述出来的故事"[①]。从这句话里我们能够得到很多信息。

如果只保留这句话的主干，我们能够得到关于电影剧本精炼的定义——电影是故事。"故事"是剧本的核心。但在实际中，并不是所有的影片都在讲故事，如德里克·贾曼的《蓝》、安迪·沃霍尔的《帝国大厦》等实验影片，我们无法从中总结出一个故事。因此，当我们说剧本的核心是故事时，其实我们说的是好看的剧本，如果想要一个剧本"好看"，首先要做到的是有一个吸引人的故事。

故事包含的元素很多，本书余下章节谈到的题材与主题、人物、语言、冲突、情节、结构、场景、情境八个方面都是故事不可分割的重要元素。关于这八个方面究竟哪一个在故事中能够起到最大作用，不同的人会有不同的观点。有人认为题材最重要，选对了题材就成功了一半；有人认为情节最重要，因为吸引观众走进电影院的是引人入胜的情节；有人认为结构最重要，

---

① 悉德·菲尔德：《电影剧本写作基础》，后浪出版公司，2012，第1页。

结构如骨骼，如果一个人骨骼不稳，是无法站立的。这些说法都有道理，可以试想一下，当电影播放完，能被观众记住的是什么，刚看完时，可能很多细节会记得很清晰，但是看过一个月、三个月、半年之后呢？印在观众脑海中的是什么？更多的应该是电影中的人物以及包含在人物身上的情感。当回忆起《霸王别姬》时，比起主角跨越时代的行动线，观众更难以忘记的可能是"不疯魔不成活"的程蝶衣、"泼辣聪慧"的菊仙、"假霸王"段小楼三个人物以及他们之间的爱恨。当回忆起《绿皮书》时，观众印象最深刻的恐怕还是两个人物巨大的性格差异以及互相之间的情感变化。因此，电影的核心是故事，故事的核心是人物。

另外，电影讲故事的方式是利用"画面"。受限于形式，小说家的故事需要在纸上用文学语言呈现，戏剧家的故事需要在舞台上用人物动作来呈现，唯独电影是利用视觉和听觉将故事呈现在银幕上。因此，电影剧本与小说也有其不同之处。下面，就以《围城》这部小说的片段和它被改编为剧本的片段来看一看小说与电影剧本的区别：

小说《围城》片段：

方鸿渐看唐小姐不笑的时候，脸上还依恋着笑意，像音乐停止后袅袅空中的余音。许多女人会笑得这样甜，但她的笑容只是肌肉柔软操，仿佛有教练在喊口令："一！"忽然满脸堆笑，"二！"忽然笑不知去向，只余个空脸，像电影开映前的布景。他找话出来跟她讲，问她进的什么系。苏小姐不许她说，说："让他猜。"

方鸿渐猜文学不对，猜教育也不对，猜化学、物理

图1-2 电视剧《围城》剧照

全不对，应用张吉民先生的话道："search me！难道读的是数学？那太厉害了！"

唐小姐说出来，原来是极平常的政治系。苏小姐注一句道："这才厉害呢。将来是我们的统治者，女官。"

方鸿渐说："女人原是天生的政治动物。虚虚实实，以退为进，这些政治手腕，女人生下来全有。女人学政治，那真是以后天发展先天，锦上添花了。我在欧洲，听过 Ernst Bergmann 先生的课。他说男人有思想创造力，女人有社会活动力，所以男人在社会做的事该让女人去做，男人好躲在家里从容思想，发明科学，产生新艺术。我看此话甚有道理。女人不必学政治，而现在的政治家要成功，都得学女人。政治舞台上的戏剧全是反串。"

剧本《围城》片段：

　　苏家门厅口　春日　外
　　门厅的石栏处，苏文纨探身向花园看去。
　　方鸿渐、唐晓芙走来。
　　方鸿渐：唐小姐，你在大学念什么系？
　　唐晓芙：你猜？
　　方鸿渐：文学系？教育系？
　　唐晓芙（笑）：不是。
　　方鸿渐：化学、物理系？
　　唐晓芙（摇头）：不对！
　　方鸿渐：哎哟，你太厉害了，你难道是数学系？
　　唐晓芙：我是政治系！
　　苏文纨：这才厉害呢，未来的统治者，女官！
　　方鸿渐：我跟你讲，女人原是个天生的政治动物，虚虚实实，以退为进，政治上要想成功，就要学女人。

从小说和剧本的对比中，能够发现，在剧本中呈现出来的，是那些能够被听见、看见的内容，心理、氛围之类抽象的内容是不适合在剧本中出现的，如果编剧写得足够精彩，读者在阅读剧本时自然能够感受到作者想要表达的情感和其他内涵。从剧本的作用来说，它是一度创作的成果，是导演进行二度创作的基础，因此编剧要用最简洁的语言、用富于视听的画面来展现人物，讲述故事。

著名电影人威廉·亚当斯认为剧本中应该包含的信息如下：

（1）场景的发生地点；

（2）场景发生在一天的什么时间；

（3）第几镜头（镜头号）；

（4）摄影角度，即观众从什么角度看到这一场景；

（5）景中人物；

（6）剧情和摄影机运动情况说明，即画面变化情况；

（7）演员的台词或解说词；

（8）与演员表演有关的特技效果；

（9）镜头转换。

编剧创作的是文学剧本，在以上九点中，"摄影角度、摄影机运动、特技效果、镜头转换"都属于分镜头剧本的内容，不需要在文学剧本中呈现。其他的几点是需要在剧本中呈现的。总结一下，所有在画面中出现的内容，观众听到的、看到的一切，都需要在剧本中呈现。

（二）故事梗概

故事梗概在剧本创作中起着极为重要的作用，当编剧心中有了一个想法之后，他首先要做的是将这个想法用故事梗概的形式落实在纸稿上。很多编剧初学者认识不到故事梗概的重要作用。

首先，故事梗概的创作是为编剧自己服务的。仅凭剧作者心中的想法或者构思无法完成剧本。故事梗概的创作既是将脑海中的构思记录下来，也是对构思进一步完善、修改的过程，能够让剧作者对故事发展、人物的转变有更加深刻的认识，为后期的剧本创作打下基础。其次，故事梗概的创作是为阅读剧本的人服务的，可能是导演、摄影、灯光，也可能是制片人、审查部门等。如在申请备案立项时，表格里是没有完整剧本这一选项的，需要提交的就是故事梗概。一个写作精彩的故事梗概更容易打动剧本审查者，获得立项。而制片人、导演等人也很难拿出大量时间阅读动辄几万字的完整版剧本，因此让他们看到一个语言优美、情节生动的故事梗概尤为重要。

故事梗概的创作需要注意什么呢？先来看一个案例：

本故事以现代职场作为背景，讲述在当代校园办公室中围绕老师发生的啼笑皆非的故事。老师们的日常生活同时也能作为现代社会的一个缩影，虽是上班族，但生活有滋有味，平淡中伴随着一些惊喜，充斥着生活的气息，故事中没有尔虞我诈、损人利己，只有生活中常见的精打细算与相互扶持。

本集讲述的是英语老师陈朝朝丢失了一张英语试卷，由此展开了一场侦破是谁弄丢试卷以及试卷现在何处的闹剧。

故事中，陈朝朝作为本集的女主人公，因为丢失了一张试卷惊恐万分，她想起来姚子涵违背自己诺言的事情，于是对收整英语试卷的姚子涵耿耿于怀，怀疑的种子在陈朝朝心里种下后，矛盾在第二天的寻找中爆发。而当这场闹剧闹得不可开交时，众人却又面临着新的难题，怎样才能在上交成绩之前帮助陈朝朝找到丢失的试卷。

随着严谨一步步地推理与分析，众人终于在规定的时间前帮陈朝朝找回了试卷，事情有了好的结果。陈朝朝感动不已，办公室又恢复了以往打打闹闹的欢乐气氛。

这是一篇题为《办公室的故事》的学生习作，我们能够看到，第一段的内容更适合放在创作阐述中，而非故事梗概里。从第二段开始，我们能够看到人物、事件、矛盾冲突，但是没有交代故事发生的时空环境、背景、具体的人物，尤其是人物的独特之处。作为一个短片剧本，上文第三段和第四段交代了两个不同的矛盾冲突，并不符合故事的统一性原则，这一点在后面会谈到。

再来看另外一个案例：

教导主任孟国富的办公室因为水管破裂，成了水帘洞，无奈之下，他将办公桌搬到了安全等人所在的333办公室。

孟国富来到333办公室后，占据了办公室的中心，将办公桌放置在办公室的正中心，美其名曰，利于监督教师工作。也确实是因为孟国富的到来，所有人都开足了马力，埋头工作，大家不想给孟国富任何抓住小辫子的机会，姚子涵将桌子上常备的零食统统交给学生；陈朝朝的小镜子放在她的包里，见不到一秒光明；严谨闲暇时拿来玩的魔方和数独也都束之高阁；只有安全没事就在孟国富身边转悠，给他添茶倒水，打饭收拾杂物。

其他几位老师疑惑安全的殷勤，多方打听才知道，原来孟国富手上有一个优秀教师的名额。于是第二天，安全刚刚将早饭买回来还没有说话，姚子涵就手拿六七种早点放在了孟国富的面前；孟国富的桌子稍微有点乱，严谨就将其整理好，笔与纸张的距离，书本和桌子的夹角都经过严谨的精密计算，就算是强迫症也找不出一丝不协调；孟国富的杯子里一直保持着有水的状态，陈朝朝还在里面加入菊花、枸杞等，周一到周日每天都不重样，搭配合理，营养均衡。一连几天安全连手都插不进去，只能运用闲暇时间旁征博引、引经据典地夸赞孟国富。

几位老师的竞争愈演愈烈，严谨为孟国富做了一条小型的高尔夫球道供孟国富练习，姚子涵拿出看家本领，一天三顿都给孟国富做各种美食，陈朝朝开始拿出壁虎等药品食材给孟国富泡茶喝，安全开始了他的鞍前马后之旅，贴身跟随孟国富，连开门都不需要孟国富做，还不断记录孟国富的话，写了一本孟国富语录。

几天之后，孟国富住院，脂肪肝、营养过剩、心律不齐、高血压、失眠、轻度抑郁接踵而来，半个多月都没有出院。四名老师前来看望，他们想做最后的努力，却发现都挑在了一个时间，于是争前恐后地跑到了孟国富的床前，结果将身体好转的孟国富又吓得不轻，最后他们四个人谁也没得到优秀教师的名额。

作为《办公室的故事》另一集，这一集的故事梗概有了很大的提升，虽然未能做到尽善尽美，但我们依然能够看到很多闪光点。

第一，梗概开头从某个人物的动作入手，带入其他人物，介绍了故事发生的环境、背景。第二，展现人物的诉求，并在达成诉求的过程中展现出人物性格。第三，通过人物的诉求设置悬念，理顺主要情节脉络、重点情节段落和情节细节。第四，故事梗概并非一段到底，而是根据情节事件有所分段，起承转合较为清晰。第五，故事梗概以讲故事为主，没有出现对白、旁白等人物语言。

综上，我们可以得出故事梗概写作的重点：

（1）交代故事发生的时空环境、背景；

（2）交代主要情节脉络；

（3）交代对故事发展有意义的重点场景的重要情节；

（4）简单交代人物性格，看到人物对剧情的推动作用；

（5）利用悬念设置吸引读者；

（6）梗概中不需要出现对白、独白等人物语言。

（三）人物小传

在故事梗概完成后，编剧就需要考虑人物小传的问题了。

很多新手编剧在拥有了一个想法，准备落实到纸上时，会觉得难以下笔，不知道从哪里开始写起。很大一部分原因是新手编剧在构思剧本时，只顾着创作出一个完美的故事，而忽略了人物。

其实很多编剧在考虑剧本构架时都是人物先行，而非情节先行。相比起来，当编剧对故事中的人物拥有了详细了解之后，可以设计新情节，用在人物身上。如果先有故事再让人物往故事方面靠拢，容易出现人物性格前后不统一、主题表达不够明确的情况。

我们在看剧本时，经常会在剧本正文前面看到关于人物的介绍，如：

> 张小雨：初中女孩，上海人，完美主义，死用功，严谨，家里的小
> 管家。
> 徐杨：四十多岁的女人，上海人，张小雨的妈妈，工作认真，性格
> 像小女生。[1]

这种放置于剧本正文前的人物介绍，可以称为"人物简介"，简单介绍人物的年龄、身份、职业、性格等核心内容即可，目的是让读者能够对剧中人拥有标签式的认识。

人物简介很难被称为人物小传，"传"提供的是关于剧中人的一切，几句话、几十个字不能被称为"传"。纪传体史书《史记·项羽本纪》记载了秦末英雄项羽光辉壮烈的一生。作为项羽的传记，司马迁没有从项羽起事写起，而是从项羽的家族、幼时经历说起，为读者呈现出了一个生动而深刻的人物形象。

人物小传也是如此，作为编剧，首先要全面认识剧本中的人物，透彻了解笔下这个人的一切，了解他甚至要超过自己。

因此，在创作人物小传时，首先要完成的是人物的前史。所谓前史，指的是在剧情正式开始之前，剧中人所经历的一切事件，以及人物的家庭、教育背景、工作环境等。当然，并不是所有细碎的小事都需要写出来，小传中需要的是那些对人物性格的形成具有决定作用的事件和与剧情发展（包括剧本题材、矛盾冲突等）有关联的事件。

其次，人物小传中还包括剧情正式开始之后剧中人的动作，人物做了什么，在剧情中人物经历了什么，人物的性格是否有转变，为什么会发生转变，这些转变对人物产生了什么影响，这些也需要写入人物小传中。

人物小传中需要填充的细节还包括人物的年龄、身份、职业、性格等，

---

[1] 扈强、吴冠平主编《无负好年华：中国电影学派新力量 2017 届毕业联合作业作品集》，中国电影出版社，2018，第 9 页。

如果剧中人在生理、心理、社会关系上有独特之处，对人物的性格产生了重大影响，也需要写入人物小传中。

很多新手编剧认为花费大量力气创作人物小传意义不大，这是一种错误的认识。从上面我们能够看到，创作人物小传的过程，其实就是构建剧本人物关系、完善剧本结构、情节、矛盾冲突的过程，在剧本创作过程中，翔实的人物小传能够保证剧本创作中人物不至于偏离原定轨道，时刻保持人物的行动符合其性格，因此任何时候都不能忽视人物小传的创作。

（四）剧本的格式

编剧初学者在进行剧本创作时，经常会问的一个问题是：剧本的格式是怎样的？我应该用什么样的格式创作剧本？很多人也听说过，某某著名编剧在创作时是没有格式的，完全是随心所欲地写作。确实不排除有这种情况，但是对初学者来说，掌握准确的剧本格式是彰显编剧专业性的指标之一。当一个初级编剧的剧本放置在制片人、导演案头时，准确的格式能够让这个剧本更容易被阅读、理解和接纳。

要注意的是，编剧创作的是文学剧本，在剧本创作中一定要将文学剧本和分镜头剧本区分开。分镜头剧本是摄像或导演的工作，他们会将文学剧本拍摄时的镜头角度、演员走位等信息细致地设计出来。编剧在创作剧本时，不需要在纸上标明这个场景在何处取景、镜头如何运用，编剧要做的是将每一场的内容（包括场景描述、人物动作等）运用简洁、富于画面感的语言表现出来。

现在比较流行的剧本格式有三种：好莱坞剧本格式、港台剧本格式和中国内地剧本格式。

1. 好莱坞剧本格式

先来看一个剧本样例：

内景　办公室　夜晚
莫里斯和哈丽雅特在办公室收拾东西，准备关门去看演出。
两个青少年走了进来。

青少年一

我们可以赌一场乒乓球吗？

莫里斯

要 30 块押金。

青少年二

你开玩笑吧？

莫里斯

你们想不到我们一个季度赔多少钱。

两个青少年从口袋里掏钱的时候，纳吉拉夫妇气冲冲地闯了进来。

莫里斯（接着说）

（对纳吉拉先生）

你们又回赌场了？ 5 分钟前你们

不是去演出了吗？

纳吉拉先生

我们拿到钱才会演下去。

莫里斯

你在说什么？杰基已经给过你们钱了。

哈丽雅特闪身进来。

哈丽雅特

对不起。杰基把钱给了我。等一下，

我回房间去取。

她跑出办公室。两个青少年还在从口袋里掏钱，一次掏出一个美元。①

　　这是一个标准的好莱坞电影电视剧本格式，好莱坞剧本格式有两个最基本的特点：①人物姓名、对白居中；②编剧在创作剧本时一般将一分钟长度的内容写在一页纸上，这也是好莱坞影视剧在拍摄中的默认规则。

　　另外，好莱坞剧本还可以被细分为场景标题、动作、人物、对话、插入

---

① 理查德·沃尔特：《剧本》，天津人民出版社，2017，第216页。

行五个部分。

"内景 办公室 夜晚"，这三部分内容被称为场景标题，从中能够得到本场景最基本的信息——故事发生的时间、地点。其中，"内景"指的是室内，相对应的室外是"外景"，"办公室"就是该场剧本故事发生地，时间是"夜晚"。

因为并不能确定哪一场戏会安排在什么时间拍摄，因此好莱坞在场景标题之前通常是不写场景号的。

人物、对白居中，人物动作不需要居中，需要注意的是，除了对白，旁白、独白和画外音也需要居中处理。

"(对纳吉拉先生)"这一段是插入行，插入行主要设置于姓名下一行，用来提示简单的人物动作、人物状态或者镜头状态。

好莱坞剧本格式是在好莱坞成熟的影视工业体系和英语写作环境中出现的，具有很强的参考价值，但是对国内影视人来说，它并不符合我们的阅读习惯，因此未能普及开来。

2.港台剧本格式

近几年来，市场上尤其是商业电影电视领域经常能够见到港台剧本格式。先来看一个剧本样例：

1		时间	日		场景	鞋店		人物	又青、高中生（17岁）

又青OS：你有没有一个感觉啊？

△画面淡入……

△镜头浏览着鞋店架子上展示的鞋子，一路缓缓往下攀去……

△地上，有一堆各色样式"试穿过"的高跟鞋，让人目不暇接……

又青OS："时间"……好像老是在和我们作对。

△在满地的鞋子当中，有一个身穿高跟鞋的女孩的腿，镜头拉开，是一个穿着高中制服的甜美女孩，她正对着镜头腼腆笑着……

△高中女生小心翼翼地踩着不太会穿的高跟鞋……

……

高中女生OS：阿姨，那是我的鞋。

△又青一顿，愕然看去。

△少女一脸不解地指着又青脚上的白布鞋……

△又青怔忡，回神，尴尬……赶紧惊慌失措地脱下鞋，送给少女……

又青：（惊慌尴尬）对不起！①

以上剧本出自中国台湾电视剧《我可能不会爱你》的第一集第一场，从这个片段中，我们能够发现港台剧本格式的几个特点：

（1）场景标题运用表格的形式撰写，注解相对详细，除了时间、地点，每个场景中的具体人物也会详细标注，甚至有的剧本中连道具都会详细注明。

（2）人物的语言和动作明确分开撰写，人物的前一个动作和后一个动作也会分开，分行写作。

（3）每一个具体的人物动作、神态、环境场景描写之前用三角符号详细标注，用以与人物语言相区别。

（4）剧本中有些行业名词是用英文写作的，如"OS"为画外音，"PS"为对白等。

（5）剧本中有简单的镜头语言，例如淡入、淡出等。

这种剧本格式将人物的动作、语言、场景描述做了清晰的分割，在阅读时相对更为清晰，但是由于格式过于烦琐，会为后期的剧本修改、分镜头脚本创作带来不便。

3. 中国内地剧本格式

还是先来看一个剧本样例：

2　舞蹈房　日　内

舞蹈房里，一只手在打着节拍。一排穿着芭蕾舞鞋的脚正在舞动。四个女孩手拉手在跳四小天鹅的段子。

打节拍的手来自小雨，她指导着同学们，然后一个转身，她进入舞

---

① 徐誉庭：《我可能不会爱你》，漓江出版社，2012，第1页。

群，开始和同学们一起跳舞。

　　这时老师击掌进入舞动房，示意大家注意。孩子们停下了脚步。

　　老师：今年毕业演出的篇目定下来了，是《海的女儿》……

　　孩子们都回头看着小雨。

　　小雨：老师……往年不都是《天鹅湖》吗？

　　老师：（沪语）你都知道，个么你来定。

　　小雨一下子很紧张，孩子们都不敢说话。

　　老师：这次主角我们就暂定小雨……还有……李遥。

　　所有同学都转头看李遥，小雨也忍不住去看李遥。李遥好像还在想其他事，一直到李遥旁边的女孩跟她耳语几句，她才露出了非常惊讶的表情。

　　老师：你俩跳 AB 角，互相督促……每年也都是这么过来的，大家……放轻松，压力别太大！①

　　这是目前最流行的剧本格式，这种剧本格式简单，清晰，它具有以下特点：

　　（1）场景标题按照场景号、地点、时间、内外景顺序撰写，在阅读、讨论剧本时能够通过翻阅迅速了解剧本的全部场次，快速找到具体场次。在后期修改时，也便于修改，例如，需要在第 6 场后面加一场戏，那么场景号就可以采用"6+1"的方式进行修改，而非耗时耗力地统一修改后面所有的场景号，等到剧本定稿后，再统一修改。另外，场景标题中地点、时间、内外景的确立也方便制片制订拍摄计划，方便导演、摄像、灯光等各部门提前考虑拍摄中需要准备的各项事宜。

　　（2）无论是人物动作还是人物语言，每一段之前都空两格，可以避免因为全部顶格造成的阅读障碍。

　　（3）较复杂的人物动作需要单独分段描写，人物对话中的简单动作、表情可以在冒号后面加括号注明，对白句中、句尾的简单表情、动作通过加括

---

　　①　扈强、吴冠平主编《无负好年华：中国电影学派新力量 2017 届毕业联合作业作品集》，中国电影出版社，2018，第 1 页。

号注明。不过为了避免剧本拖沓烦冗，一般演员能够通过前后文或者语言想象出的动作细节、表情等不需要在剧本中特别注明。

以上介绍的三种剧本格式是一个相对简单的划分，如果深入细节，还会有更多不同或者重合的部分。格式本身没有对错之分，对剧本创作者来说，采用什么样的剧本格式并没有一定之规，关键要根据语境决定使用哪种剧本格式。

第二章　题材与主题

一、题材定义与题材类型

艺术来源于生活，影视艺术作为艺术的一个门类，其根也深植于生活。随着社会的不断进步，尤其是现代科技和工业突飞猛进的发展，人们的生活越来越丰富多彩。剧作家需要从不断变化、奔流不息的生活海洋中攫取素材，创作出优秀的艺术作品。生活本身为影视剧的题材选择和创作提供了丰厚的土壤，是影视艺术永不枯竭的源头。

（一）题材定义

广义上，题材是指影视剧表现的生活所属的范围或者性质，比如历史题材、现实生活题材、科幻题材等。

狭义上，题材主要是指影视剧从大量素材中提炼出来的，并且在作品中详细具体描写的事件或生活现象，它是编剧在完成了艺术构思之后保留下来的作品的基本内容，是作品中人物、事件、场景等要素的总和。

狭义和广义的区别在于：一个是宏观地从故事类型上来定义，一个是通过已经确定、保留的故事诸要素来定义。

（二）题材类型

剧作家根据题材、背景、角色、事件和价值的差别等要素，逐步归纳出一些电影类型。在这些类型中题材和主题常常相互捆绑，即题材类型基本决定了主题类型，比如侦探类型的题材，往往其主题要以抓住凶手、惩恶扬善为落脚点。类型电影为我们认识题材类型提供了帮助。当然，我们在进行剧本创作时要力图找到新的元素和元素关系，从而摆脱二者相互的束缚。现在很多优秀影片往往是多题材和多主题混合呈现，二者之间的唯一互指性被打破。但是作为一本介绍剧作基本理论和指导初学者实践入门的书籍，从电影的基本类型来认识题材类型仍不失为一个好方法，下面就以类型电影为模板进行题材类型的介绍。

1. 爱情题材

这一题材因受文学作品的影响出现得比较早。在中外文学发展历程当中，爱情是文学一个很重要的母题。就中国文学而言，最早的文学作品《诗经》就辑录了很多爱情诗，西方早期文学作品《古希腊神话故事》中也出现了神祇和人类爱情的模型，西方宗教信仰起源故事《伊甸园》，也以爱情为出发点和驱动力。中外影视剧中爱情题材是源远流长、亘古不变、常写常新的题材。在影视剧市场，爱情题材是热度不减的一个类型，《泰坦尼克号》《广岛之恋》《魂断蓝桥》《失

图 2-1　电影《魂断蓝桥》海报

恋三十三天》《我的父亲母亲》等都是比较成功的爱情题材剧本。

2. 侦探推理题材

这一题材通俗地讲就是破案题材。这种题材类型的片子，在结构上讲究悬念设置，要么故事的开头犯罪案件已经完成，要么犯罪行为刚刚完成或者还没有发生，让观众跟随侦探一步步去寻找证据、进行推理，结局一般都是侦探抓住了凶手，重大犯罪宣告失败。很多影片也将这两种结构混在一起以增加悬疑感，比如《无证之罪》《唐人街探案 2》，都是在开篇罪犯已经结束了

一桩罪案，杀了第一个人，在接下来的警察寻找线索、侦破案件的过程中不断完成新的犯罪，给警察带来线索的同时也带来压力，这样的安排增加了剧情的紧张感。电影《尼罗河上的惨案》是这一类题材影片的典范之一。

3. 恐怖题材

恐怖片是将日常生活中的恐怖因素加以强化，比如失落的痛苦、死亡的威胁、未知的领域、事件发生的不可预知性与经验意向的不充分性等。在日常生活中恐怖是经常被压抑的部分，使得日常生活看上去自然而正常。而恐怖片放大了日常被压抑的这部分，从而让人产生恐惧的心理感受。库布里克的《闪灵》是经典的恐怖片之一。

4. 警匪题材

警匪题材的影片一般发生在一个象征性的城市空间，这类影片中的城市不是明亮的、温馨的、善意的、充满正能量的，而是阴郁的、非理性的、充满欲望的城市。警察和匪徒要有猫捉老鼠的游戏过程，也要有正面的交锋。警匪片一般坚持善有善报、恶有恶报的结局，香港电影《警察故事》是较为出色的警匪题材作品。

5. 武侠题材

武侠片可以说是中国的一个特产，从更宏观的角度我们可以把它归于动作片的范畴。中国的武侠片源于中国传统文化中的侠文化，而"侠"这个字最早出现在墨子《经·上篇》中的"任"字，两个字是通假字关系。书中写道："任，为损己而益所为也。"书中的注解为："任，为身之所恶以成人之所急。"武侠片作品往往融合了道家、儒家、佛家的文化精髓，最后完成一个侠的精神世界，从而展示独特的中国侠文化。

我国的武侠片特别强调视觉特征与动作的表现。在《双旗镇刀客》和《新龙门客栈》

图 2-2　电影《英雄》海报

中都成功地引用了西部高原荒凉的视觉造型，影片《英雄》更是追求中国独有的意境与写意的美学效果，体现了具有中国特色的艺术审美特征，堪称武侠片的典范之作。

6. 科幻题材

从实际发生的角度看，科幻文学可以看作是科幻电影的灵感源头，因为多数的科幻电影都是由科幻文学作品翻拍过来的。对科幻电影我们只能做一个大致的描述，科幻电影满足了人类对未来的想象或者是对现实社会冲突的想象，注重真实科学、推理性科学或思辨科学以及经验性方法，并在一定的社会环境下将它们与魔法或宗教中的超验主义结合起来。

科幻题材的电影具备这样几个特点：第一，背景多样化，但内部逻辑非常严格。虽然科幻电影看起来有一点天马行空，但因为遵循内部真实性和统一连贯的原则，实际上对时空的运用仍然受到限制。第二，人物塑造大多经历由简单到复杂的变化过程。比如《银翼杀手》系列中，复制人逐步具备了和人一样的情感，不再是命令的简单执行者，不再是没有感情的人工智能产物。第三，总体来说科幻题材的最大冲突还是人与环境的冲突，比如自然灾害、外星生物、未来科学等形成了影响人类生存的冲突。

另外，还有一个题材类型应该引起我们的重视，那就是重大题材。重大题材特指对中国的重要历史、重大事件进行命题创作的题材，《建国大业》《辛亥革命》等都属于这一类，重大题材是根据国家政治的需要在电影领域内要重点表达的题材，编剧也需要关注这一类题材。

二、题材的来源

选择和确定题材是故事创作的第一步，题材的优劣在一定程度上决定了故事的好坏和影片的成败。首先我们来了解一下题材的来源和渠道。

（一）前人的作品

所谓前人的作品主要是指文学作品，古今中外的文学作品是影视剧创作的巨大宝库和源泉。贺拉斯曾说："用自己独特的办法处理普通题材是件难事，你与其别出心裁写些人所不知、人所不曾用过的题材，不如把特洛亚的诗篇改编成戏剧。"[1] 在国际上获得奥斯卡大奖的很多经典影片也都改编自文学作品，比如《罗生门》《乱世佳人》《卡门》《辛德勒的名单》《铁皮鼓》等。还有一些我们熟知的由文学改编成的系列电影，比如魔幻类的《哈利波特》系列，侦探类的《福尔摩斯》系列等。我国的四大名著曾被多次翻拍，仅《西游记》就翻拍出了多部作品，比如近年的《大闹天宫》《大圣归来》《三打白骨精》《女儿国》等，可谓花样翻新、层出不穷。其他的文学作品，如《青蛇》《霸王别姬》《妻妾成群》《活着》等，也都实现了由文学作品到银幕的成功转换。

对文学作品进行影视改编的最大优势在于文学作品的读者会跟随你到电影院，对他喜爱的文学故事在银幕上的样子一探究竟。换句话说，文学作品的读者会自动成为该作品的电影院观众，而几乎不用导演进行引导。当然，将文学进行影视改编也有明显的劣势，那就是观众在阅读作品阶段已经形成了一定的观念和审美，他们带着这种"成见"走进电影院，一般情况下很难被新的解读说服，这成为改编的一个潜在风险。这种情况下就要求编剧具有比较深厚的功力，在肯定与超越、温故与见新之间突破既定认知，使观众获得一种熟悉又陌生的新体验。

文学作品与影视改编有一种相得益彰、互相成就的关系。改编自文学作品的电影如果获得成功，会使之前并不出名的文学作品受到追捧，成为畅销书。同时畅销书排行榜又总是在影视生产行业人士的关注范围内，经常会出现竞相购买文学作品影视改编版权的现象。从本质上讲，文学作品和影视作品运用了不同的手段和方法讲故事，其内核是一致的。就讲故事而言，在诸多艺术形式中只有这两种最为相近，也最容易进行转换。

（二）剧作者的个人生活

一个时代有一个时代的印记，即使时代相同，个体的人生经历也不相同，即使看似相同的生活，不同的人体验也不同。编剧的个人生活经历是其创作比较切近和容易上手的题材来源，因为关于自己的生活经历作者最熟悉、记

---

[1]　武蠡甫：《西方文论史》（上），上海译文出版社，1979，第104页。

忆最深刻、感受体悟也最多。很多作品往往来自编剧自己的成长经历和人生感悟，带有自传性质。比如英格曼·伯格曼的作品《野草莓》就具有自传色彩，它融进了作者童年、青年的经历和体悟。片名《野草莓》中对应的野草莓，是当时瑞典公园和乡间常见的一种野生植物，它承载了伯格曼童年的欢乐。在他居住的达拉纳夏日别墅附近就生长着很多这样的野草莓，他常常摘来讨女佣林妮亚的喜欢。在他成长的过程中，由于某些原因他是缺少父母之爱的，《野草莓》的最后一幕充满强烈的对父母之爱的渴求与希望：伊萨

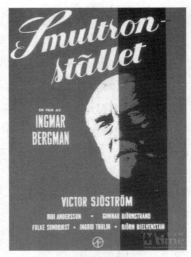

图 2-3　电影《野草莓》海报

克走向林间阳光灿烂的草地，他看到父母正向他招手。

同时这个作品还试图表达作者对父子关系的思考，试着从父亲的视角去看待父亲与儿子的关系。剧中伊萨克通过和儿媳的交谈才明白儿子对自己的感情，儿子痛恨自己的自私，痛恨自己曾为了名誉、地位不顾亲情，儿子认为他情感冷漠，甚至诅咒他必将与孤独为伴。伯格曼曾说，他创造的父亲这个角色，外观上像自己的父亲，但其实这个人物代表的是彻彻底底的他自己。伯格曼 37 岁时，断绝人际关系，将自己阻隔于人际关系之外，他自以为是，自我封闭，虽然他在社会上是成功的形象，为人聪明，井然有序，但内心深处他认为自己是失败的。年老以后的伯格曼反思说自己对不起孩子们，孩子们评价他不是一个父亲，只是一个导演。晚年伯格曼独自一人生活在远离人烟的费罗岛上，与自己的影像为伴，此时的他就是作品中的伊萨克。

剧作家的个人生活经历既可以直接提供故事原型，也能提供对事物的评判标准、价值观念。重要的是剧作家的经历是不可复制的，更不与别人相同，这些不同就是剧作家创作的空间和作品存在的理由。

（三）生活见闻

生活见闻即剧作者在生活中的见闻，包括家人、朋友、陌生人，广播、

报纸等各种信息渠道得到的故事或者故事片段。我们可以把得到的这些故事或故事片段概括为人间观察。每个作家的生活范围和生活内容都是有限的，当我们把个人经历过的故事写完之后，必然会向他人、社会寻找故事。人间观察是剧作者的日常功课，因为它是创作永不枯竭的源头活水，也是作品紧跟时代的指向标。影片《亲爱的》来源于一个受到普遍关注的拐卖儿童的社会问题，《盲井》来源于一个煤矿坍塌事件，《浪潮》依托于一个真实的实验故事，《美国情人》是以刺杀总统为背景事件的故事。当我们关注到一个社会现象或者了解到一个具体事件的时候，就可以考虑把它变成电影作品的可能性。

需要注意的是，人间观察得到的往往是一个问题的一方面、一个事件的一部分、一个奇特或平凡的人物的一方面，并不是一个完整的故事，要想搬上银幕，编剧还需要做大量的连珠成线的工作，要丰富甚至重新赋予故事以思想与灵魂。比如法国作家维克多·雨果在写《悲惨世界》时，他曾经的见闻给他提供了大量帮助。他童年看到过一个女仆被绑在广场

图2-4 电影《悲惨世界》海报

柱子上遭受炮烙之刑，原因是她偷了东西吃；他曾目睹宵小之徒在寒冷的冬夜向一个妓女掷雪球；他在某监狱进行调研时，听说一个叫皮埃尔·莫兰的出狱青年，受到迪涅主教米里埃的接待，主教把他交托给自己的兄弟塞克斯丢斯·德·米里埃将军，从此莫兰认真做人，痛改前非，最后在滑铁卢战役英勇牺牲。以上这些场景我们可以在《悲惨世界》中看到故事雏形和人物雏形，雨果将这些故事片段统摄在一个具有强烈批判色彩的主题之下：贫穷使男子沉沦，饥饿使妇女堕落，黑暗使儿童羸弱。

从文学作品到个人生活的阅历，再到通过对现实生活的观察得到故事，剧作者获得题材的渠道很丰富。那是不是意味着剧作者可以来者不拒，可以随心所欲地使用各种题材呢？下面我们来谈一谈剧作者如何进行选题的问题。

三、剧作者如何选择题材

（一）主观条件——选择自己擅长的

在这里不妨引用小津安二郎的话来说明一个观点。他曾经说："有人跟我说偶尔也拍些不同的东西吧，我说我是开豆腐店的，做豆腐的人去做咖喱饭不可能好吃。"[①] 一部优秀的电影作品的诞生，它背后的原因往往是多方面的，然而最重要的不是创作者的技法多么高明，而是编剧要选择自己擅长的题材。纵观电影历史长河中那些艺术家及他们的作品，我们会发现：对一位特定的导演或者编剧来说，他的作品大多具有某种相对固定的题材或者风格。这样的例子比比皆是，比如山田洋次的影片比较擅长表现小人物的悲欢离合，黑泽明的影片则侧重于发掘特定历史时期中关乎人性抉择的冲突性事件，斯皮尔伯格比较偏爱表现大灾难下人情的冷暖以及人类的意志，还有意识流电影的代表人物安东尼奥尼比较擅长表达人类的意识以及心灵历程。所以做擅长做的事情，选择熟悉的题材，有助于编剧的成功。

剧作者最熟悉的莫过于自己的人生体验，在这里需要强调的就是编剧擅长的题材往往与其生活经历、人生经验息息相关，这一部分最容易促使他成功写好故事，事半功倍。对初学编剧的人来说这一点尤为重要，如果选择并不熟悉的题材，又不能通过学习快速地精通这一领域的知识，达到深刻认知和熟练把握的程度，往往会带来各种各样的困难和麻烦，最终事倍功半，甚至半途而废。但是又不能因此而产生一个误解，说编剧只能创作他熟悉的生活故事以及表达他自己的人生经验。编剧需要更丰富的想象空间和对多种题材的把握能力，只是建议把重点放在熟悉的地方。

---

① 小津安二郎：《我是开豆腐店的，我只做豆腐》，南海出版社，2013，第27页。

（二）客观条件——准确评估选题的价值

1. 符合主流价值观

影视作品作为大众文化产品，在题材选择上必须考虑其内容是否符合当下社会的主流价值观和文化心理，是否符合道德和伦理标准。那么这个标准如何找到呢？首先，我们可以从国家文艺产品审查政策层面找到明确的指示。我们国家有一套严格的影视剧审查制度，对哪类题材禁拍、限拍，哪类题材鼓励拍摄都有比较明确的指示，大家可以查阅相关文件，以做到心中有数。其次，从近两年高票房的影片我们也可以做出大致的判断，找到当下主流价值观和电影的主要类型。从高票房的《我不是药神》《流浪地球》《战狼》系列、《红海行动》《我和我的祖国》《哪吒——魔童降世》等影片来看，红色爱国主题占绝对优势；小人物的民生关怀、社会黑暗面的批判也受到普遍关注；张扬个性、激发正能量永远符合主流价值的要求和规范。大到人类的共同处境与命运，小到基本人性的揭示，都可纳入创作范围。

2. 符合市场需求

电影排行榜可以揭示市场的需求。

近年来红色主题电影叫好又叫座，红色电影成为国民大众增强国家信念和民族自豪感的重要载体。另外，我们还能发现带有中华民族文化特色的动漫电影获得了好评，中国历史上的优秀动漫多植根于民族神话和民间文学，像《花木兰》《宝莲灯》《哪吒之魔童降世》等，在原著基础上加入励志、成长、爱国等主题很容易被受众接受，比较容易成功。而《流浪地球》的热映把中国的科幻电影推向了新高度，开启了新的篇章。现实主义题材《我不是药神》《少年的你》成绩不俗，它们既揭露了某些社会问题，也对小人物的生活困境给予了描写，起到了很好的社会警示和反思作用。魔幻题材电影《捉妖记2》和《西游记之三打白骨精》也榜上有名。喜剧电影《羞羞的铁拳》《西虹柿首富》的卖座显示了人们希望获得轻松娱乐的文化消费心理。

但是一定要注意，不能盲目跟风。如果跟着一个风向标就走了，可能会遇到各种问题，电影市场的变化非常快，这也源于快节奏的生活使人们不可能对一种类型的题材保持长时间的热度。所以跟风的最终结果很可能是你跟在后面跑，永远不能领跑，既看不到风景也得不到利益。

通过票房排行榜反映出来的第二个问题就是观众观影趣味的类型化。这一点似乎不那么明显，但是客观存在的。观众有自己比较固定的电影类型，有自己独特的题材喜好，比如有人喜欢科幻片，有人喜欢爱情片，还有人喜欢伦理片。那么剧作者在选择题材时就应该明确题材类型，选择已经分流的受众群体。实际上如果想让观众获得观影的满足，单纯地设置一种题材是不可取的，在一类题材明确集中的前提下融合其他的题材类型，才能成就好的剧本。比如《泰坦尼克号》融合了爱情和灾难两种题材，《银翼杀手》融合了科幻与伦理，《霸王别姬》融合了历史与爱情等。所以编剧要对观众的题材偏好进行选择，集中体现类型特征，但在创作的过程中又不能单一化，需要融合其他题材类型增强电影内容的丰富性。

3. 依靠大数据找到观众的观影偏好

每个编剧都想精准定位观众的观影喜好，想了解最受欢迎的电影类型。近年来互联网的发展给编剧和电影公司解决了这一问题，通过电影网络大数据我们能够精准地知道哪一种类型吸引了最多的观众，甚至包括观众最喜欢的故事讲述方式、演员的类型、结局类型等，都能通过大数据了解得一清二楚。在第 89 届奥斯卡颁奖典礼上，大数据分析了近二十年奥斯卡获奖电影的各项数据，比如 60% 的故事发生在美国，35% 的影片在 12 月上映，白人包揽了 90% 的主角，60% 的电影包含了黑人配角，男主角有 81% 的可能性是短发，女主角有 83% 的可能性是长发，45% 的电影拥有让人喜忧参半的结局，65% 的主角最后是活着的等。这些数字给了我们非常精准的电影信息，给我们提供了前所未有的帮助，大数据将为剧作者提供有力的引导和建议。

四、题材的创新

（一）科学探索推动题材创新

电影技术发展和人类的科学探索对电影的发展发挥着非常重要的作用。电影技术带来了电影这一艺术形式，这是电影的技术起点和基础。电影技术的发展给人们带来了越来越好的视听体验。从默片到有声电影，从黑白片到彩色电影，从 3D 特效到 VR 技术，技术的发展给电影的呈现形式和题材拓展带来了革命性的变化。

科学探索为电影提供了新的题材领域，科幻电影是一个绝佳的例证。这类影片将现实世界和超自然现象相结合，探索科学和人类的未知领域，让人类审视自己存在的价值和意义。科学探索的发展为编剧的科学想象提供了依据和支撑，从而也打开了影视题材的新天地。下面我们通过对科幻电影发展史进行粗略的梳理来展示科学探索对拓宽影视题材所作的贡献。

20 世纪早期摄影技术的发展迎来了默片时代，第一部科幻电影是用喜剧的形式来展现太空幻想，即乔治·梅里埃的《月球旅行记》，讲述一艘宇宙飞船被大炮发射到月球的故事，上映后颇受欢迎。20 世纪 30 年代电影有了声音和对白，《幽灵帝国》是这一时期比较早的作品。这段时间的科幻电影主要讲述太空旅行、高科技设备和狂热科学家的故事。"二战"后至 50 年代，原子弹的发展与核战争引起人们对世界末日的焦虑，《登陆月球》（1950）是这一时期重要的科幻电影，掀起了科幻电影的热潮。60 年代人类终于成功登上月球，这一阶段太空冒险题材的科幻片大量涌现。70 年代后期出现了几部非常经典的科幻电影，如《星球大战》《超人》《星际旅行 1：无限太空》等。20 世纪末期，互联网的诞生催生了一个新的科幻电影类型——以先进的计算机或信息技术为题材的电影，《黑客帝国》系列就是这一新题材的代表。21 世纪初人工智能已然成为重要关注点，当下对人工智能题材的深度发掘是科幻电影的一个重要方向。

由此我们可以看出，无论是摄影技术的革新发展，还是在太空探索、物理科学、生命科学、电子科学等重大科学领域的突破，都会给影视题材带来新视野。

（二）旧瓶装新酒

罗丹曾说："所谓大师就是这样的人，他用自己的眼睛去看别人见过的东西，在别人司空见惯的东西上能发现出美来。"[1] 编剧也要善于从前人旧有的

---

[1] 奥古斯特·罗丹：《罗丹论艺术》，傅雷译，人民美术出版社，1978，第 5 页。

观点中发掘新的东西、新的美、新的意义和价值。在充分了解故事特质和潜质的情况下进行旧瓶装新酒，是题材创新的主要途径和方法之一。下面介绍几种常见的方法。

1. 同题材的视角变换

同样的题材，如果变换一个视角，换一个审视事物的立场，就会发现新的东西，看到与别人不同的点。以"二战"题材为例，《辛德勒的名单》这部电影，主要表现了在法西斯横行的背景下主人公辛德勒人性的苏醒、善的回归和放大，让我们看到了"二战"中人道主义的温情。电影《伊万的童年》从一个孩子的视角，讲述了主人公在战争中目睹母亲在自己面前死掉，幼小的心灵埋下了对敌人仇恨的种子，他参军经历了各种磨炼，最终仇恨的火焰吞噬了他整个心灵的故事。作者旨在从战争给儿童带来心灵伤害的角度来展示战争的罪恶与可怕。《桂河大桥》着重通过展示战争发动的原因，来说明战争的荒诞性。电影中英国军官以固守英国式的行事原则为最高荣誉，日本军官以效忠国家、不择手段为准则，而美国人则是以自私和现实利益为标准。最后英国人带领其他战俘建成了桂河大桥，这时偷逃出去的美国人却带领部队折返回来，以炸毁大桥为目的，并因此与日军展开激烈的战斗。

再比如成长主题的电影，《毕业生》讲述了一个初入成人世界无所适从、小心试探的大学毕业生，最终找到真实自我的成长故事，其成长的标志就是学会辨识，听从自己的内心，并具备了大胆拒绝和热烈追求的勇气。《千

图 2-5　电影《千与千寻》剧照

与千寻》也是成长题材，影片把成长的标准定位为博爱与宽容，千寻用博爱与宽容获得了所有人的爱和尊重，她在这一过程中也获得了成长。

2. 故事讲述方式变化带来的创新

除了变换讲述视角能给同题材故事带来新鲜感，不同的讲述方式也能带

给人耳目一新的感觉。同是爱情题材，电影《初恋这件小事》运用了倒叙、顺序两种叙事方式。影片时长 1 小时 57 分钟，其中 1 小时 40 分钟都在用顺叙的方式以女主小水为视角讲述她的暗恋、表白及表白遭拒。在这一过程中我们跟随女主角完成了感情积累和蓄势。表白遭拒后则立即转变为以男主角阿亮为叙事线索进行的倒叙讲述，他回忆的内容恰好对应与填充了女主角暗恋过程中每一件事情的男主一方的感受，故事又折叠回去，才明白原来男主也是暗恋女主的，在女主的哭声和男主的回忆中，让观众重温了他们初恋的所有美好。这一部分用时大约 6 分钟。接下来又以顺叙的方法展示了两个人多年后的相遇和终成眷属的美满结局。

3. 故事结构改变带来的创新

故事结构的创新也是旧瓶装新酒的一种。传统的结构（开端、发展、高潮、结局）无疑是故事坚固的钢梁，能够使故事平稳地展开，大多数故事都是这种结构设计。在结构上尝试创新会带来不同的故事观感。比如很多故事都用到了套层结构，较早的电影作品《八部半》、国产优秀影片《霸王别姬》，还有美国大片《盗梦空间》等。我们以《霸王别姬》为例，主人公程蝶衣把戏台上《霸王别姬》中和师哥的角色关系即霸王和虞姬的关系迁移到现实生活中，达到戏里戏外的一致性，进入人生如戏、戏如人生的境界。戏里戏外两条叙事线索的交互缠绕增加了电影主题的深刻性、人物形象的鲜明性，增强了故事的意境和韵味之美，提高了片子的艺术格调。

4. 突破旧有人物形象带来的创新

同题材的故事在人物形象上大多有一定的相似性，就形成了一定的类型。如果能在人们已经形成的认知上进行颠覆和突破，会获得意想不到的效果，可以带来新鲜感。这就要提到以《大话西游》为代表的周星驰系列喜剧电影。唐僧在人们传统的印象里是一个集各种美德于一身的高尚形象，他善良、正直、执着、勇敢、自律、对佛虔诚，但是在《大话西游》里面唐僧变成了微不足道、戏份很少的配角。影片通过主角孙悟空的前世至尊宝的行动，成功地赋予了孙悟空这一形象更多的内涵，突破了旧有形象。近年也有一些以《西游记》为蓝本进行改编的电影，比如《三打白骨精》《女儿国》等，都对原来文学作品中的人物形象进行了一定程度上的改编和突破。《哪吒之魔童降世》这部影片也是对传统哪吒乖顺、听话形象的一个突破。人物形象的突破就是此类影片的看点和卖点之一。

图2-6　电影《哪吒之魔童降世》剧照

五、主题的基本内涵和类型

（一）基本内涵

故事的本质就在于它的主题，失去了主题，故事无法安身立命，内涵也就烟消云散。关于主题的概念有很多说法，并没有一个完整统一的定论。威廉·阿契尔说过："所谓主题可以有下面这两种意义：或者是指一个剧本的主要题旨（subject），或者是指剧本的故事，也许前者是他本来的或者相对更适用的含义。"[1] 普多夫金也曾提到主题是一个为各种艺术所共有的概念。人类的每一种想法都可以成为作品的主题，电影同其他艺术一样，对主题的选择是没有限制的。主题在英文版的剧作理论书籍中主要存在以下几个概念：第一个是subject，指的是中心思想；第二个是theme，指故事的核心；第三种是topic，指论点和谈话的核心。翻译成中文的时候，我们把这些词语统称为主题，因此主题就变得相对宽泛了。当下电影理论通常将主题分为主控思想（也称为主题思想）、情节主题、情感主题。

（二）故事主题基本类型

1. 主控思想

关于思想主题，麦基在他的作品《故事》中用主控思想这个词代替思想主题，非常鲜明地表明了如下两层意思：一是一个故事可能不只具有一个主题思想，而是具有多个要表现的思想、要传达的声音；二是我们经过斟酌选择

---

① 威廉·阿契尔：《剧作法》，吴钧燮、聂文杞译，中国戏剧出版社，2004，第15页。

最终确定了哪一个是最主要的，哪些是次要的，确立了它们的主次关系。这表明了主题的多义性和主次关系。

很多作品包含多个主题，影片《肖申克的救赎》中至少包含 3 个主题。第一个主题是自由与希望。安迪曾说："心怀希望是一件好事，也许是最好的事，心怀希望就永远都有希望。"从进入肖申克监狱的那一天起他从没放弃过希望，在 20 年为越狱准备的过程中，他心中始终闪耀着希望之光。在影片中安迪还三次拥抱自己深情渴望的自由，第一次是坐在屋顶上，和小伙伴们喝着啤酒，沐浴着阳光，这是狱中前所未有的犯人享受自由的机会，它是安迪努力争取来的。第二次他以被关禁闭为代价在监狱里给犯人放广播《费加罗的婚礼》，使自己和犯人的灵魂触摸到了自由。第三次是安迪越狱成功，获得了人身自由。他跪在滂沱大雨中向天空伸出了双臂，表达自己获得自由的欢愉。第二个主题是体制化对人的伤害。剧中犯人瑞德说："监狱的高墙实在有趣。刚入狱的时候你痛恨它；慢慢的，你开始习惯它；最终你会离不开它。"电影中被体制化的代表人物就是布洛克，他是体制化的受害者，在自由人生开始时因无法适应而选择自杀。第三个主题就是救赎。在剧中救赎者有两个：一个是大家精神信仰上的救世主耶稣，另一个是现实中的自己，究竟哪一个是真正的救赎者，显然作者更倾向于后者。这三个主题在影片中都得到了较好的诠释，但是我们会发现，一个人不放弃对自由的渴望，并最终获得它，这才是最主要的思想和最强大的声音，是被编剧放在第一位的。当然放在次要地位的两个思想主题也是为了托起和呈现第一主题，三者之间是紧密关联的。

2. 情节主题

情节主题即以情节发展线索为集中体现的情节形态，李渔在《闲情偶寄》中说道："一本戏中，有无数人名，究竟俱属陪宾，原其初心，止为一人而设。"[①] 意思是一部戏中会有很多的人物，但终究都属于陪衬人物，作者设置这些人物的初衷，都只是为了核心的那一个人物设置。而这一个人，自始至终，他的悲欢离合，他的无限情感，他与其他事情的关联，又都是为一件事情而设置。如果再进行提炼，就应该是一人一事一线到底。这就是我们通常

---

① 李渔：《闲情偶寄》，万卷出版社，2009，第 14 页。

所说的情节主题。情节主题如果用一句话来进行概括，应该是一个人做了一件什么事，结果如何。比如《淘金记》讲述了夏洛特跟风淘金热来到西部淘金，经历了一系列的冒险和挫折，最后机缘巧合成了富翁并获得了爱情的故事。《精神病患者》讲述了一个具有双重人格的精神病患者杀人并最终被发现的故事。《正午》讲述了美国西部一个小镇的镇长关键时刻独撑危局、打败暴徒并最终离开小镇的故事。《中央车站》讲述了一个在中央车站以替人写信为生的女人，在帮一个小男孩寻找父亲的过程中受到感化进而走上温暖人生路的故事。

要想使情节主题完美呈现，需要在情节的展开、冲突的设置与解决、细节的新颖、节奏的把握等多方面下功夫。这些在本书后面的章节有详细的讲解，在这里不进行展开。

3. 情感主题

情感主题是故事主题的类型之一，观众在观影过程中也会被情节故事感染，产生不同的情感，比如看喜剧的时候观众会产生愉悦的情感；看意大利现实主义电影《偷自行车的人》的时候，会觉得伤感、压抑；所以情感主题是故事主题不可或缺的方面，并且很多电影是以让观众获得强烈鲜明的情感体验取胜的，比如《天堂电影院》《情书》《卡门》《浓情巧克力》等。根据影片引起的情感类型可以将情感主题分为三个种类，分别是正剧主题、悲剧主题和喜剧主题。

正剧通常意义上会给观众一个旁观和审视的视角，看完电影观众不会产生强烈的悲喜情感。正剧主题的电影会让观众的情绪保持平稳，一般历史题材的片子属于这一类，如《雍正王朝》《孝庄秘史》《康熙大帝》《辛亥革命》《鸡毛飞上天》等。

悲剧，亚里士多德认为，悲剧的矛盾冲突集中地表现为与我们相识的人"遭受不应遭受的厄运"，悲剧因展开了个体生命的毁灭而具有异常深刻的意义。由此我们可以认识到，生活中能够引起悲剧情感的一个内核就是让真善美的东西遭受打击或者毁灭，悲剧因自身具有的毁灭性而具有庄严、高尚的意义。悲剧引起了观众的怜悯同情或者忧虑恐惧，这样的感情体验是观众愿意到电影院的原因之一。悲剧精神既包含在伟大、崇高这些词语的内涵里，也包含在日常生活的苦难中，以及面对这些苦难无法拒绝和无力抗拒的无奈。用麦基在《故事》中的说法，即"低落结局故事的表达是我们的愤世嫉俗、失落感和时运不济之叹，是对文明堕落和人性黑暗的一种具有负面负荷的观感；我们所害怕发生而又明知它会时常发生的人生境遇，这些足够引起人类的情感共鸣。"[①] 电影《活着》《菊豆》都表达了对苦难无法回避、无能为力的主题，观众基于自己生活中对苦难、命运的经验对电影中的人物产生强烈的共鸣。

　　喜剧能给观众带来欢乐，但喜剧同样也可以表达深刻、严肃的主题，它可以借助反讽来加强喜剧内涵上的深刻性。比如姜文的两部电影《鬼子来了》《让子弹飞》，张艺谋的《有话好好说》，徐峥的《人在囧途》系列，这些喜剧电影都对人生进行了复杂而深刻的思考。

　　4. 三者关系

　　故事的三个主题，主控思想（思想主题）、情节主题、情感主题各司其职，主控思想提供可信性，情节主题提供可看性，情感主题提供可感性。三者中，情节主题是基础，情节主题对主控思想起着承载作用。一个深刻的主题思想，必须放在情节故事中具体地展开才能得以实现。在一些观点里面，情感主题隐藏在情节主题中，统称为情节主题而不单列。下面具体阐述一下情节主题与思想主题的关系。

　　关于情节主题和思想主题的关系，普多夫金曾说："最好的电影都具有这样的特点：主题很简单，剧情不复杂。"[②] 贝拉巴拉兹同塔可夫斯基共同揭示了电影创作的核心问题，即如何透过情节表达思想，也就是情节主题和思想主题之间的关系。他认为情节主题应当承担叙事的主要功能，即作品的情节主题需要集中注意力讲述故事，使故事赋予生动性和完整性。而思想主题则承载了作者的情感、思想、立场和价值观。在伊朗电影《小鞋子》中，哥哥阿里不小心弄丢了妹妹唯一的鞋子，家境贫寒的兄妹两个人只好穿一双鞋上学，最后阿里想尽一切办法希望给妹妹弄到一双新鞋子。从情节主题上来看，形

---

　　① 罗伯特·麦基：《故事》，周铁东译，天津人民出版社，2014，第140页。

　　② 普多夫金：《论电影的编剧导演和演员》，何力译，中国电影出版社，1980，第18页。

成了失去鞋子—寻找鞋子—争取鞋子这样一个情节线索，来循序渐进地推进故事。在这样一个框架下，我们还会看到思想主题的发展：电影围绕鞋子展开的一系列事件，描绘出了兄妹两人的情感关系，将人物的情感变化表现得淋漓尽致。哥哥阿里心态的变化由最初的消极敷衍到尽最大努力帮妹妹争取一双新鞋子。对观众来说，通过这件小事可以透视人物复杂的心理变化以及心灵深处最敏感的伤痛，可以感受到人物简单而又极其强烈的愿望，这正是打动观众心灵的地方。

在这里，我们还要讲一个关于主题显与隐、有和无的问题。越是伟大的作品其主题越模糊，近于没有主题。有时我们看到一个作品，并不能清晰地描述它的主题是什么，但能清晰地感受到它的存在。其实主题的显与隐、有和无是相对的，清晰的主题能够被我们捕捉到、提炼出，而隐和无近于一种修辞手法，让我们感慨万千、多层次感受却又无法言明。绝对没有主题的作品是不存在的。在后现代的一些作品中，比如《等待戈多》这样的电影，表现荒诞本身就是主题，表现无价值、无意义就是主题，对传统价值观进行解构、消解就是主题。编剧在讲述一个传统的故事时，在追求让观众看懂的同时，还要给他们留有探寻、回味的空间。

六、常见的主题范式

由于剧作的主题和题材有着很大的关联性，在一定程度上来说题材决定了主题方向。事实上我们在创作时很大程度上遵循了这一规律。但是如果仅以此为准则又限制了主题本身的多样性与创新性，有时主题要挣脱题材的规定性，进行大胆的创新。常见的主题有以下几种：

（一）爱情主题

爱情是人类永恒不变的主题。围绕爱情主题可以展示人们多种多样的认识和理解，包括对爱情本质的认知和体悟，在人类学、社会学、伦理学等框架下的生存、性本能、理性等之间的关系矛盾，社会道德、伦理、禁忌、文化等对爱情带来的影响。这些思考和探寻都给爱情主题带来了丰富性。

爱情主题的创作流程首先是爱情吸引阶段，包括一见钟情、日久生情、青梅竹马、情投意合等方式。其次是爱情受到阻力，包括误会、隔膜、沟通不畅、文化思想差异、社会与家庭阻力等。再次是选择阶段，包括放弃与坚持。最后就是结局，有情人终成眷属或者终成遗憾。遗憾里面包括分别、生死，像《泰坦尼克号》《人鬼情未了》等影片都是如此。

（二）成长主题

成长一直是重要的故事母题。对个人的社会化来说，社会化的合理性和有效性往往表现在个体的选择和体验中，并且最终体现在个体具备有效认知和选择的能力上。因此以个人成长为原型的传记叙事类型一直是重要的故事模式，也是重要的主题。比如电影《红与黑》中，主人公于连对资产阶级、封建贵族阶级的认识是随着他的生活环境、身份地位的变化逐步完成的，一直延续到他被关进监狱。这时他才认识到这两个阶级原来是不容自己的，阶级的壁垒是他和他这个阶级不能打破的，他最终选择了死亡。这选择本身既代表了于连对社会认知的最终完成，也代表了他宁死也要保持独立的、高贵的人格。电影《姐妹情深》中的妈妈不敢面对时间和衰老，经过了一系列的事件她慢慢成长，终于敢于正视和接受自然规律。

（三）对抗主题

生活处处皆矛盾，人生处处皆困境。人类一直处在各种冲突之中，与自然、与他人、与社会，甚至与自己，同时也在各种冲突中获得生存和发展。因此对抗是影视作品中几乎不可避免的主题。影视的对抗主题有三种不同的形式，其一是普遍意义上的正义与邪恶的对抗，比如反法西斯的系列电影。其二是具体的个人与个人的对抗，这种对抗主要是由利益、道德、价值观等引起的对抗，如经典电影《克莱默夫妇》表现的是夫妻对抗，《雨人》是兄弟之间因利益而产生的对抗，《无间道》是正邪黑白的对抗。其三是人物自己两种思想的对抗，如《哈姆雷特》。许多时候，多种对抗也可能相互缠绕交织，产生更多的矛盾层次或者连锁反应。《史密斯夫妇》中的对抗在一开始完全不是个体行为，而是不同的利益集团的对抗，之后是两个人感情的对抗，最终结果是夫妻二人结成联盟共同对抗利益集团。

（四）寻找主题

我们可能因为匮乏、失去、好奇，或者贪婪、欲望，在不断地寻找，包括理想、新大陆、爱情、财宝、宝剑、自己的身世、真相、亲人等。无论是斯皮尔伯格的《琼斯》系列，还是《哈利波特》系列，其实都表达了人们对有意义和有价值的东西的渴求与寻找。电影《我是谁》则把这一主题推向了一个新哲学高度：我是谁，从哪里来，到哪里去。

（五）复仇主题

以复仇为主题的故事一如既往地吸引着观众。从《安提戈涅》到《哈姆雷特》，再到《基督山伯爵》，都是复仇主题，而复仇主题电影也不胜枚举，比如《守法公民》《水果硬糖》《不可饶恕》等。复仇主题的电影大多包含这样几个元素：恶势力、主人公的家庭或群体受到伤害，但一般都是严重的伤害，主人公逃难的过程也是主人公积蓄能量的过程，在这个过程中他往往能得到他人的帮助，最终与恶势力抗争，经历危险，取得胜利。

（六）变态主题

通常人们把在群体中出现频率高的心理现象称为常态，反之称为变态。电影中的变态因素很多，比如生活变更、经济贫困、种族歧视、社会压力等。变态心理和人格往往由于违反社会公共道德规范、危害他人而成为社会的对立面，例如希区柯克的电影《精神病患者》《爱德华大夫》。变态主题大多包括这样几个核心元素：变态人物的变态性与常态性、危害事件、冲突及其解决、变态人物的被毁灭或者被接纳。

七、确定主题

（一）主题的确定

主题思想要具有正能量。价值和意义的追寻可以经历一些曲折，甚至走一些弯路，但最终是为正能量的回归和释放服务。主题的方向性必须正确，这是根本的问题。在电影《朗读者》中，男女主人公的分歧就在于对二战中女主犯下的错误的不同认识。片中男主人公对法西斯的批判立场非常坚定，这导致了在感情上深深相爱的两个人没能走到一起。尽管观众从感情立场对故事结局感到非常遗憾，但编剧和导演始终坚持正确的价值观，没有因此产生丝毫的松动。所以我们在创作故事的时候，基本的价值观必须保持正确，决不可越过红线，颠倒黑白。

（二）主题的要求

主题要简单、明确、独特、深刻。

简单和明确可以放在一起讲，主题简单容易做到明确，主题复杂了容易变得模糊不清。前面我们提到主题的单一性，主控思想不能过于复杂。虽然一部作品是思想主题、情节主题、情感主题的协奏曲，思想主题也可以多角度挖掘，但是主调只能有一个。比如《初恋这件小事》的主题有爱情、成长、友谊、亲情等，但是主调就是爱情，简单鲜明。

而独特、深刻，就在于剧作者思想的深度和创新能力。比如电影《银翼杀手》第一部和第二部，第一部的主题定位是人与复制人之间的平等问题。第二部更进一步深化，提出了复制人可不可以有感情的问题，以及由此形成的对人类自身的审视和追问：人类是什么？人类的存在会不会被复制人代替？人存在的价值和意义是什么？主题上升到这样的哲学高度，充分体现了剧作者的思想深度和独特视角。

八、主题的呈现

情节故事的展示流动包含诸多要素，比如人物、细节、场景、对白、道具甚至是色调、氛围等。主题需要伴随情节，主题所到之处都留有自己的痕迹，最终把情节引向预设的主题方向。下面我们从其中几个方面具体说明一下。

（一）故事结局呈现主题

故事结局是故事主题最主要、最明显、最直接、最有力的载体。比如《肖申克的救赎》通过主人公安迪最终越狱成功，体现了人对自由的渴望，展示了自我救赎的力量。《贫民窟的百万富翁》以主人公杰玛·马利克过关斩将的成功答题，来展示人生最重要的不是金钱而是爱的主题。《千与千寻》中千寻最终获得了汤屋所有人的认可，也救出了自己的父母，这一结局表达了博爱和宽容必将带来快乐幸福的成长主题。《毕业生》中本杰明勇敢地拉着新娘逃婚，充分表达了成长就是能够辨识自己的内心声音并果断地付诸行动。故事结局对主题的体现是直接且重要的。

（二）人物台词呈现主题

人物语言是表达人物思想的载体，人物台词首先要完成人物自身的表达需求，同时也是表达故事主题的重要载体。我们知道很多影片的经典台词都很好地呈现了故事的主题。比如《大话西游》至尊宝的台词："曾经有一份真挚的感情摆在我的面前，我没有珍惜，等我失去的时候才追悔莫及，人间最痛苦的事莫过于此，你的剑在我的咽喉上刺下去吧，不用再犹豫了！如果上天能给我一次再来一次的机会，我会对那个女孩说三个字：我爱你！如果非要在这份爱上加一个期限，我希望是一万年！"电影《寄生虫》中朴社长频繁使用的衡量佣人是否合格的一个词语——"越界"，也准确、凝练地揭示阶级固化、不可逾越的主题。

（三）道具呈现主题

主人公使用的道具在表现人物内心和性格方面上起着重要的作用，是人物内心的外化。主人公又是主题的重要载体，因此在某种程度上主人公道具也是思想主题的载体。比如《铁皮鼓》中的主人公挂在胸前的铁皮鼓，是他拒绝成长的一个标志，这个三岁时母亲送给他的生日礼物是他阻挡混乱的成人世界的利器，表明了他抗拒长大的愿望，表达了民众对当时法西斯笼罩下的社会的拒绝与反抗的主题。《肖申克的救赎》中，安迪正是把用来打通隧道的锤子放在一本《圣经》里，才避免了引起狱警的怀疑，最终成功逃脱。《圣经》和锤子都是富有寓意的道具，前者代表了救赎，后者代表了破坏与反抗，最终安迪靠自己的努力打破了监狱的制度，实现了自我救赎。

（四）空间场景呈现主题

空间场景对主题呈现也有呼应或暗示的作用。比如《花样年华》中有一个反复出现的空间场景——狭窄的街巷楼梯，两位主角或在这狭窄的空间相遇、停留片刻，或各自单独地走过这狭窄的楼梯。这一旧式楼梯空间的狭窄性特点，正好映衬出主人公内心情感通道的逼仄。两人暗生情愫，但由于传统道德的约束只能望而却步、欲言又止，狭窄的空间环境暗示了两个人狭窄的选择余地。电影《三峡好人》中的每一场景都没有经过美化处理，自然、嘈杂、脏乱、新旧同框，通过空间场景暗示了小人物生活的现实性、真实性和人物的淳朴。

（五）色调呈现主题

通过对色调的使用也能很好地表现主题。红色在艺术美学中象征热情、奔放、生命、渴望、幸福等。导演张艺谋在影片中对红色艺术性的运用受到国内外业界人士的好评，《红高粱》《大红灯笼高高挂》等影片中都赋予了红色生命、激情、崇高、悲壮等含义，在一定程度上暗示了影片的主题。电影《情书》以白色为主色调，表达了爱情的纯洁和没能及时体悟的遗憾。《花火》使用蓝色为主色调，在电影中蓝色的大海、蓝色的天空、阿西掉进雪里的手套，甚至街道、车子、人的衣服、房子都是蓝色，最后绽放在空中的花火也是蓝色的。导演用无处不在的蓝色调让观众感受到主人公内心深处溢出的感伤和无奈。

主题是一部作品的核心，不能有一点马虎与差错，思想主题依靠情节主题才能呈现，所以我们要抓住影视的视听特点，从多个方面入手来表现主题。

| 第三章　人物创作 |

人物是剧本创作的核心环节，创造出复杂而典型的人物形象是剧作者致力追求的。别林斯基曾言："人是戏剧的主人公，在戏剧中，不是事件支配人，而是人支配事件。"因此编剧在进行创作时，首先要想到的是故事是一个关于什么样人物的故事，是一个什么样的人去做什么事的故事。换言之，人物是戏剧故事进展的核心动力，由于人物的不同动机与需求，人物进而产生一系列的行为活动，以此来推进故事进程。本章将从了解人物、剧作中的角色划分与人物关系建构、人物的出场、人物建构：动机与行动、人物的构思模式五个版块对人物创作进行详细解读。

一、了解人物

作为剧本创作的核心环节，人物的创作往往需要花费编剧大量的时间。作品中的人物是否真实可信，人物的经历是否能让观众感同身受，这些都直接决定了作品的成功与否。在现实创作过程中，编剧常常会遭遇这样的创作困境：当他们费尽心力完成了创作，故事的情节曲折跌宕、人物关系复杂多元……但最后人物不成立，致使作品的整体水准下降。这种情况出现的原因，往往是因为编剧对他笔下的人物了解得不够深入。比如进入 21 世纪 10 年代以后，伴随《医者仁心》《心术》等行业剧的热播，国内电视剧市场涌现出了很多同类型的行业题材电视剧。《青年医生》《急诊科故事》《亲爱的翻译官》《谈判官》《外科风云》等作品的编剧虽然对剧中人物的行业进行了前期的走访调查，但是他们均未真正体验过剧中人的生活，使作品中的一些细节不到位，感情投入不足，人物创作的质感有所欠缺。

因此，创作人物的第一步应该是研究。大多数编剧的创作都会涉及新的领域，这要求编剧必须做一些课前研究与调研，以确保人物与环境的真实性。一般来说对人物的了解包括人物自然背景和社会背景两个方面。

（一）自然背景

自然背景指的是故事中的人物所处的环境。悉德·菲尔德把环境比作杯子，环境是环绕着人物的空间，可以由故事和人物的细节灌满。[①] 编剧想要创作出真实的有血有肉的人物，首先要对人物进行出身背景的设定，比如人物的出生情况、家庭关系、外貌等与生俱来的属性。编剧要对人物出生在一个怎样的家庭中，父母是否健在，家中有几口人，是否有兄弟姊妹，父母感情是否和睦，兄妹感情如何，主人公是否结婚，是否离婚或分居，是否有孩子，孩子几岁，学习成绩如何等进行详尽的设定。这些设定将对人物的塑造产生重要的影响。

例如 2019 年由汪俊执导，黄磊编剧，海清、黄磊、陶虹等主演的电视剧《小欢喜》中方一凡和季杨杨两个人物的出身设定。

1. 方一凡，方圆与童文洁的儿子，高三学生

方一凡的父亲方圆毕业于中国政法大学法学专业，性格开明随和，喜欢花草鸟兽，对待生活很乐观，在家中一直是慈父形象。他对儿子实行的是宽容政策。对儿子方一凡，他很乐观，只希望儿子健康成长，对成绩没有那么多的要求，他与老婆童文洁很相爱。母亲童文洁毕业于中央财经大学的财务类专业，独立自强，是典型的中国式妈妈。她是可以为了孩子无私奉献的

---

① 悉德·菲尔德：《电影剧本写作基础》，戴尔出版公司，1979，第 31—32 页。

"陪读家长"，她"恨铁不成钢"，用自己的所有能力守护着家庭和孩子，但她对孩子也非常严厉。然而，因为长期的焦虑，她的性格变得非常暴躁。他们夫妻二人在公司担任高管，一家三口住在北京一处价值 1000 万元以上的大三居里。

方一凡自小性格开朗、敢爱敢言。但他的学习成绩一直较差，从小学到高中，成绩一直在年级下游徘徊，甚至在高三分班时，拿了倒数第一名。进入高三阶段，为了儿子的高考，全家搬到了闺蜜宋倩的学区房，开始了为期一年的伴读生活。方一凡读高三期间，方圆和童文洁相继失业。为了养家糊口，方圆白天开网约车，晚上兼职配音。岂料屋漏偏逢连夜雨，方一凡的爷爷奶奶被传销人员骗走 80 多万元，除了自己的退休金和养老金打了水漂，还借了左邻右舍几十万元，迫于无奈，方圆和童文洁只能卖掉房子帮爸妈还债。

全家陷入困境后，方一凡体谅父母，开始与表弟私下代课挣钱贴补家用。虽然方一凡的文化成绩不理想，但是自幼喜欢蹦蹦跳跳的他，最终经过刻苦的专业训练，通过艺考考上了理想的大学。

2. 季杨杨，季胜利和刘静的儿子，高三学生

季杨杨的父亲季胜利为人忠厚，是政府工作人员，工作十分繁忙，和儿子的沟通交流很少。母亲刘静，是北京天文馆某处室主任，为人温和娴静、知书达理，是典型的贤妻良母。季杨杨从小由于父母工作繁忙，特别是父母外调青海工作多年，他跟着舅舅刘铮长大，他和舅舅刘铮的感情很好，和自己的亲生父亲感情较为淡薄。他性格叛逆不羁，学习成绩一直不理想。他热爱赛车，希望成为一名赛车手。

高三时由于父亲工作调回北京，季杨杨回到父母身边生活。由于多年缺少陪伴与沟通，家庭关系一度陷入困境。后经过母亲刘静的调和，季杨杨和父亲之间的关系不断缓和，特别是在母亲刘静生病后，他性格大变，一夜之间长大了不少。

最后，季杨杨发奋学习，在高考中取得了优异成绩。

在电视剧《小欢喜》的人物设定中，详细说明了两个孩子所处的家庭环境、家庭关系以及面临的困境等。观众由此可以知道方一凡性格开朗、敢爱敢言的原因；也知道季杨杨性格高冷、不善与人接触的原因。因此编剧创作的人物不是凭空想象的，人物的出身背景是人物创作的重要参照物。

（二）社会背景

社会背景主要指文化程度、时代特色、职业特性等后天因素。社会背景往往决定了人物该置身于怎样的人物关系网中。编剧们有时为了创作戏剧冲突，常常会让不同社会背景的人在故事中相遇，社会背景的巨大差异致使人物的行为、语言、思维逻辑产生巨大的差异，继而为故事提供了强有力的叙事动力。

韩国的励志偶像剧《大长今》，围绕主人公徐长今展开，通过徐长今从孤女成长为宫中御厨和第一女御医的经历，从侧面表现了当时宫廷斗争的残酷性。编剧金英贤为了使徐长今这一人物深刻典型，对她的出身与社会背景做了如下设定：

> 徐长今是完美女性，集善良、美貌和智慧于一身，堪称男人心目中的女神。
>
> 父亲徐天寿原为禁卫军官，逃离宫廷后在河边救下被迫害的宫女朴明伊，后结为夫妻。生下徐长今不久后，因宫廷变故，一家分离，徐长今成为孤女，从此寻找父母成为她一生的使命。
>
> 徐长今按照母亲的遗愿进入后宫，成为身份卑微的宫女，而她所要面临的是崔尚宫以及她背后崔氏家族强大的宫廷势力，犹如羊入虎口，随时都会面临生命危险。

在电视剧《大长今》中，自徐长今入宫开始，她就如履薄冰，每一步都走得令人胆战心惊，正是在这样恶劣的社会背景中，徐长今不断成长起来，成为一名独立坚强的女性。特殊的社会背景会给人物提供充足的行为需求，编剧在创作人物初期，要充分了解自己笔下的人物，为人物量身定做一份详细的人物小传是非常有必要的。

　　在悉德·菲尔德的《电影剧本写作基础》中，关于人物的创作，其提到撰写人物小传对编剧理解人物的重要意义。书中指出："人物传记是一种展示人物内在生活的联系，展示人物从出生到现在的情感力量。你的人物是男性还是女性呢？如果是男性，那在故事开始时，他有多大年纪？他住在什么地方？在城市还是在农村？他在哪里出生？他是独生子，还是有兄弟姐妹？他曾经有着怎样的童年生活，是幸福的还是不幸的？身体是否有过大的疾病？他同他的父母关系如何？孩提时，他是否经常闯祸？他淘气顽皮吗？他是个什么样的孩子？是开朗的、性格外向的，还是认真的、性格内向的？如果你从出生开始系统阐释你的人物，就会看到一个有血有肉的人物在眼前形成。"①

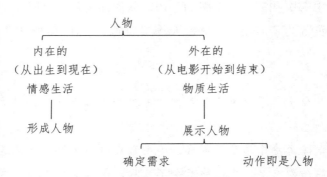

图 3-1　悉德·菲尔德的人物小传图谱

　　如图 3-1 所示，悉德·菲尔德认为编剧必须要了解自己笔下人物的过往。剧本中人物的性格、行为、需求等均能在人物的过往中找到蛛丝马迹。例如，编剧笔下的人物 A 性格孤僻，很少有知心朋友，他最大的愿望是去看大海。那么在他的生活经历中，就应该可以挖掘其性格孤僻和希望看看大海的原因，"看海"这一人物需求为故事的推进提供了叙事动力，帮助人物产生行为动作。当然，编剧绝不应该让主人公的愿望顺利达成，而要制造各种障碍，以构建出故事的戏剧冲突。

———————————

　　① 悉德·菲尔德：《电影剧本写作基础（悉德·菲尔德经典剧作教程1）》，钟大丰、鲍玉珩译，世界图书出版公司北京公司，2015，第36—37页。

二、剧作中的角色划分与人物关系建构

在剧本创作中，人物的重要性不言而喻。人物是故事的主体，故事的主题表达、情节设置、空间搭建等都需要依托复杂而具体的人物来完成。一部优秀的影视作品必然包含众多典型的人物形象和复杂的人物关系。作为编剧，要对作品中的众多人物进行层次划分，对人物的关系进行巧妙的搭建。

（一）剧作中的角色划分

在一部影视作品中，既有在故事中起引领作用的主要人物，也有衬托主要角色的次要人物，还有在关键时刻能够起到重要作用的功能性角色。

1. 主要人物

主要人物是指故事中的关键人物，即通常意义上的"主人公"。例如电影《教父》里的维托·唐·科莱昂，《无间道》里的刘建明、陈永仁，美剧《实习医生格蕾》里的梅雷迪斯·格蕾，韩剧《太阳的后裔》里的柳时镇、姜暮烟，《琅琊榜》里的梅长苏、萧景琰、霓凰郡主等，都是作品中的主要人物。这些人物通常担负着决定事件发展方向的重任。同时他们也是故事中各个矛盾的聚焦点，对故事的发展起着决定性作用。[1]

此外，值得强调的是，作为故事的主要塑造对象，主要人物往往具有鲜明的艺术个性，具有明显的典型化创作倾向。恩格斯曾言：要在典型的环境下塑造典型的人物。优秀作品中的主要人物往往能深刻揭示人类的共性，让观众更深刻地了解人性，能引发观众强烈的情感共鸣。例如电视剧《历史的天空》中的主人公姜大牙，虽然故事表述的时代离我们相距较远，但是他表现出的坚毅品格、鲜明的个性、坚定的信仰，他在敌人面前的大无畏精神，这些都能引发观众对自己人生的思考。

2. 次要人物

次要人物的主要作用在于辅助主要人物完成推动叙事，表达主题，使整个故事看起来更加丰盈。[2]值得强调的是在影视作品中，次要人物也是具有

---

① 王世杰：《影视剧作法》，北京大学出版社，2010，第46页。
② 王世杰：《影视剧作法》，北京大学出版社，2010，第47页。

独立个性的人物，作为配角，主要的价值在于对主角形象做辅助性构建。

在影视作品中次要人物的作用主要有以下几种：

（1）反衬

这一类次要人物具有一定的典型性。这些人物的设定往往是针对主要人物的特点反向创作的。例如《士兵突击》中次要人物成才的人物特点就是针对主要人物许三多的人物特性专门塑造的。该剧中许三多性格执拗、憨厚老实。而成才圆滑世故、急功近利，故事最终通过成才的失败表达了对主人公许三多式人物的认可与褒扬。

另外，很多影视剧中次要人物是为了衬托主要人物多元的性格特点而特意定制的。例如在电视剧《正阳门下小女人》中，围绕主要人物徐慧真设置了一个复杂的人物关系网：通过商业对手陈雪茹、范金有，表现了徐慧真信义为本、稳扎稳打的经商理念；通过片儿爷、牛爷等人，表现了徐慧真善于交际、开朗自信的性格；通过贺永强、徐慧芝，表现了徐慧真豁达的心胸；通过徐静理、徐静平、贺小夏等子女，突出了徐慧真对子女教育的开阔视野和高远格局。总之，通过这些次要人物与徐慧真的搭戏，将主人公徐慧真的性格进行了多元反衬。

（2）喜剧效果

这类人物是编剧为了增加故事的喜剧色彩，增强故事的可看性而特意设置的。其中，一类是围绕在主角身旁的一些辅助性人物，这些人物往往个性鲜明，具有较强的喜剧色彩。比如近年热播的一系列大女主戏中，编剧会在女主角身边特意打造一个"男闺蜜"形象，这些人物的设计往往贴心讨喜，深得观众喜爱。例如电视剧《咱们结婚吧》中的焦阳，《我爱男闺蜜》中的方俊，《我可能不会爱你》中的李大仁等；另一类常见的人物是在作品中短暂出现，但是极具个性化和戏剧效果，例如电影《唐人街探案 2》中范湉湉饰演的唐人街职介所老板一角，虽然在整个电影中占比很小，但十分出彩，演员范湉湉在短短几分钟内的精彩演绎使一个蛮横市侩的形象跃然银幕。

3. 功能性人物

严格意义上来讲，功能性人物应该属于次要人物的一个分支。他们在剧中的地位不是很重要，戏份也不多，却承担着某些不可或缺的功能。例如电视剧《大宋提刑官》中的瑛姑、《神探狄仁杰》中的如燕等。一个功能性人物在故事中可以承担多种功能，主要包括：定义主人公社会角色、传达故事主题、增加叙事副线和情节助推。

（1）定义主人公社会角色

编剧笔下主人公的社会身份需要通过角色的行为以及工作场景来得到确定。例如电影《选美俏卧底》的主人公艾米丽是一位鲁莽的女警察，为了确定其身份需要一批警员、首长、嫌疑犯等功能性角色，这些角色往往在影片中只出现一次或两次，目的就是为了表明主人公的社会角色。

（2）传达故事主题

故事的主题通常需要主人公的行为和语言表达出来。但是编剧为了避免故事啰唆与刻意，会设定一些功能性人物与主人公配合，多元地传达出故事的主题，以此避免让主人公陷入自行表述主题的尴尬之地。例如电影《飞越疯人院》表达的主题是对权威的对抗，而相关的子主题包含镇压、暴政等。该片的功能性人物传达出了恐惧、渴望安全、压抑的情绪和强烈的期盼。请看这部电影中功能性人物斯皮维医生的台词：

> 斯皮维医生：治—疗、沟—通。这就是说，这个病房也是个小规模的社会。社会决定了谁是疯子，谁不是。你必须符合标准。我们的目标是建立一个完全民主的、由病人自治的病房，使你复原并适应外界。重要的是，不要让心中留有任何引起怨恨的东西，要说话，要讨论，要坦白。如果你听到别的病人有什么特殊言论，就把他登记在登记簿上，以便我们能看到。你知道这个程序叫什么吗？
>
> 麦克墨菲：告密。

（3）增加叙事副线和情节助推

在一些作品中，人物的设计起到了为主人公增加叙事副线和助推情节的重要功能。比如国内著名的悬疑探案系列电视剧《少年包青天》中出现的几位女性角色：楚楚、小蜻蜓、小蛮、小风筝。这些女性角色一方面与男主人公包拯搭建出了一条条感情副线，让观众看到主人公少年包拯不仅心思缜密、铁面无私，也有感情细腻、有情有义的一面。另一方面这些女性角色常常在主人公包拯处于破案推理的瓶颈时期时，以一种无意点醒的形式助推包拯破案，起到了情节助推的功能。

另外，按照故事中人物展现的性格层次，可将人物划分为扁平人物和圆形人物。

（1）扁平人物

扁平人物指的是人物性格比较单一，在影视作品中只呈现出单面性格的人物。在影视作品中，一些次要性人物通常可以设置为扁平人物。例如电影《唐人街探案2》中，范湉湉饰演的唐人街职业所老板一角就是扁平人物。

（2）圆形人物

圆形人物是指剧中呈现出多面性格的人物。例如新历史主义题材电视剧《激情燃烧的岁月》中的石光荣、《历史的天空》中的姜大牙、《亮剑》中的李云龙等人物，均属于圆形人物。与以往的革命历史题材相比，这三位主人公的塑造克服了原有英雄人物的脸谱化、扁平化的局限，使人物充满立体的人性的特征。李云龙是农民出身，没什么文化，动不动就满口脏话，性格冲动，是典型的"活土匪"。而正是这样一个"土"军人，却在关键时刻表现出了常人不能及的军事才能。性格典型的李云龙也成为中国革命历史题材电视中英雄形象的典型代表性人物之一。

圆形人物和扁平人物是一部作品中都应该出现的人物。编剧不要试图去将所有的人物都打造成圆形人物，这样会使作品冗长，重点不突出。因此，编剧常常将主要人物打造成圆形人物，将次要人物打造成扁平人物，这样会使作品的人物设计整体张弛有度。

（二）剧作中人物关系的建构

影视作品中的戏剧性取决于作品中人物关系的建构，人物关系是为人物搭建戏剧的舞台，独立的个体无法发生戏剧关系。以戏剧冲突来说，戏剧冲突是人与人之间的冲突，只有把人放在一定的人物关系中才可能发生戏剧冲突。

1. 人物之间的角色关系

在影视作品中，人物可以按角色分为男主角、女主角、男配角、女配角、反派角色与正派角色等。

以影视作品中的正派角色和反派角色塑造为例。大多数情况下，影视作品都是以正派角色为主人公，反派人物为正派人物的对立面来塑造的。少数作品如《绝命毒师》《红蜘蛛》这样的犯罪题材影片，也会将反面角色打造成主人公。

从史学角度来看，传统剧目对正面人物的塑造偏向符号化和脸谱化，将英雄形象塑造成"高大全"式的人物，例如《便衣警察》中有勇有谋的警察周志明，《英雄无悔》中大公无私、正义凛然的公安干警周天等。而近年来编创者为突破创作定式，塑造了一批更具生活化、人性化的英雄人物，如《刑警本色》中的萧文、《我非英雄》中的陈飞，这些人物同样有着喜怒哀乐、七情六欲，但面对犯罪分子坚强勇敢、绝不手软。但是，正面人物的人性化塑造要注重尺度的把握，不及会让观众感觉失真，过之则会消解人物正义，如网剧《余罪》中的余罪的人物塑造，他极富个性，有勇有谋，完全脱离了"高大全"式的创作模式，而且还增加了不少"痞气"，其以暴制暴的办案手法也给观众带来强烈的审美快感。这样的人物虽然让观众眼前一亮，但是"亦正亦邪"的形象，会有损警察形象，误导观众，容易使观众形成错误的认知。反面角色必须体现出人性中的假丑恶，通过作恶者的丑，来凸显为善者的美。例如以反腐败为主题的作品，通过反腐败斗争，来宣扬公平正义，鞭笞贪污腐败，完成涉案剧"惩恶扬善"的终极命题。

对比分析一下《人民的名义》中正反两大集团，反贪集团以侯亮平、沙瑞金、季昌明、赵东来、陈岩石等为代表；贪污集团以赵瑞龙、高育良、祁同伟、高小琴、陈清泉、刘新建为代表。该剧在正反人物塑造上呈现出明显的失衡状态，正面人物，特别是主角侯亮平，缺乏矛盾刻画。人物在面对困难危机时，常常通过一组闪回镜头，即刚入职时陈岩石带领侯亮平、陈海等人宣誓的画面，来表现其内心对党性的一贯坚持，少有的几次危机冲突，基本都是外部冲突，并未对侯亮平内心的价值判断产生动摇，因此侯亮平属于典型的"完美型人格"。反观该剧的反面人物，编剧使用了足够多的笔墨来表现，特别是高育良、祁同伟两个人物，他们不是彻头彻尾的坏蛋，剧中详细展示了两人走向腐败的过程。祁同伟出身贫寒，大学期间学习优良，是学生会主席，可是由于种种原因只能分配到偏远山区，即便通过自己的努力成为缉毒英雄，还是摆脱不了困境。当他对前途绝望，在大学操场向一位他并不爱的女人下跪求婚时，与其说他跪的是梁璐，不如说他跪的是梁璐背后的政治资源。剧中详尽展现了祁同伟在面对困难时的各种选择，正是种种错误的选择，让他渐渐步入歧途。在描写反面人物时，既要体现人性的复杂和性格的立体，但是也要注意尺度，不能混淆善恶，塑造出"反面英雄"。因此尽管编剧周梅森有意塑造出"英雄的回归"，将侯亮平塑造成一个近乎完美的人物，但是和复杂的反面人物对抗时，扁平化英雄形象的说服力和公信力还是略显薄弱。

2. 人物关系的常见模式

作品中人物关系的建构一般取决于以下几个因素：一是故事要表达的意念，即"故事核"，也就是讲故事的目的；二是塑造主要人物及构建戏剧冲突的需要，通常剧中的主要人物都有自己对应的搭戏对象，次要人物通常就是为了塑造主要人物而设定的；三是不同类型的作品对人物关系构建的要求是不同的。

在影视作品中常见的人物关系有以下几种：

(1) 三角或多角关系

主要人物与其他两位或多位主要配角形成三角或多角关系，此结构适用于以事件为核心，以叙事带人的强情节作品。例如在电视剧《过把瘾》中，方言和杜梅是矛盾对立的双方，在作品前几集中，贾玲作为第三方，起到了催化剂的作用。而方言与杜梅在离婚后，钱康和韩丽婷起到了第三方的作用。20 世纪 90 年代末至 21 世纪初盛行戏说剧，其中《宰相刘罗祸》中的刘墉、和珅、乾隆；《铁齿铜牙纪晓岚》中的乾隆、和珅、纪晓岚等均属于典型的三角式人物关系。悬疑破案片中的人物关系也常常建构成典型的三角式人物关系。

一般传统犯罪文艺作品至少包含三个主要角色或元素，即罪犯、受害者

和侦探（如图 3-2 所示，又称"爱伦·坡三
角公式"）。根据三者能动关系，侧重不同
会构成不同的电影子类型，围绕罪犯、侦
探、受害者三者构建的作品统称犯罪片，
如《小丑》《暗战》等；强调侦探推理过程，
最终惩治罪犯的作品叫作老式侦探片，如

图 3-2 爱伦·坡三角公式

《希拉的临终》《东方快车谋杀案》等；突出表现某一罪犯兴亡史的作品被称为
强盗片，如《小凯撒》《白热》《教父》等。

（2）众星拱月式

众星拱月式以剧中主角人物为核心，其他配角人物都围绕着主角人物进
行设置。这种人物关系结构模式通常适合那些以人物带动叙事的故事形态。
例如电视剧《甄嬛传》中的人物关系就紧紧围绕女主角甄嬛来展开。

（3）混搭式

与众星拱月和三角人物关系相结合，混搭式人物关系旨在围绕主角人物
进行多元建构。例如电视剧《亮剑》中，李云龙是故事的核心人物，但是他与
山本一木、楚云飞各自形成一个三角关系。在情感线中，李云龙与田雨、张
白鹿形成三角关系。

三、人物的出场

在影视作品中一个好的人物出场往往能迅速抓住观众的注意力，引起观
众强烈的审美期待。在影视界有一个约定俗成的概念，叫作"电影的黄金 7 分
钟"和"电视剧的黄金前 3 集"。2018 年的腾讯 V 视界大会更是将这一概念升
级为"生死 7 分钟，黄金前 3 集"。腾讯视频年度指数报表中显示："在第一集
弃剧的用户中 35% 是发生在前 7 分钟，与此同时 40% 的用户会在前三集弃剧。
此外，前 7 分钟弹幕发出量是最高的，7 分钟后倍速观看和拖拽的比例会增加
20%。[1] 而在实际创作中，影片的前 7 分钟主要涉及的内容就是主人公的出场。

---

① 赵春晖：《四位少壮编剧妙解流行剧作法》，《影艺独舌》2019 年 1 月 23 日。

因此，给主人公一个巧妙的出场方式对整个影片来讲至关重要。综合实际作品而言，常见的人物出场方式有以下几种：

（一）直接出场

直接出场指的是人物实实在在的出场。观众可以直接看到人物的形象、身份、性格等特征。例如在电视剧《射雕英雄传》中，江南七怪的出场就属于典型的直接出场形式。

　　　　日　醉仙楼　内

　　　　醉仙楼二楼一老僧端坐在堂内，丘处机单手擎巨鼎（装满酒）踏重步走上楼。老僧见丘，起身施礼。

　　　　丘　（怒问）怎么就你一个人，那狗官段天德呢？

　　　　僧　请道长先息怒，不知道长说的是谁，所以贫僧请了几位江湖上有头有脸的朋友来调解此事，希望大事化小、小事化了。

　　　　丘　好你个臭和尚，我还道你为何要容得几日，原来是去搬救兵去了。告诉你，不管你请谁来，都必须先把人给我交出来。不然，我不会罢休（把鼎抛向和尚）。

　　　　巨鼎飞向和尚，被一铁棍拦住，鼎内酒洒出，一人拿酒杯飞过，舀一杯酒。

　　　　柯　（飞身喝酒坐下）哈哈。

　　　　丘　如果我没看错的话，阁下应该是江南七侠之首飞天蝙蝠柯大侠。贫道，久仰久仰。

　　　　柯　我自幼家贫，靠些本事沿街要饭，侠字不敢当。呵，谢道长赐酒（把巨鼎踢向丘）。

　　　　丘接住巨鼎，一人执扇飞过巨鼎，用扇子舀起一盏酒喝下。

　　　　朱　好酒，百无一用是书生。朱聪手无缚鸡之力，肚无杯酒之量。（施礼）道长见笑了。

　　　　丘　原来是妙手书生朱聪朱二哥，贫道再敬你一杯。（将鼎推向朱）

　　　　巨鼎撞坏楼内装饰，一铁扁担在窗边拦住巨鼎，猛喝一口。

　　　　朱　这是我四弟，南山樵子南希仁，平时少言寡语，道长莫怪。

丘　南四哥的扁担功夫好生厉害，贫道好生佩服。

南　好酒，见过道长。

……

韩　越女剑韩小莹见过道长。

韩　丘道长，马王神韩宝驹，献丑了啊。

丘　（施礼）江南七侠果然了得，武功高强，酒量更好，贫道佩服。

柯　哈哈，我们兄弟七人人称江南七侠，都是怪物而已。大侠，担当不起啊。久闻长春子行侠仗义，钦慕已久，但不知焦木大师又怎么无意中得罪了道长。

通过上述片段，我们可以清楚地得知《射雕英雄传》中江南七怪各自的形象、身份、性格等特征，直接式的出场方式使观众对主人公一目了然。

直接出场同样可以运用在电影中。例如美国电影《选美俏卧底》中女主角格雷西·哈特的出场方式就属于典型的直接出场。影片以女主角格雷西·哈特的幼年入手：校园里的小哈特帮助心仪的男孩打跑欺负他的同学，小哈特向男孩表露心意后却被无情拒绝。从这一段儿时的经历我们大致可以窥探出哈特偏"男孩子"的性格特征。随后镜头一转，主人公哈特已经成为美国FBI的一名探员，在影片开头的出警片段中，由于哈特的个人鲁莽被犯罪者挟持，虽然没有影响最终的结果，但因为自己的鲁莽致使同伴受伤。至此一个偏男性性格、行事鲁莽的女主角形象大致成型。但是编剧不满足于此，镜头随后转向回家后的哈特，凌乱不堪的房间、一直绊倒她的床、关不上门的微波炉、重金属音乐下打拳的哈特等，这些都呈现出了一个急躁鲁莽、不修边幅、生活一团糟且孤独的女性形象。

（二）间接出场

与直接出场不同，间接出场的主人公不会直接出现在观众面前，编剧会采用铺垫的方式，通常表现为利用他人的言语来交代主人公的形象、身份和性格等。这种略带悬念效果的方式，使观众对即将出场的主人公产生期待。电影《穿普拉达的女王》中女主编米兰达的出场方式就是典型的间接出场。

1. 内景　T型台　白天

……

艾米丽　米拉达有两个助理——我是第一个助理，现在要面试一位第二助理，下级助理。（稍顿，戏剧性地）米兰达可是一位了不起的女士，是一个神话。

艾米丽　（继续）跟着她干，你今后到哪个出版社都不成问题。多少女孩都拼命想得到这份工作。

安迪真棒。

艾米丽　要紧的是，安迪，我们是一种时装杂志，对时装的关注是至关重要的。

安迪　何以见得我对时装不关注呢？

艾米丽瞅了她一眼。突然，艾米丽的手机响起来了，她慌张起来。

艾米丽哎呀，天哪。不好！不好！不好！

2. 外景　繁华街道　白天

一辆黑色轿车在大楼外停下。

3. 内景　T型台　白天

艾米丽　（拿起电话）告诉大家………她马上到。

尼格尔转身向办公室喊去。

尼格尔　各就各位。

4. 外景　繁华街道　白天

轿车门打开，我们看到米兰达不凡的光彩：价值2000美金的鳄鱼高跟鞋、香奈儿的夹克衫、完美大发型、奢侈的豪华耳坠……

5. 内景　街道　白天

所有人都处于高度戒备的状态。

助理们拼命把挡路的衣架挪走。

编辑们争先恐后地奔向各自的办公室。

安迪朝里看去，只见一位编辑正将休闲鞋换成高跟鞋……另一个在卷睫毛……还有一位在涂口红……还有一位在把穿在里面的束身内衣调整好……

6. 内景　大厦一楼　白天

我们的目光紧随着米兰达——但是只能看到她的一部分——那 4 英寸的高跟鞋咯噔咯噔地快速走过走廊。

还看到人们忙着做出各种各样的反应。

门卫、助理和秘书们畏畏缩缩，知名的部门主管毕恭毕敬向她示意。

米兰达保持快捷的步伐走向电梯。

就要走进电梯的时候，她看见一位新来的助理编辑已经站到里面。后者见到她之后立即蹿了出来。

助理编辑　不好意思，米兰达。

她视若无人，用她那精致护理过的手指按动了电梯的按钮。

7. 内景　电梯口　白天

米兰达走出电梯，我们第一次看到她的正面形象。

米兰达光芒四射，美艳惊人，浑身上下无懈可击，脖子上围着一条爱马仕的白丝巾。

在上述剧本片段中，我们可以清楚地看到主人公米兰达一开始并未直接出场，主要通过安迪和艾米丽的交谈来了解米兰达的人物特点。而随后的场景中，随着米兰达的到来，从米兰达下车之后关于其服饰、包包的描述，再到众人的反应，将一个极度严苛、精致的女主编呈现出来。值得强调的是，间接性出场一般不会直接将主人公的形象展现出来，而是通过他人的一系列介绍来吊起观众的胃口，以此增加影片的可视性与吸引力。

以上两种人物的出场方式就是编剧经常采用的两种方式。但是随着影视叙事手法的不断多元化，单一的出场方式已经很难满足如今的编剧需求。结合众多影视作品的创作经验，也为了尽可能快地抓住观众的注意力，在一些强情节、快节奏叙事的影片中常常使用"事件性出场"。例如网剧《心理罪》的开篇，主人公方木的出场就是典型的事件性出场。影片开始用 10 分钟的篇幅展现了"强奸城市案"从案发—侦查—推理—捉凶的全过程。利用平行蒙太奇的手法将刑侦推理与捉凶相结合，在短短的 10 分钟里就将主人公方木高超的心理画像能力和青年警官邴伟的勇猛一展无遗。此外，该片段也结合了间接出场的方式，自始至终没有给主人公方木一个正脸镜头，而是通过大量的特写镜头、侧写镜头和背影镜头的组合对人物的形象进行铺垫，让观众产生好奇。此种利用综合性事件引出主人公的出场方式既满足了编剧展现人物形象、身份、性格的叙事要求，又极大限度地传达了主人公的能力，符合观众的审美期待。

四、人物建构：动机与行动

亚里士多德在《诗学》中指出：戏剧模仿的对象（内容）是行动。而人物的行动是受人的动机所驱使的。"动机"一词的词源来自拉丁文"Movere"，原意是推动或引向运动。在传统的戏剧创作中，人物的动机要遵循必然律与可然律来进行，人物的动机与行为要合情合理。① 同样，编剧在进行影视剧本创作时，也需要不停地反思故事是否合理，情节是否符合逻辑，人物的言谈举止是否符合人物的设定……这其实就是亚里士多德所说的戏剧人物的必然性与可然性。编剧要想让笔下的人物行动合乎情理，就要去寻找人物行动背后的心理动机。

（一）人物动机的内驱因素

我们在本章的第一节曾提到，编剧要想写出深刻典型的人物必须对自己笔下的人物进行深入的了解。在编剧撰写人物小传时，既要写到故事中人物的人生境遇（从故事开始至结束），又要写到人物的出身环境（从人物出生至影片故事开始之前）。其重要的目的就是要让编剧清楚是生活经历带给了主人公人物动机。例如编剧笔下的人物是一个家境贫寒的小女孩，由于先天因素她从出生脸上就有一个大大的黑痣，因为家庭困难，她一直没有去医院治疗。小女孩从小就由于这个巨大的黑痣而备受同学嘲笑，"黑痣"已经成为小女孩心中不可修复的伤痕。所以当女孩最终成功完成学业，努力工作挣得第一份工资后，她立刻跑去医院治疗的行为就顺理成章地成立了。剧作者仔细了解

---

① 杨云峰：《戏剧人物的动机与行动》，北京时代华文书局，2005。

分析人物的生存境遇就能培植出人物动机，从而依据人物的动机产生一系列的行为动作。著名的戏剧家谭需生先生曾归纳出一条戏剧故事的逻辑模式：个性与情境契合凝结成动机，动机导致行动。

悉德·菲尔德在《电影剧本写作基础》中直截了当地回答："动作就是人物，而动作是受人物的需求所驱使的。"一个人的行为，可以表明他是什么样的人。黑格尔也说过：能把个人的性格、思想和目的表现出来的就是动作，人物的最深刻的方面只有通过动作才能见诸事实。一旦确定了人物需求，你就可以针对人物设置障碍，因为戏剧就是冲突。必须弄清楚人物需求，才能针对需求设置障碍。有了需求，又有了障碍，自然就产生了冲突。

关于对剧作中的人物动机的内在驱动因素的分析，学者孙承健认为：如果将每一部经典叙事的电影，以一种关键词或者短语的形式，提炼出其内在的主旨或者意义蕴含，实际上不难发现，在叙事文本的深层结构中，大多有不同程度的"人性弱点"的揭示：贪婪、恐惧、自私、懒惰、暴虐、懦弱、傲慢、偏执、虚荣、自负、妒忌、投机等，这些都是人性弱点的组成部分。在不同的电影叙事文本中，有不同程度的表达与呈现。甚至，包括好莱坞以"英雄的历程"为"主导叙事结构"的电影在内，在以"成长"为母题的经典叙事范式中，也往往以人性弱点为切入点来展开叙事。"人性的弱点"构建出了电影叙事的内在驱动力，故事围绕着主人公如何克服弱点来逐步展开。

（二）给予人物压力的激励事件

罗伯特·麦基在其著作《故事》中强调：激励事件是故事讲述的第一重大事件，是一切后续情节的首要导因，它使故事的其他四个要素开始运作起来——进行纠葛、危机、高潮、结局。一般而言，在电影故事的开端，主人公往往生活在一种几乎平衡的状态之中，不管这种状态是成功还是失败，是开心还是忧郁。但是，生活整体处于一种可控的环境中。而故事的发生就在于突然之间一种强有力的事件打破了原有的平衡，将主人公推向了面临重大选择的重要之地，这就是激励事件存在的意义。

1. 对人物有意义的激励事件

故事中人物的一生可能面临众多事件，而如何创造出对人物的塑造有意义的事件对编剧来说至关重要。罗伯特·麦基说：当一个激励性事件发生时，它必须是一件动态的、充分发展了的事件，而不是一个静态的或模糊的事件。他在书中列举了一个有意思的故事：

> 一个大学生辍学在家，他住在离纽约大学校园不远处的地方。一天早晨他醒来对自己说："我已经厌倦了我的生活。我想我应该搬到洛杉矶去居住。"于是他拖着行李去了洛杉矶，继续冷漠地生活。

仔细分析这个小故事我们发现：首先，事件并没有改变主人公的生活状态，地址的变化也没有改变其对生活态度的转变，因此很难说这是一个激励事件。其次，整个故事对主人公的形象塑造也无太多意义。因此这样的相关事件常常被我们称为"无意义事件"。而有意义的事件则是要通过事件的发生彻底打破主人公生活中各种力量的平衡。例如电影《选美俏卧底》中女主角格雷西·哈特的生活虽然一团糟，但是依旧处于自身相对平衡的状态，而"市民恐吓信"事件的发生彻底打碎了她原有的生活节奏，迫使她去美国小姐的选美比赛参赛做卧底。

2. 压力越大，人物越成功

编剧常常需要思考如何让笔下的人物更具说服力。例如，如何塑造一个医者仁心的医生形象。如果单纯依靠患者送来的锦旗、同事的称赞、领导的认可等侧面塑造，说服力显然是不够的。我们必须给人物创造激励事件，必须在事件

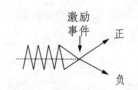

图 3-3　激励性事件示意图

中给人物巨大的压力。罗伯特·麦基认为：人物真相只有当一个人在压力之下做出选择时才能得到揭示。压力越大，揭示越深；压力越大，越能看到人的本性。一个人在压力之下的选择与一个人在没有压力之下的选择是非常不同的。可以为这名医生安排这样的事件：医生的父亲得了重病急需换肾，但由于肾源短缺只能焦急等待。好不容易等来了肾源，医生得知自己的父亲前面还有一位等待救治的危重病人。按常理他的父亲只能继续等待下一个合适的

肾源，可是父亲病危已经很难坚持下去。这样的情节设定会将主人公推向一个忠义两难全的尴尬之地：作为医院内部人员，他可以私下调换顺序先给自己父亲治疗；但同时，第一位患者很有可能会因错失治疗时间而死亡。编剧要给自己笔下的人物以巨大的压力，让其在"生死"之间做选择，进而通过人物的具体行动来完成对人物的塑造。

3. 人物的二进制层面设计

如果作品中的人物在激励性事件发生之后选择了一条艰难的"救赎"之路，人物的内在驱动力（或信仰）能否支撑其达到故事的结局就成为人物塑造成功与否的关键。

以《延禧攻略》为例，仔细研究其成功的原因，很大一部分在于其打破了传统宫斗剧的创作模型，而以网络剧的叙事特征进行呈现。《延禧攻略》借鉴了游戏类叙事中"打怪升级"的叙事手法，以快节奏的叙事节奏给观众带来了审美快感。在全剧 70 集的篇幅中，女主角魏璎珞被打击次数超过 80 次，基本每集中都会出现"构陷与反击"的闯关戏码。快节奏、强情节的叙事模式与以往《甄嬛传》《美人心计》等传统女主一再隐忍退让后的被迫反击不同，极大满足了互联网时代观众的收看习惯。

但是，从剧作的视角出发，倘若故事中的人物在遇到种种困难时都会遇到"金手指"般的好运，人物确定目标后可以乘风破浪、勇往直前，直至故事结局，这样就会出现人物失真或理想化。特别是在现实主义题材的作品创作中，人物不可能事事如意，事事顺心。因此在创作人物时，编剧要特别强调人物的二进制塑造。

所谓的"二进制"，如图 3-4 所示，是指编剧在进行人物创作时，在人物面临众多苦难时是否给人物一个退缩、放弃的机会，再由一个功能性人物进行情节助推，使之重新回到正路，直至故事结尾。2018 年由文牧野导演执导，徐峥、王传君、周一围、谭卓等主演的作品《我不是药神》讲述的是神油店老板程勇从一个穷困潦倒的商贩转变成印度仿制药"格列宁"独家代理商的故事。故事中程勇由于走私印度仿制药"格列宁"获得了巨额暴利，后来打算"金盆洗手"。但是当他走进白血病群体后（激励性事件），内心产生巨大震撼，他决定不图利为病人们继续走私药物。走私药物之路困难重重，既有同行的打压又有警察的追查，万般困难下程勇放弃了走私药物。此时，由于好友吕受益（功能性人物）的死亡，促使程勇做出改变，他又重新走上了艰难的"走私贩药"之路。

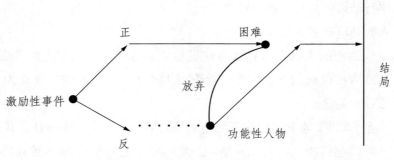

图3-4　人物创作的"二进制"模式

从《我不是药神》程勇的人物发展线索来看，其在遇到困难后并非一往无前，如"圣人"般展开拯救苍生之路。相反，面对法律的制裁、同行的打压，他犹豫过、后悔过，甚至放弃过，最终由于好友去世给人物带来强大的冲击，促使程勇回归救赎之路。对比处处遇贵人、"金手指"的主人公们，程勇这般二进制层面的人物充满了对人性复杂的刻画与现实的质感。

4.动机的不稳定与人物的发展

就人物塑造本身而言，人物不可能一出场就是超级英雄，超级英雄往往是由一个小人物历经种种磨难蜕变成的。因为人物在各个阶段所处的环境不同，动机就存在"不稳定性"，而这种不稳定性也成为人物塑造进程中的一种结构性要素。首先，不稳定性是故事内部的一种不稳定环境，可能产生于人物之间、人物与他的世界之间，或在一个人物之内。[①] 其次，由于这种不稳定性因素，人物成长轨迹中各个阶段都能被很好地记录下来，也能从不同角度解读人物的成长历程。简言之，动机的不稳定会使人物的塑造方向发生改变。以电视剧《鸡毛飞上天》中陈江河与骆玉珠的儿子王旭为例。由于王旭从

① 詹姆斯·费伦：《作为修辞的叙事：技巧、读者、伦理、意识形态》，陈永国译，北京大学出版社，2002，第171页。

小跟随母亲骆玉珠进货卖货，吃过苦受过累，所以在其读大学期间，即便父母已经是大公司的老总，他依然保持着勤俭节约的生活习惯，并且在"学校中做生意，赚点同学小钱"的思路中乐此不疲。而当他毕业进入家族企业后，因只顾眼前蝇头小利，没有大的眼光与格局，他屡次遭受父亲的痛斥，致使父子关系一度紧张。后由于被父亲派往边疆救灾，在生死困难面前他迅速成长，开始逐步改掉各种毛病，帮助乡村脱贫致富。其实，仔细分析王旭的人物轨迹，不难发现，王旭身处不同阶段，他的动机也在不断发展，而伴随着其动机的发展，王旭开始逐步走向成熟，完成人物的蝶变。

　　5.人物心结的延宕

　　从故事中的人物成长来看，故事中往往会出现一种常见的人物现象，即人物的"心结"。前文提到，编剧要想使笔下的人物真实可信，必须了解人物的自然背景和社会背景。特别是人物的自然背景中，人物常常会因为早期（幼年）的某些遭遇产生某种特殊的心结。这种"心结"会为故事的发展提供强大的叙事动力，促使人物产生一系列的行为活动。

　　例如医疗剧《外科风云》中的男主角庄恕，就有一个困扰其多年的"心结"。故事起源于多年前一场引发命案的"医疗事故"。一位已经抢救成功的车祸伤员因药物过敏突然死亡，当晚责任护士张淑梅被质疑用错药，导致病人死亡，她被迫离开岗位。张淑梅八岁的儿子（男主角庄恕）因不信别人对母亲疏忽致患者死亡的议论，打架被罚，耽误了接四岁的妹妹回家，导致妹妹被人贩子拐走。张淑梅因失女和"用药失误致人死亡"的指责精神逐渐恍惚，自杀身亡。[①] 成年后的庄恕已经成长为业界著名的外科专家，此心结促使他以追查事故真相、寻找走失的妹妹为目的，回到当年的医院工作。电视剧《外科风云》因为主人公的心结上演了一幕幕医生治病救人与自我救赎的画面。仔细分析人物心理的发展轨迹，可以清晰地发现：人物的心结在一步步解开。男主角庄恕从最开始的满腔怨恨到渐渐了解真相、从质问当年事故责任人再到替责任人手术，他的心结一步一步解开。详细解析人物的心结释然过程，大致经历了以下几个步骤：

---

　　① 百度百科：https://baike.baidu.com/item/ 外科风云 /18905176#3_1。

（1）成型。即主人公心结的形成时期，该时期一般发生在人物的幼年或者故事早期，由于重大的冲突矛盾给予主人公强大的心理冲击，以此留下心结。

（2）发展。即主人公心结的发展阶段，该阶段一般是主人公的成长阶段，由于心结的存在，伴随人物的成长，往往会对人物的心理、性格产生一定的负面影响。

（3）缓和。在主人公的心结缓和阶段，编剧往往会安排设计一些事件，让主人公的心结有缓和波动，但是尚不能直接使主人公释然。

（4）松动。在主人公的心结松动阶段，由于事件的进一步展开，人物内心的心结已经产生了极大的释然，但是在外在表现中主人公依旧坚定地认为心结存在。

（5）破窗。其实在上阶段中，主人公的心结已经基本解开，只是外表的行为上还在坚持。此时，编剧需要设计一个"突发性事件"来助推主人公，使其达到外在行为与内心相统一。

（6）释然。由于破窗阶段的行为，主人公的心结得到了彻底的释然。

由上可见人物的心结释然，并非一蹴而就，而是经过编剧的精心安排，一步一步地实现的。当然，并不是所有的人物都要严格遵守这样的思路，创作者可根据笔下人物的实际境遇做出适当调整。例如在《鸡毛飞上天》中女主角骆玉珠的儿子王旭在接纳陈江河养父的身份时，就大致经过了上述的步骤。从一开始的互不说话，到后来称呼"叔叔"，到经历了几年生活后内心认可但口头依旧不承认，再到突发事件（父子二人去讨债被打）的助推，王旭最终开口叫了陈江河"爸爸"。我们发现，只有经过这样的一个延宕过程，创作者笔下的人物才会具有人性的真实性。人物心结过早释然，会使故事丧失良好的叙事动力，人物的塑造也会陷入失真的状态。

五、人物的构思模式

在现实创作中，编剧往往会有自己独特、巧妙的构思方式。例如著名编剧高满堂，他在每次创作前，都会根据要创作的作品，进行大量的资料整理，通过海量阅读来构建出人物关系、人物性格。除此之外，有些编剧喜欢去体验生活，实地调研走访，去自己笔下主人公的工作岗位亲身体验。例如电视剧《急诊科医生》的编剧娟子就亲自去医院的急诊科体验生活，与急诊科的工作人员同吃同住，来帮助自己构建出真实可信的人物。人物的构思模式主要有以下四种：

（一）人物的两极设计法

人物的两极设计法，是初入门的编剧在练习单线人物时常用的一种构思方式，即在创作时首先确定人物的两极状态：初始状态和最终状态。初始状态和最终状态的反差性越强，故事的戏剧性就越突出，例如，电视剧《长安十二时辰》中男主角张小敬的初始状态是死囚犯，最终状态是整个长安城的拯救者。两个极具反差的人物状态设置给影片提供了强大的叙事动力；当确定好人物的两极状态后，要结合一定次序的发展逻辑来搭建人物发展的轨迹。

初始状态→挫折→消沉→意外→努力→挫折→最终状态

图 3-5　人物发展轨迹

一般来说，人物从初始状态至最终状态，会依次经历初始状态、挫折、消沉、意外（转折）、努力、挫折、最终状态等几个发展阶段。例如电视剧《少年派》中江天昊的人物发展轨迹：（初始状态）富二代→（挫折）父亲破产→（消沉）由于父亲破产，很难接受现实而丧失信心，颓废生活→（意外/转折）奋发图强，自己利用网络开创"江家小厨"，进行创业→（努力）好伙伴的鼎力支持，努力维护经营→（挫折）经营压力大，朋友纷纷离开，孤身一人坚持→（最终状态）创业成功，考取本地大学。

人物的两极设计法适用于一些人物关系较为简单的作品，能够较为清楚地帮助初学者厘清人物发展的脉络，为更复杂的人物设计做准备。

（二）英雄人物的成长轨迹

相较于人物的两极构思方式，英雄人物的"成长"母题有着一个更加复杂、更为系统的创作范式。纵观中外影视作品，无论是西方的《穿普拉达的女王》《选美俏卧底》《疯狂动物城》等故事片，漫威神话体系中的《钢铁侠》《美国队长》等科幻片，还是中国电视剧中的《青云志》《花千骨》《古剑奇谭》等仙侠题材的作品，作品中"超级英雄"的成长历程有着大致固定的成长轨迹——英雄的成长。

所谓的"英雄成长"母题指的是创造一个成功人士（超级英雄）的基本思路。众所周知，英雄不是与生俱来的，一个被人类公认的成功人士或者超级英雄一定会经历许多困难曲折。接下来，以电影《选美俏卧底》为例来总结和归纳"成长"主题的大致阶段：

阶段 1：带有缺点的小人物出场

这是很多成熟编剧公认的一个出场方式，主人公在故事开端往往是充满矛盾和缺点的小人物。电影《选美俏卧底》开篇的女主角格雷西·哈特是一个急躁鲁莽、不修边幅、生活一团糟且孤独的女警察。中外影视作品中类似的人物设计不胜枚举：《美国队长》的主人公一开始瘦小羸弱，参军屡次被拒；电视剧《花千骨》的主人公出生之时自带噩兆，初学仙法时连最基本的御剑都不会，等等。"缺点"因素为人物的发展提供了动力，也是故事叙事进程的内在驱动力。

阶段 2：意外的"变身"（激励事件 / 情节点 1）

激励性事件对人物的塑造，要通过事件的发生彻底打破主人公生活中各种力量的平衡。电影《选美俏卧底》中女主角格雷西·哈特虽然生活一团糟，但是依旧处于自身相对平衡的状态，而"市民恐吓信"事件的发生彻底打碎了她原有的生活节奏，迫使她去美国小姐的选美比赛参赛做卧底。经过选美顾问的一系列打造，女主角从外在形象上得到了极大的改观。

阶段 3：不适与不安

经过第二阶段的激励事件后，英雄们并不能立刻接受自己的转变。全新的境遇带给他们极大的不适与不安，甚至使他们退缩不前。电影《选美俏卧底》中哈特来到选美比赛训练营后很难适应高强度的训练，加之在后续的比赛中连连犯错，几度情绪崩溃，进而想退出卧底行动。

阶段 4：贵人相助

当英雄们面对苦难与不适时，其内心开始产生退缩的念头。此时编剧需要给主人公找到一个"贵人"（功能性人物）以帮助其打开心结，正视自身的转变。电影《选美俏卧底》中哈特与选美顾问梅伦争吵后来到泳池边，与男同事艾瑞克的交谈使她打开了心结，而后以积极的心态来完成卧底工作。而事件中的男同事艾瑞克就充当了"贵人"的功能性作用。

阶段 5：第一个高峰期

当主人公经过贵人的开导以积极的心态继续生活后，由于心态的正向转变，英雄们开始迎来转变后的第一个高峰期。例如，哈特在此时开始积极训练，并在接下来的比赛中赢得了满堂彩，当她看到台下的男观众对她欢呼呐喊时，这位原本生活邋遢的女特工第一次感受到了变美带来的乐趣。她积极与其他选手交朋友，带着大家去酒吧玩耍，此时的哈特的状态与一开始比已经有了很大的变化。而值得强调的是，虽然在此阶段人物的状态偏向积极，但是其并没有成为真正的英雄。就像电影《美国队长》中的美队在此阶段虽然备受大家喜欢，但更多的是被看作一个拥有巨大力量的"怪人"，军队没有把他看作英雄，只是让他去马戏团表演节目，慰问军人。

阶段 6：众叛亲离（情节点 2）

当然，编剧不可能让英雄们一直沉浸在第一次高峰期，因为编剧要塑造的是真正的英雄。此时的编剧会再一次创造出一个激励事件（情节点 2），瞬间把主人公打回原点，甚至让他站到了对立面，与其他人抗衡，这个阶段我们称为"众叛亲离"的阶段。由于英雄们过往的种种经历，人们并不信任他们的判断，在电影中正当哈特与其他参赛选手狂欢时，FBI 抓到了一个罪犯使其他同事认为案件已经结束，卧底行动可以终止了。但哈特根据自己卧底的观察发现凶手很有可能依然存在。在哈特据理力争无果之后，她只好独自留下继续卧底行动，她最信任的艾瑞克和梅伦都离她而去。

阶段 7：在困难坚守中拯救世界

大部分的英雄都是在孤独中崛起的。编剧笔下的英雄们在此阶段开始遇到真正的威胁与挑战，并且在最终的努力中完成拯救世界的叙事要求。同样，影片中哈特孤身一人继续卧底，找寻凶手。万幸的是，编剧在此时让她的两位朋友艾瑞克和梅伦回归，故事最终在一片喧闹中滑稽收场。哈特成为挽救这次危机的最大功臣，成为人们心中的"超级英雄"。当然，影片最后也完全不落俗套地给予了哈特美丽的爱情，与艾瑞克在喧闹后的热吻贴合了美式典型的叙事逻辑。

从阶段 1 的小人物到阶段 7 的拯救"世界"，一个超级英雄经历了上述几个阶段的成长历程。所以编剧初学者在大量观影的同时，不能只沉迷于惊险有趣的故事表层，暗含其中的深层人物逻辑才是最需要掌握的。

（三）人物弧光构思

在实际的编创过程中，除了"英雄成长"的母题外，很多编剧善于利用完成人物弧光构思图的方式帮助自己构建人物。杰里米·鲁滨逊曾言：人物弧光是在任何被深度挖掘的好角色中都能找到的重要元素。人物弧光是角色在剧本故事线中精神和物质层面上的成长（或者成才的变化）。作为探索角色的基本蓝图，杰里米·鲁滨逊将人物角色的转变分为十二个步骤（如图 3-6 所示），编剧们通过填写这样的人物弧光构思图就可以清楚地列出人物发展过程，明确角色需要面对的问题和挑战。[1]

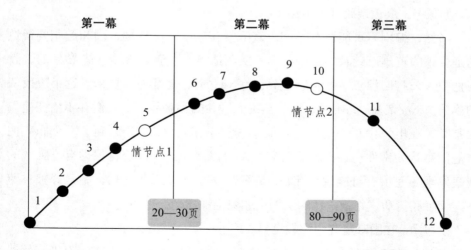

---

[1] 杰里米·鲁滨逊、汤姆·蒙戈万：《打草稿，编剧思维训练表》，海峡文艺出版社，2019，第 110 页。

步骤	物质上的	精神上的
1. 日常生活（没有挑战）		
2. 引入挑战		
3. 否认挑战		
4. 对挑战的初次承认		
5. 决定面对挑战		
6. 试探挑战		
7. 为终极挑战做准备		
8. 初次尝试		
9. 初次尝试结果		
10. 对挑战的第二次承认		
11. 面对最后的挑战		
12. 赢得最终的挑战		

图 3-6　人物弧光构思图[①]

（四）差异化人物构思

编剧要有一双善于发现故事的眼睛。很多时候编剧与其闷在屋内苦思冥想，不如放下手中的笔走出门，看看周边的人与事，也许艺术的灵感在不经意间就来临了。成熟的编剧在思考设计人物时常常会用"差异化"的方式塑造人物。差异化人物构思大致包括利用突破人物与生存逻辑差异两个方面。

1. 突破人物：发现人物不为人知的一面

在心理学领域有一个名词叫首因效应，是由美国心理学家洛钦斯首先提出的，也叫首次效应、优先效应或第一印象效应，主要指交往双方形成的第一次印象对今后交往关系的影响，即"先入为主"带来的效果。[②]编剧在构思

---

① 杰里米·鲁滨逊、汤姆·蒙戈万：《打草稿，编剧思维训练表》，海峡文艺出版社，2019，第 110 页。

② 百度百科：https://baike.baidu.com/item/ 首因效应 /2167791?fr=aladdin。

人物时，常常利用人们的首因效应认知心理，反其道而行之，打破人物的初始认知，发掘人物不为人知的一面。例如，当编剧看到一个知书达理、温文尔雅的君子时，他们会想：他一直这样吗？他是否也有不为人知的另一面？在大卫·霍华德的《影视剧作法》里有这样一个案例：他将 MBA（Master of Business Administration，工商管理硕士）称为"Married But Alone"，将 PhD（Doctor of Philosophy，哲学博士）称为"Permanent Head Damage"。大卫打破了人们对 MBA 和 PhD 的最初认知，观众会对这个人物背后不为人知的一面产生极大的兴趣。而此时，故事就发生了。

当编剧发现了人物不为人知的一面，利用观众首因效应的心理认知，再将人物另一面延长，就会产生很好的悬念效果。例如网络剧《心理罪》的男主角方木拥有高超的心理画像能力。在他费尽心力侦破了藤师大系列杀人案后，他发现所有案件的幕后真凶竟然是他最敬仰的、最信赖的大学导师。一面是国内犯罪心理学领域顶尖级的儒雅专家，一面是制造了一系列变态杀人案的杀人魔头，编剧顾小白以极端的手法打造了一场让人目瞪口呆的影像奇观。

2. 人物关系的差异化

戏剧往往产生于差异之中。有时单个人物不会有很好的戏剧效果，而将两个差异化的人物建置于同一叙事空间内，则有可能构建出一个极具戏剧效果的人物关系。试想，让一个城市里的女孩嫁到农村去，女孩生活优渥，有着自己的一套在城市的生活逻辑，当城市中的生活逻辑与农村人的生活逻辑相遇时，故事就会产生。比如电视剧《父母爱情》中江德海与安杰这对夫妻的建构就极具戏剧效果。安杰出身于资本家家庭，从小衣食无忧，又在教会学校读书，受过西式教育。江德海在农民家庭出生，成长的过程中吃了不少苦，是海军的战斗英雄。两人结婚之初由于成长环境与生活习惯的不同，产生了许多极具喜剧效果的叙事段落，例如，安杰要求不习惯天天洗漱的江德海每天洗脸、洗脚、洗屁股，江德海虽然嘴上抱怨但日日照做，被部队的同事笑称"三洗丈夫"。

编剧行业的初学者可以按照上述两个构思方式，有意识、有方向地构思人物。思考人物的两面性，搭建差异性的人物关系，故事就随之而来了。

| 第四章　剧本语言 |

一、什么是影视剧本语言

在学习影视剧作之前，我们要读一些经典的文学作品，也要学习一些经典的话剧作品，需要对话剧和小说的语言风格有所了解，但是对影视作品而言，我们看到的是屏幕上的画面和故事，难以接触到影视剧本。那么，影视剧本的语言和小说、话剧的语言有什么不同吗？影视剧本的语言都包括哪些文字呢？接下来，我们一一探索这些问题。

影视剧本中的语言分为两大类：一是叙述性语言，包括人物描述（人物肖像描写、行为动作描写）、场景描述、声音描述等，这些语言具备视听造型性，将在影视作品中直接转化为视觉画面与听觉效果。二是人物语言，包括对白、旁白、独白、潜台词等，这些语言会直接以人声的形式体现在影视作品中。接下来，我们将从叙述性语言的角度讲述影视剧本的语言。

二、探索影视剧本中叙述性语言的特点

首先，我们选取了两个案例，分别是苏童的小说《妻妾成群》和根据原著改编的电影《大红灯笼高高挂》。在苏童的小说《妻妾成群》中，对颂莲初进陈

家大院这一段，是这样描写的：

> 四太太颂莲被抬进陈家花园时候是十九岁，她是傍晚时分由四个乡下轿夫抬进花园西侧后门的，仆人们正在井边洗旧毛线，看见那顶轿子悄悄地从月亮门里挤进来，下来一个白衣黑裙的女学生。仆人们以为是在北平读书的大小姐回家了，迎上去一看不是，是一个满脸尘土疲惫不堪的女学生。那一年颂莲留着齐耳的短发，用一条天蓝色的缎带箍住，她的脸是圆圆的，不施脂粉，但显得有点苍白。颂莲钻出轿子，站在草地上茫然环顾，黑裙下面横着一只藤条箱子。在秋日的阳光下颂莲的身影单薄纤细，散发出纸人一样呆板的气息。她抬起胳膊擦着脸上的汗，仆人们注意到她擦汗不是用手帕而是用衣袖，这一点给他们留下了深刻的印象。①

而在电影《大红灯笼高高挂》中，同样是颂莲初进陈家大院这一场，剧本是这样写的：

1. 陈家大院门口 日 外

一幅刻满古字体的墙雕呈现在眼前。颂莲身穿白衣黑裙，拎着箱子，在墙雕前面站定，上下左右打量，然后径直往里走来，一边走一边左右打量，脚步声在空旷的院子里回响。颂莲站定，把箱子放在身边，眼前是一条长长的石板路，她再次打量这个地方。

图4-1　电影《大红灯笼高高挂》剧照

正面墙楼上一个管家模样的人俯看着颂莲，声音冷漠："小姐，你找谁？"

颂莲抬头："我是颂莲呀，上次不是见过一面吗？"

---

① 苏童：《妻妾成群》，春风文艺出版社，2002，第1页。

管家（热情而谄媚）："哎哟，四太太是您哪！您等等……"

管家急忙提着长袍小跑着走下墙楼。颂莲抬起胳膊擦了一把脑门上的汗。

管家来到颂莲面前："花轿去接您啦，您没见着？"

颂莲："我自己走来的。"

颂莲提起箱子，管家赶紧弯腰伸手做出请的动作。

一路，管家偷偷地打量着颂莲。

2. 陈家大院　日　外

二人进到内院，夕阳斜照在院墙上。

管家转身伸手去拿颂莲的手提箱："我来拿。"

颂莲："不用，我自己拿。"

二人继续往院里走去。

对比以上两段文字，我们可以发现，对颂莲初进陈家大院，两段文字的内容并不相同。原著中没有提及管家，而电影中多了管家这一角色；原著中提到仆人们，但电影中这一场并没有出现；原著中说颂莲是被轿子抬进花园西侧后门的，电影中则是颂莲自己走来的。通过以上这两段文字，我们能清楚看到影视剧本中的叙述性语言和小说语言有明显的不同，通过二者的对比，我们可以探索出影视剧本中叙述性语言的特点。

（一）场景描述注重语言的视觉造型

在小说中，场景描写可以不囿于故事时空和场景再现的限制，有很大的自由度，小说是这样描写颂莲进入陈家大院的场景的："四太太颂莲被抬进陈家花园时候是十九岁，她是傍晚时分由四个乡下轿夫抬进花园西侧后门的，仆人们正在井边洗旧毛线，看见那顶轿子悄悄地从月亮门里挤进来，下来一个白衣黑裙的女学生。"通过这段场景描写，我们知道了颂莲进的是陈家花园西侧后面的月亮门，当时有仆人们围在井边洗毛线。花园的大小、水井的位置、水井距离月亮门的距离等都交代得比较笼统，如果直接转化为画面的话，是不够精准的。

而在影视剧本中，场景叙述则一定要考虑故事时空和场景再现的问题，因为所有的场景描述都要用画面来详细展示，因此，语言一定是详细精准、能够再现的。比如上述的电影剧本中，场景描述就很准确："一副刻满古字体的墙雕呈现在眼前……颂莲站定，侧放下箱子，眼前是一条长长的石板路。""二人进到内院，夕阳斜照在院墙上。"在这段场景描述中，有具体的场地布置、景物特点、人物站位和拍摄视角，通过这些文字，美工可以明白如何布置场地，演员可以知道如何站位，摄像也可以清楚采用何种拍摄角度来突出当前场景的氛围。这些叙述虽然字数不多，但极具视觉造型性，读后当前场景一目了然。

那么，如何能够写出具有视觉造型性的场景描述呢？有这样一种方法，在下笔之前，我们应该首先在脑海里想象一下这一场戏的视觉性画面（俗称"放小电影"），写下该场景中的关键词，然后再用具体的描述去丰富这几个关键词。在这里，需要提醒大家的是，当我们想象该场景中的视觉画面时，并非是凭空想象，而是要根据剧本的人物设定、剧情发展来进行。出现在这一场景中的任何一个道具和陈设都不是随意出现的，而是基于人物和剧情需求产生的。比如上述《大红灯笼高高挂》的场景描述，我们就可以先写下"墙雕""石板路""夕阳""院墙"这几个关键词，然后再补充丰富为"刻满古体字的墙雕""长长的石板路"，这样就可以规定具体的选景和道具。最后，我们再把这些选景和道具进行空间、方位上的描述，比如"一副刻满古字体的墙雕呈现在眼前""颂莲……在墙雕前面站定""（颂莲）眼前是一条长长的石板路""夕阳斜照在院墙上"，如此，画面就有了空间感。写完后，我们还要再次检查，场景描述是否详细精准、能否实现画面再现，防止那些不带"视觉造型性"的文字进入剧本。

（二）人物描述侧重人物的动作表情

小说直接以文字为媒介来完成观众与作品的交流，在小说中，文字叙述可以畅所欲言、直接表述人物的内心世界和当前情感。如上述《妻妾成群》中，看到颂莲进门，仆人们的心理活动是："仆人们以为是在北平读书的大小姐回家了。""仆人们注意到她擦汗不是用手帕而是用衣袖，这一点给他们留下了深刻的印象"。这些文字可以让观众明白此刻人物的所思所想，但是不具备视觉造型性，无法直接转化为画面。

　　而在电影剧本中，出于屏幕叙事的需要，人物的心理活动、性格特点都要外化为人物的台词、动作、语调和表情，我们以上面《大红灯笼高高挂》中的管家为例。当颂莲进门时，管家并没有认出颂莲，这时的描述为：正面墙楼上一个管家摸样的人俯看着颂莲，声音冷漠："小姐，你找谁？"当清楚颂莲身份后，管家的表现立马发生了变化：管家（热情而谄媚）："哎哟，四太太是您哪！您等等……"在这里，"冷漠""热情而谄媚"等词规定了管家的语调和表情，对颂莲的称呼也从"你"转化为"您"，这些都准确表现出了管家欺下媚上的老油条嘴脸。接下来的动作描写也详细具体："管家急忙提着长袍小跑着走下墙楼"；"颂莲提起箱子，管家赶紧弯腰伸手做出请的动作"；"一路，管家偷偷地打量着颂莲"。在这里，"急忙""小跑着""赶紧弯腰伸手做出请的动作"，非常精准地刻画出了管家的讨好谄媚；而"偷偷打量"这一动作，则又表现出了管家的好奇之心。

　　此外，要想把人物的内心活动、情感情绪外化出来，还可以使用时空交错式的表现手法，也就是通过人物的闪回、回忆、幻想、想象、联想、梦境等，把过去或未来时空的画面与现在的时空相结合，来表现人物的心理。

　　为了帮助大家更好地理解这一点，我们来看电影《风声》的结尾。

　　《风声》主要讲述了汪伪政府时期，由于日本不断有高官被暗杀，为了找出代号为"老鬼"的共产党特工，日本人武田特意伪造了一份加密文件，进而对接触过这份加密文件的五名可疑人员进行严刑拷问。看过电影的都知道，在这五人之中，伪军剿匪司令部行政收发专员顾晓梦和伪军剿匪大队长吴志国是传递情报的抗日人员，为了能够把情报传递出去，顾晓

图 4-2　电影《风声》剧照

梦不惜牺牲自己来换取吴志国的生命，并且为了确保万一，顾晓梦还在自己的内衣上用针线缝制了密码情报，最终将情报传递出去。在影片的结尾，抗战已经胜利，吴志国找到了已经成为纺织工人的李宁玉（原伪军剿匪司令部译电组组长李宁玉，在电影中是顾晓梦的好闺蜜、好姐姐），告诉她顾晓梦利用给她缝补旗袍的方式留了遗言，李宁玉找出那件旗袍，摸着顾晓梦用针线缝制的摩斯密码，翻译出了顾晓梦的遗言，涕泗滂沱。结尾处，李宁玉站在阳台上抽着烟，望着苍茫夜色，耳边回响着顾晓梦的遗言，然后，她回过头来看向屋内，这时，她看到的是当晚顾晓梦为她缝补旗袍的情景：顾晓梦坐在椅子上低头缝着旗袍，然后她抬起头来，目光看向李宁玉的方向，眼睛明亮，神色平静。结尾处顾晓梦的出现，可以看作李宁玉的回忆，也可以看作李宁玉的幻觉，但不管是什么，都表现了李宁玉此时的心情：顾晓梦虽然斯人已逝，但是对自己而言，她从未离开。

很多电影经常采取这种时空交错的手法来表现人物的内心活动。比如在电影《天云山传奇》中，通过宋薇的回忆，既促使她帮助罗群改正错案，也反映了她二十年来一直挥之不去的忏悔心理。

那么，如何把人物的性格心理、情感情绪外化为动作表情、语气语调这些视觉造型性语言呢？方法还是"放小电影"，也就是放人物的"小电影"。在写人物之前，先设身处地地想象该人物在此情此景下的心理和情感，然后再将这种心理和情感外化为动作表情来表现。在这里，需要注意的是，当我们想象该场景中的人物描述时，并非凭空想象，而是要根据剧本的人物设定、剧情发展来进行。人物在这一场景中的任何一个动作表情、台词表达都不是随意出现的，而是基于人物和剧情需求产生的。比如上述电影剧本中管家的心理活动，我们可以先写下几个关键词"欺下媚上""好奇"，然后再根据剧情发展设置这些关键词应该在哪个位置出现，并在相应的位置把这些心理活动外化为动作表情、语气语调。写完后，检查是必不可少的，检查重点是看人物描述是否采用了具备视觉造型性的语言；这些动作表情是否达到了自己预期的设想，是否能够和人物此时的心理和情感相契合。如此下来，人物描写基本就符合影视剧本语言的特点了。

（三）声音描述契合场景的真实环境

声音能够增强影视作品的真实性，产生空间感。那么，如何在剧本中进行声音描述呢？下面，我们以电影《红高粱》中的片段为例。

1. 九儿家屋里　日　内

屋外传来迎亲的唢呐声和嘈杂的人声。

九儿坐在屋子里，一身红衣。一只手帮九儿把银簪子和红绒花插在发髻上，然后拿着红色丝线在九儿脸上滑动，绞去汗毛，又把一只银镯子缓缓套在九儿手腕上，然后帮九儿扣好衣服上的第一粒扣子。

图4-3　电影《红高粱》剧照

【"我"的画外音】：这是我奶奶，那年的七月初九，是我奶奶出嫁的日子，娶我奶奶的是十八里铺烧酒作坊的掌柜，李大头。五十多岁了才娶上这门亲，因为人们都知道，他有麻风病。

九儿神色平静，不悲不喜。红盖头缓缓落下，遮住了九儿的脸。

【画外音】（一中年妇女高声唱诵）：坐轿不能哭，哭轿吐轿，没有好报。盖头不能掀，盖头一掀，必生事端。

【画外音】（一中年男子高声吆喝）：送轿。

……

2. 荒野　日　外

轿夫们抬着花轿走在野外，迎亲队伍吹吹打打，一双双大脚在路上扬起漫天黄土……

余占鳌（声音粗犷）：小娘子，给哥哥们唱个曲吧。

余占鳌说完猛地颠了下轿。

另一个轿夫：哥哥们抬着你呢。

九儿随之猛地一颤，首饰叮当作响，她一声不吭。

余占鳌：不说话？颠！颠不出话来还颠不出尿来！大号！

刘大号答应一声，高举大号，吹出一声高昂的长音。迎亲音乐紧跟着变了曲调，轿夫们和乐队成员也随音乐扭秧歌般地左扭右扬。

轿夫和乐队成员们粗着嗓子开唱：客未走，席没散。四下新郎寻不见呀，寻呀么寻不见，哎，新郎就寻不见哪……

轿夫们起劲颠着轿子，九儿在轿子里七摇八晃，张着嘴，表情惊恐不安。

轿夫们颠着轿继续唱：急猴猴，新郎官。钻进洞房把盖头掀，盖头掀，哎呀呀呀呀呀，我的个小乖蛋，嘿，我的个小乖蛋。

乐队吹吹打打，表情扬扬得意。轿夫们得意地将轿杠从右肩甩到左肩，又从左肩甩到右肩。轿内，九儿被颠得脸色惨白，半张着嘴，表情惊慌。

轿夫们起劲扭着，边扭边唱：定神看，大麻点，塌鼻豁嘴翻翻眼，翻呀么翻翻眼，哎，翻呀么翻翻眼哪……

乐队成员围着轿子又吹又敲，十几只大脚踏得路上尘土飞扬。轿中的九儿左右摇晃，眼泪汪汪。

轿夫们接着唱：鸡脖子，五花脸，头上虱子接半碗，接半碗。哎呀呀呀呀，我的个小乖蛋，哎，我的个小乖蛋。

轿子里，一把剪刀落在轿板上。九儿赶紧用脚死死踩住，拾起剪刀按在胸前，泪流满面。

余占鳌（高声喊）：还是不说话？再给我颠！

轿夫们齐声喊：颠！

轿夫们又唱又跳：丑新娘，我的天，龇牙往我怀里钻，怀呀么怀里钻，哎，怀呀么怀里钻哪。扭身跑，不敢看，二旦今晚睡猪圈，睡猪圈。哎呀呀呀呀，我的个小乖蛋，我的个小乖蛋哪。

九儿将剪刀塞入怀里，哭了起来。轿夫和乐队成员兴奋得满面红光，娴熟地将轿杠换到右肩，又换到左肩。

九儿大声哭起来。大壮急急敲了几下轿杠，告诉余占鳌，余占鳌一摆手，轿子平稳下来，锣鼓音乐也停下来。九儿的哭声愈来愈大。

　　这是电影《红高粱》开头的一个经典片段，剧本中涉及的声音描述很多。总的来说，影视作品中的声音主要包括三类：人声、音乐、音响。

　　人声即人物的声音，包括对白、旁白、独白等，剧本中的人声描述除了要写出人物的台词之外，还包括说话时的语气语调、说话方式等。上述《红高粱》案例中的人声描述有两种：画外音和台词。画外音包括"我"的画外解说和电影中人物的画外音，即高声唱诵的中年妇女、高声吆喝的中年男子的画外音。"我"以第三者的叙事视角来进行剧情讲解，中年妇女和中年男子则直接参与剧情，推动情节发展。这一段的画外音描写既区分了不同的角色，而且还写出了该画外音的声调高低和表达形式——高声唱诵、高声吆喝，这就为演员的表演提供了详细具体的操作指南。除了画外音外，这个案例中还涉及人物的台词，即余占鳌的台词，这里也有对余占鳌说话音色和声调的描写——"声音粗犷""高声喊"，这样的声音描述表现了余占鳌豪放粗犷的性格，以及捉弄新娘子时痞里痞气的样子。

　　音乐分为画内音乐和画外音乐两种。所谓画内音乐，即音乐由画面中的声源提供，这种音乐具有现场感和逼真感，能够渲染环境氛围，直接参与情节，如上述案例中轿夫和乐队成员们唱的这一段《颠轿歌》，就是典型的画内音乐。这一段歌词和音乐尽情表达了轿夫对新娘子的调侃和恶搞，也把九儿出嫁时的悲伤借由颠轿而出的眼泪表现了出来。所谓画外音乐，即影片中的音乐并非来自画面内提供，而是后期所配。这种音乐主要用来烘托、补充、丰富画面的造型效果，表达画面不易传达的感情和情绪。由于画外音乐是后期所配，并不体现在剧本中，在此不再赘述。

　　音响即剧本中除了人声和音乐之外的所有声音，包括动作音响（因为动作而发出的声音，如脚步声、打斗声、开关门声等）、环境音响（背景环境中的音响，包括自然音响和背景音响，如自然环境中的鸟叫声、流水声、风雷声，背景环境中的街市喧嚣、人声沸腾等）、枪炮音响（各种武器引发的声响，如枪声、爆炸声、子弹呼啸而过的声音等）、机械音响（各种机械运转发出的声音，如马达声、刹车声、电话铃声、钟表滴答声等）、特殊音响（即人工制造出来的非常见声音，如神话、梦境、恐怖时的特殊音响等）。在上述

《红高粱》案例中，就写到了环境音响，如第一场中"屋外传来迎亲的唢呐声和嘈杂的人声"。因为这一段写的是九儿出嫁的场景，迎亲乐队的吹打和嘈杂人声是必不可少的，这既是为了凸显场景的真实性，也是为了渲染画面的意境和氛围。而在第二场中，则多次描述到了颠轿过程中的音乐，如"刘大号答应一声，高举大号，吹出一声高昂的长音。乐队的锣鼓家伙变了曲调，伙计们随着曲调扭了起来""乐队吹吹打打，表情扬扬得意"。在出嫁的场合，环境音自然会出现迎亲音乐来烘托喜庆气氛，继而通过音乐的喜庆来反衬新娘的悲伤。总之，不同的场景，需要进行不同的音响描述，正如上文描写娶亲需配合迎亲音乐一样，那么描写战争场景时，枪炮声自然少不了；而在自然环境中，也少不了鸟语花香、流水潺潺等音响效果。

在剧本中，所有的声音描述都要和场景环境真正契合，才会让观众有身临其境的感觉。那么，如何才能写出契合场景的声音描述呢？方法和场景描述、人物描述是一样的，我们也需要结合场景去放一下该场景中的声音"小电影"。在写声音描述之前，先让自己沉浸到该场的场景中，想象此时可能会出现的声音，把这些声音关键词写出来。和前面所说的人物描述、场景描述一样，当我们想象该场景中的声音画面时，同样要根据剧本的剧情发展和场景的真实环境来进行。出现在这一场景中的任何一个声音都不是随意出现的，而是基于剧情和环境的需求产生的。比如娶亲这一场戏中，自然会有"迎亲音乐""人声"，写下关键词后，再结合具体情况来对这些关键词进行丰富补充，比如迎亲音乐可以补充为唢呐，因为九儿生活的年代和地域，唢呐是迎亲时必不可少的重要乐器；然后"人声"这个关键词再丰富为嘈杂的人声，因为在婚礼场合，人员众多，嘈杂是一定的。另外，我们还要结合剧本中的人物来设计特定的人声效果，是小声说，还是大声喊；是柔声细语，还是粗声大气，务必使人物的声音符合该人物的性格。如果有的场景需要音乐，我们还要仔细考虑此处应该出现的音乐风格和歌词内容，使音乐能够符合剧情，烘托感情。当然，写完声音描述后，检查是必不可少的，看这些声音描述是否准确，是否真正契合此情此景，以防出现那些不能契合场景真实环境的声音描述。

三、影视剧本中的人物语言

我们已经讲过，影视剧本的语言包括叙述性语言和人物语言。前面我们已经了解了叙述性语言的特点和写作禁忌，接下来，我们将开始剧本中人物语言的探索之路——对白、旁白、独白与潜台词的写作。

（一）对白：人物的直接表达

说起对白，有人认为对白太简单了，就是人物之间的对话和交流。的确，表面上看，影视作品中的对白就是人物之间的对话和交流，但是，从本质上说，对白并非仅仅是对话和交流这样简单，剧作者需要通过对白来传达需要让观众了解的信息，比如交代人物和事件背景、推动剧情发展、突出人物性格、揭示主题思想等。接下来，我们就通过对白的表象（人物之间的对话和交流）来寻找对白的本质。

在《中国大百科全书·电影》中，这样给对白下定义："对白，指影片中由人物说出来的语言，电影艺术的主要表现手段，用以突出人物的性格，宣泄人物在特定情境下的思想感情活动，交代人物与人物之间的相互关系，推动剧情发展，揭示主题思想。"[1] 在这个定义中，既解释了什么叫作对白，又概括了对白在影视作品中的具体作用。

下面，我们就在这个定义的基础上，结合我们比较熟悉的影视作品，来看对白的具体作用：

1. 充分表现人物

台词的主要功能之一就是表现人物。在影视作品中，人物的性格、情感和人物关系都是表现人物的重要手段。

（1）突出人物性格

突出人物性格，这是对白的重要本质。通过剧中人物的台词，观众可以洞察该人物的性格特点、身份背景等相关信息。为了能够更好地说明这一点，接下来，我们以电影《金色池塘》为例。

该片根据欧内斯特·汤普森的同名戏剧改编而成，讲述了年老的罗曼与女

---

① 《中国大百科全书·电影》，中国大百科全书出版社，2002，第146页。

儿之间出现了感情危机，之后他在妻子的帮助下与女儿和好的故事。在电影中，罗曼和妻子艾赛尔性格差异很大，一个开朗活泼，一个古板执拗。下面，我们就结合影片的开头来看两人的对话。

　　艾赛尔从门外走来，扛着一捆柴。

　　艾赛尔（欢快地）：罗曼，真是美极了，它们都刚刚醒来。那些小鸟，那些嫩叶子，我看见一片小野花，就在地窖口那边，我忘了叫什么啦！黄颜色的小花。

　　艾赛尔环顾房间。

　　艾赛尔：来吧，帮我掸掸房间里的土。

图4-4　电影《金色池塘》剧照

　　罗曼：只好这样啦。

　　艾赛尔：走吧。

　　艾赛尔开始收拾房间。

　　罗曼：你去树林里干什么？

　　艾赛尔：罗曼，你以为我去树林里干什么？我是去捡柴。嗨，我遇见了绝妙的一对。

　　罗曼：在哪儿？

　　艾赛尔：树林里。

　　罗曼：一对夫妇？

　　艾赛尔：当然是一对夫妇。是密哥利亚夫妇，我想是。

　　罗曼：密哥利亚？这是什么名字？

　　艾赛尔：谁知道，意大利人，也许是从波士顿搬来的。

　　罗曼：他们说英语吗？

　　艾赛尔：他们当然说英语。是一对中年夫妇，和我们一样。

　　罗曼：和我们一样，就不算是中年人啦。

　　艾赛尔：怎么不是？

　　罗曼：中年是人生的一半，艾赛尔。人活不到150岁！

艾赛尔：那我们正处在中年的后期，这行了吧！

罗曼：还是不对，不算中年，你老了，我更老。

艾赛尔：老糊涂！我不过 60 多岁，你也才 70 多岁。

罗曼：都不能算是中年。

艾赛尔：你又想因为这事耗费一下午跟我斗嘴？

罗曼：愿意奉陪。

艾赛尔笑了：我的天哪！先不管他们属于什么年龄组。密哥利亚夫妇邀请我们有空去吃饭，你有兴趣吗？

罗曼：不知道，我可能受不了小肉笼之类的意大利菜。

结合上面这段对话，罗曼和艾赛尔的性格差异非常明显地表现了出来。两个人虽然年龄相差不多，艾赛尔 60 多岁，罗曼 70 多岁，但是对事情的看法却大相径庭：①艾赛尔喜欢大自然，擅长发现生活中的美，一片黄花都让她欢欣不已；罗曼喜欢在房间待着，自然也就无从注意外面世界的美好。②面对密哥利亚夫妇的邀请，艾赛尔热情回应；罗曼却并不上心，直言"可能受不了小肉笼之类的意大利菜"。③艾赛尔认为罗曼他俩是中年夫妇；而罗曼坚持认为两个人已经进入老年。综上，通过这一段对话，罗曼和艾赛尔两人的性格差异便呈现了出来。

（2）补充人物信息

台词还有一个重要的作用，那就是补充人物信息。为更好地说明这一点，我们拿《大红灯笼高高挂》来进行举例。在电影中，19 岁的颂莲以四太太的名分嫁进陈家大院，作为院里最小的姨太太，她需要依次给前三房太太请安。下面的这段对话就发生在颂莲给二太太请安的时候。

二太太：长得真秀气，叫什么名字啊？

颂莲：颂莲。

二太太：哦，名字跟人一样秀气！我叫卓云，以后就叫我名字吧。

颂莲微笑着看向二太太。

二太太：看上去，你好像正在念书？

颂莲：大学刚读了半年。

二太太：那怎么不念完呢？

颂莲：家父去世了，家里也供不起了。

二太太：哦，老人家高龄呀？

颂莲：五十三。

二太太：还不到六十！哎，人生真是不测啊！

丫鬟端茶上来，放到桌子上：四太太请用茶。

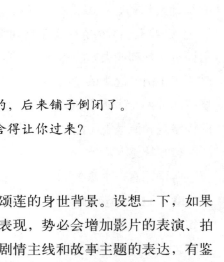

图4-5　电影《大红灯笼高高挂》海报

二太太：四妹请用茶！

二人端起茶杯喝茶。

二太太：家在哪？

颂莲：丰城。

二太太：哦，那是出茶叶的地方！

颂莲：家父以前就是做茶叶生意的，后来铺子倒闭了。

二太太：嫁得这么远，令堂大人舍得让你过来？

颂莲无奈一笑：她是继母。

在这段对话中，观众可以清楚地了解颂莲的身世背景。设想一下，如果这些信息不是通过对话，而是通过画面来表现，势必会增加影片的表演、拍摄和制作成本，甚至会在一定程度上妨碍剧情主线和故事主题的表达，有鉴于此，用台词来交代不失为一种节约、便捷、高效的方式。因此，当有些信息非常重要且不一定必须通过画面表达的时候，我们就可以通过剧中人物的台词来交代。

2.推动剧情发展

用台词推动剧情发展，是一个很重要的手段。下面，我们以韩国电影

《寄生虫》为例。

影片《寄生虫》中金基宇一家四口本是无业游民，金基宇经朋友介绍去朴社长家做家教，后来他们一家四口陆续进入朴社长家，在不同的岗位工作，此后，两个相差悬殊的家庭被卷入一连串意外中。在这部电影里，很多剧情发展都是通过台词来推动的，比如一家四口相继进入富人家庭的过程。首先，儿子的进入是通过他的朋友敏赫，我们来看下面这一段台词：

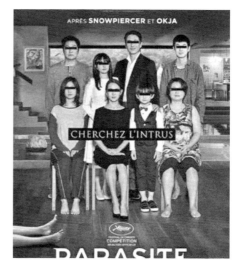

图 4-6　电影《寄生虫》海报

敏赫：可爱吧？（手机相片上是富人家的女儿多慧）

基宇：她是你的家教学生？

敏赫：朴多慧，高二。你代替我去当英文家教。

基宇：怎么突然这么说？

敏赫：有钱人的家教，薪水很不错。她也很乖，我出国交换时，麻烦照顾一下。

基宇：你在学校不是有很多朋友？干吗拜托我这种重考生？

敏赫：哪有？为什么？我光用想的就讨厌，想到那些男生在多慧身边打转，就觉得恶心。

基宇：你喜欢她？

敏赫：我是认真的，等她上大学，我想正式跟她交往。在那之前，麻烦好好照顾她。如果是你，我就放心了。

通过这一段对话，我们可以知道，这段台词推动了后面的剧情发展，基宇顺利进入朴社长家做了多慧的家庭教师。而且，这段话还预示了一个很重要的剧情，那就是基宇和多慧之间的感情线。敏赫的台词明确说明，之所以介绍基宇做多慧的英文老师是因为"放心"，这背后的潜台词则是基宇与多慧之间无法跨越的鸿沟：基宇是穷人，多慧是富人。聪明的基宇又怎能听不出这潜台词呢？所以，在后面和多慧的交往中，他刻意利用多慧的缺爱心理让多慧爱上自己，一来是对敏赫进行报复，二来是对自己穷人阶层的一种反抗，三来是想凭借多慧跨越到上层阶级。

同样，妹妹基婷去给多颂做美术老师则是因为基宇对女主人的推荐，父亲基泽去给朴社长做司机是因为女儿的推荐，母亲忠淑去做帮佣则是因为父亲金基泽的推荐，这些剧情的发展都是通过台词来推动的。

3. 揭示主题思想

主题的表达有很多方式，借由人物台词来表达是一种很常见的形式。电影《阿飞正传》就是通过台词来传达、深化主题的。

《阿飞正传》主要讲述了旭仔的故事。旭仔因为自身经历而放荡不羁、游戏人生。他先后与售票员苏丽珍和舞女咪咪同居，但后来又抛弃了她们。他之后又想找到生母，可是生母拒见，旭仔带着怨恨离开。不久，旭仔因为买卖假护照而在一场殴斗中身负重伤，最终死去。在电影中，张国荣饰演的旭仔说过这样一段经典台词："我听别人说这世界上有一种鸟是没有脚

图 4-7　电影《阿飞正传》海报

的，它只能够一直地飞呀飞呀，飞累了就在风里面睡觉，这种鸟一辈子只能下地一次，那一次就是它死亡的时候。"这段台词是旭仔对自己人生经历的一种感慨和阐释，无脚鸟正是旭仔命运的抽象化形象，但是，看完电影后我们发现，整部电影讲述的就是人像鸟一样无目的地飞翔，漂泊无依。回头再看旭仔的这句台词，就会发现它正是电影主题的一种诗意传达。

图4-8　电影《苦月亮》海报

4. 实现时空转换

在影视作品中，台词还可以帮助影片实现时间和空间的转换。我们以影片《苦月亮》为例，看一下如何通过对白完成时空的转换。

《苦月亮》是一部婚姻爱情片，影片讲述了两对夫妻之间的婚姻故事：奈杰尔和菲奥娜是一对英国夫妻，结婚正好七年，婚姻生活正经历危险期。为了重寻激情和浪漫，他们搭船到印度旅行。在船上，他们邂逅了奥斯卡和咪咪这对夫妇。奥斯卡是个美国作家，身体瘫痪，只能坐轮椅，但是咪咪是个青春美丽、身材完美的舞蹈演员。奈杰尔爱上了咪咪，为了保护自己的婚姻，奥斯卡给奈杰尔讲述了他和咪咪之间的爱情。在奥斯卡的讲述中，他的台词成为连接现在和过去时空的途径。比如下面这一段对话：

> 奥斯卡：你我素不相识，不过我感觉，你就是我苦苦寻找的聆听者，希望你喜欢我的故事。让你对不相干的事情感兴趣或许有些强人所难，不过或许你已经感兴趣了。
> 奥斯卡与奈杰尔走进房间。
> 奥斯卡：这里只有我们两个，咪咪有自己的房间。
> 奥斯卡递给奈杰尔一杯红酒，奈杰尔接过红酒。
> 奈杰尔：谢谢。
> 奥斯卡拿起一杯红酒，喝了大大的一口。
> 奥斯卡：我万劫不复的生活开始于一个巴黎的秋日，一辆96路巴士车，它穿梭于蒙帕纳斯酒店与里拉大门之间……

伴随奥斯卡的叙述，镜头转向了当日巴黎的那辆96路巴士上，奥斯卡与咪咪第一次邂逅的场景。在这里，奥斯卡的台词完成了现在和过去、轮船和巴士之间的时空转换。

综上，影视作品中的对白承载了诸多功能，它是塑造人物形象、推动情节发展、揭示主题思想、实现时空转换的重要手段。

关于对白的写作，英国著名电影理论家欧纳斯特·林格伦在著作《论电影艺术》中这样说："通常有声电影中的视觉部分是比较重要的，因为总的说来，它表现更多的东西。这是毫不足怪的事，因为视觉在我们的感官中是最重要的，通过我们的眼睛，我们可以比通过耳朵更了解和熟悉周围的世界……有声电影中使用对话是应该考虑这个事实的。"[1] 此外，美国著名编剧罗伯特·麦基也说过："遵循回报递减定理：你写的对白越多，对白的效果就会越少……对电影对白写作的最好忠告就是不写。"[2] 为了强调自己的观点，他还这样补充："形象是我们的第一选择，对白是令人遗憾的第二选择。对白是我们加在剧本上的最后一层东西……我们都喜欢精彩的对白，但是少即多。"[3] 总而言之，上述关于对白的论述都表达了一个明确的思想，那就是：台词要少而精，在很多时候，台词越少，其引发的想象空间就越大，观众也就能够产生更多的联想。总之，在我们的剧本创作尤其是电影剧本创作中，我们一定要记得，电影是用画面来叙事的，如果能用画面来推动剧情、交代人物，我们就尽可能多地使用画面。如果我们需要使用台词，那么台词的写作原则只有一个，那就是少而精。出现在我们剧本中的每一句台词都要是经过我们深思熟虑的，都要是符合我们剧本中的人物设定的，都要是能够在剧本中承载一定功能的。

（二）旁白：画外时空的延展

很多影视作品中都用旁白来交代背景、介绍人物、议论评价、抒发情感。

在正式开始谈论旁白之前，我们首先需要区分两个名词，那就是旁白和独白。就大的范围而言，旁白和独白都是指画面中人物的画外音，但细分起来，二者存在明显的不同。

---

① 欧纳斯特·林格伦：《论电影艺术》，何力等译，中国电影出版社，1979，第102页。

② 罗伯特·麦基：《故事——材质、结构、风格和银幕剧作的原理》，周铁东译，中国电影出版社，2001，第461页。

③ 罗伯特·麦基：《故事——材质、结构、风格和银幕剧作的原理》，周铁东译，中国电影出版社，2001，第462页。

在许南明主编的《电影艺术词典》一书中，这样给旁白下定义：旁白指由画面时空以外的人所发出的声音，可以是影片中的人物，也可以是完全独立的局外人。旁白可以把特定的历史状况、背景环境、人物情绪用简单的语言交代清楚，能够把一些无法用镜头交代的信息用最快的途径传达给观众；同时还能为影片树立某种风格或基调，或伤感怀旧，或青春明快，或苍凉悲壮，或深沉悠远。[①]

所谓独白，又叫作"内心独白"，指的是画面中人物的内心呈现。在影视作品中，它多以"第一人称"画外音的形式出现，让人物主动向观众敞开心扉，表现自己的内心世界、情绪情感。但是，不论何种情况，独白与画面基本是同步的。

这两个概念传达出了旁白和独白之间的区别：

首先，二者与画面的时空关系不同。

旁白的时空跟画面时空不一定同步，有时是对事件的回忆，有时是未来的展望，有时是对现在的评述；而独白的时空和画面时空是基本同步的。

其次，二者的叙事视角不完全一致。

旁白既可以是第三人称，又可以是第一人称，其中，使用第一人称旁白的时候，并非是展现人物的内心或情感，而是承担旁观者叙事或议论的功能；而独白只有第一人称，主要是展现人物的内心世界和直观情感。

再次，二者功能不同。

旁白功能较多，既可以交代很多有用的信息，比如时代背景、人物背景等，还可以为影片树立基调；独白则功能相对单一，不管出于什么考虑，都是为了让剧中人物向观众表达情感和心声。

那在同样都是第一人称叙事的情况下，我们怎么区分哪种情况是旁白，哪种情况是独白呢？方法非常简单，那就是：如果该画外音主要承担旁观者叙事或议论功能，那这种情况就是旁白；如果该画外音与画面时空同步，且展现人物的内心世界和直观情感，那这种情况就是独白。

关于旁白，汪流在《电影编剧学》中这样写道："旁白在影视剧中往往以

---

① 许南明主编《电影艺术词典》，中国电影出版社，2005，第204页。

画外音的形式出现，它带有很强的主观色彩。通常它或以剧作者的身份出现，对剧情进行叙述或评述，我们称之为‘第三人称式’或‘客观式’；或以剧中人的身份出现，对剧情进行叙述或评述，我们称之为‘第一人称式’或者‘主观式’。”[①] 通过汪流的这段话可以看出，旁白有两种叙事视角，根据叙事视角不同，旁白可以分为编剧视角的旁白和剧中人物的旁白两种情况。

1. 编剧视角的旁白

在电影《南征北战》中，用到了这样一段旁白：

> 1947 年年初，蒋介石匪帮在全国战场上遭到我军沉重打击后，改变战略部署，集结优势兵力，对我国西北华东两解放区进行了重点进攻。

我们来看，这段旁白主要是以旁观者的视角对影片的背景进行交代。叙事者虽然并非电影中的人物角色，但是像一个全知全能的上帝，对影片中发生的一切都了如指掌。

与《南征北战》中旁观者叙事的旁白不同，电视剧《潜伏》中的一些旁白似乎掺入了更多的剧中人物情感，比如当余则成发现左蓝牺牲后的这段旁白：

> 直到掀开白布前，余则成一直怀疑这是一个圈套，因为翠萍坚信左蓝没事，那是他唯一愿意相信的消息。现在他相信左蓝真的不在了，背后一处中枪，那说明翠萍看到她最

图 4-9　电视剧《潜伏》海报

后一眼的时候，她已经不行了，可是还在微笑，微笑着让翠萍走开。这个女人身上的任何一点都值得去爱。悲伤尽情地来吧，但要尽快过去。

---

① 汪流：《电影编剧学》，北京广播学院出版社，2000，第 238 页。

此处的旁白蕴含了余则成的深情，自己心爱的女人已经死去，他痛苦不已，但又不敢让自己深陷痛苦之中，因为还有太多事情要做，国难当前，痛苦似乎都成为一种奢侈。在这里，虽然旁白的承担者并非剧中人物，但它仿佛是整个事件的目击者，能够清晰、准确地把握剧中人物的心理和情感。

此外，还有一种旁白，虽然也是采取了第三者的旁白视角，但它并不是只承担叙事的功能，在叙事的同时，还加入了旁观者的评论、议论。比如电视剧《龙岭迷窟》最后一集的这部分旁白，此时，胡八一、王胖

图 4-10　电视剧《龙岭迷窟》剧照

子、雪莉杨已经从陕西龙岭迷窟平安回到北京，胡八一和雪莉杨走在北京的小胡同里，两人的眼里闪着若隐若现的爱意：

胡八一：我说你别没事给我搞突然袭击好不好？我这本来想踏实吃碗馄饨的，你这突然一出现，差点把我心脏病给吓出来。

雪莉杨：厉害吧，还有更厉害的呢。

旁白：厉害，还真厉害，这小妞可不是一般人，您真当她大老远从美国飞回来就是为了雹尘珠啊？胡八一那也不是省油的灯，他是水仙不开花他装蒜呢。不信您瞧……

雪莉杨：你们北京人啊，就会揣着明白装糊涂。

旁白：您瞧我说什么来着？

胡八一："揣"字都会用了，那麻烦你给我翻译一下，这"揣"字英文怎么发音呀？

雪莉杨：cash！

胡八一：cash！怎么那么耳熟啊？蒙谁呢？哥们儿切汇的时候就用

过这词，那是现金。你以为我是胖子呢？就光认识钱。

旁白：您瞧这俩人，可真够逗咳嗽的，你一句我一句的，你说你们聊你们的不就完了吗？没事扯人家胖子干什么呀？也对，胖子这人呐，就是一垫背的命。胡八一有一搭没一搭地把他捎进来，其实就是一挡箭牌，人家心里门儿清着呢。要说正格的，还在后头呢。

胡八一：说这些，你们外国人也听不懂。

雪莉杨：那你就说点我能听懂的呗！

旁白：欸，我也想听听……

这段旁白，就好像一个说书人一样，在叙事的同时，还有着调侃、议论的意味，旁白的承担者似乎就跟着胡八一和雪莉杨一起走在胡同里，洞察着俩人的心思，在他俩身边插科打诨，发着一些小议论。

综上，所谓编剧视角的旁白，指的是旁白的承担者并非剧中的人物，但是它能清楚知道剧中故事的前因后果、发展进程、剧中人物的情感情绪、心理活动等，进而抒发出自己的语言。

2. 剧中人物的旁白

剧中人物的旁白主要是指由剧中的角色担任旁白的叙事者。依据叙事者视角不同，旁白可以分为全知式旁白和限知式旁白。

（1）全知式旁白

全知式旁白即全知视角的旁白，在这类影片中，承担旁白的叙事者知道所有的一切。在很多电影中都使用过全知式旁白，比如电影《红高粱》《一九四二》《导盲犬小 Q》等。下面，我们以电影《导盲犬小 Q》为例。

《导盲犬小 Q》主要讲了小 Q 与中年男子渡边之间的故事。电影中多次使用小 Q"养母"仁井太太的旁白，来讲述小 Q 的故事，比如开篇就是"养母"对小 Q 的介绍：

旁白（画外音）：一个早上，五小犬在水户家诞生。

画面中一只身上长着一块棕色记号的小狗蹒跚走着。

旁白：这就是小Q。

后来，小Q被选中接受导盲犬培训，水户太太送它去"养父母"仁井家中，培养它和人类之间的感情。在车上，旁白接着说道：这是小Q面对的第一次离别。

图4-11　电影《导盲犬小Q》剧照

小Q来到仁井家后，旁白继续：导盲犬出生后45天便要离开父母，被送到这里接受训练，义务训练员会把它们饲养到一岁，故被称为"养父母"。为小狗改名也是我们的工作。

在电影中，仁井太太的旁白以全知视角向我们讲述小Q的故事。作为小Q的养母，她陪伴小Q的时间并不长，但是，对小Q身上发生的一切，她都能够娓娓道来。

通过这个例子可以看出，在全知式旁白中，旁白者能够知道被叙述者的全部秘密，甚至先于被叙述者知道他们面临的命运。这样的旁白可以使观众了解被叙者的一切，甚至可以提前了解其命运的发展，进而引起观众的关注和心理的紧张。事实上，这种旁白是带有编剧主观意图的，是编剧有目的地在引导观众，吸引观众的视线。

（2）限知式旁白

所谓限知式旁白，也就是限制视角的旁白。指旁白承担者不再处于一个无所不知的位置，更多情况下，他也只是剧中的普通一员，对于未曾发生的事情不能预知，对其他人物内心的秘密也无从把握。比如，在电影《肖申克的救赎》中，就多次用到了限知式旁白。

《肖申克的救赎》讲述的是银行家安迪被冤枉杀死妻子及其情人，而后被判入狱，关押到一所名为肖申克的监狱的故事。他一度心灰意冷，后来碰巧从狱中一名小偷的嘴里得知了妻子及其情人的死亡真相，但是监狱长不愿为他翻案，无奈之下，安

图4-12　电影《肖申克的救赎》剧照

迪自己设法逃出了监狱，完成了自我的救赎。整部影片以犯人瑞德的旁白作为剧情串联，其中，瑞德的很多旁白都属于限制式旁白。比如安迪刚刚入狱时沉默寡言，这时瑞德的旁白为："最初那段时间，安迪一直沉默寡言，也许他心里有很多想法，在努力适应大牢里的生活。他是一个月之后才开口，和一个人一次说话超过两句以上的，实不相瞒，那个人就是我。"在这里，瑞德的旁白陈述了他眼中那个沉默的安迪，但是安迪为何如此沉默，瑞德也并不知道，所以他在旁白中用了"也许"一词，来揣测安迪沉默的原因。此外，还有后面监狱长自杀身亡后，瑞德的旁白也属于限知式旁白，他这样说道："我猜他脑中最后一件事，除了枪子儿，就是在想安迪为何能整倒他。"监狱长最后的时刻究竟在想什么，瑞德也只是说出了自己的猜测。

通过以上例子可以发现，限知式旁白能使影视作品产生复杂、多变的含义，给观众留下更多的悬念，同时，也使银幕上的世界变得真实可信，它发挥着推动叙事、激发观众兴趣的作用。

作为电影的重要组成部分，旁白在叙事中承担非常重要的作用。接下来，我们就结合例子来看旁白的作用与功能。

1. 交代背景信息

影视画面的叙事空间有限，在很多时候，为了去掉繁枝末节，更好地突出剧情主线，往往会选取旁白的手法对故事背景或者人物背景信息进行交代。

（1）交代故事背景、时代背景

当旁白用来交代故事背景、时代背景等信息时，这时的旁白就相当于故事的说明字幕。比如前面我们所举电影《南征北战》开头的那一段旁白，这段旁白就是在交代故事背景和军事背景，有点类似于我们看纪录片时的说明字幕，为方便大家记忆，我们将其简称为说明性旁白。

那说明性旁白应该如何使用呢？使用时应该注意什么呢？普多夫金在《论电影的编剧、导演和演员》说道："只有当说明字幕（即说明性旁白，编者著）能把剧本中多余的东西去掉，能把重要的东西向观众简短地交代清楚，并使观众能够有所准备，以便更清楚地了解后面的剧情时，'说明字幕'才算用得确当，'说明字幕'绝对不应该比后面的动作画面更有力。"[1]

在这几句话中，普多夫金清楚说明了如何使用说明性旁白：①说明性旁白要能去掉剧本中多余的东西；②要能把重要内容向观众交代清楚，方便观众了解后面的剧情；③要能突出剧情主题和主线。

为了帮助大家清楚了解说明性旁白的使用，我们以《请回答1988》为例。

该剧使用了很多旁白，在开篇，就用主人公德善的旁白来交代全剧的时代背景：

1988年，虽然有冷战，但内心火热。虽不富裕，但有段内心温暖的岁月。当然，跟现在比起来，无疑是旧石器时代，是个模拟时代，但是，我们的18岁，自认为是在时代的最前沿，历史上最先开始穿拖鞋

图4-13　电视剧《请回答1988》剧照

---

[1]　普多夫金：《论电影的编剧、导演和演员》，何力译，中国电影出版社，1980，第38页。

式运动鞋，甚至搭配一身牛仔时装，还携带随身听，听着申海澈的歌，男人们为萨克斯还有王祖贤和苏菲·玛索、希娜娜老师而疯狂，我们则痴迷于雷明顿斯蒂尔、汤姆·克鲁斯、理查·基尔，还有新街边男孩的哥哥们。但是不管男女，那时候的年轻人，有一部最爱的电影，那就是（屏幕上出现《英雄本色2》的海报）……

这一段旁白跟屏幕画面是音画同步的，是对画面的解释说明，也是对1988年的一个概括总结。这段旁白和画面的结合相当棒，对经历过1988年的人来说，可以触发他们的怀旧思绪；对那些没经历过1988年的人来说，可以让他们了解那个时代的背景信息。该剧主要以1988年为背景，描绘了住在同一个胡同里的五家人之间的亲情以及邻里街坊的传统爱情与友情。因此，以1988年作为时代背景，它并非全剧的主题和主线。采用德善旁白的形式来简要交代，既可以让观众了解那个时代的国际大事、生活方式、文化娱乐等信息，又可以去掉不必要的内容，更好地突出故事的主题和主线。此外，这段旁白还有一个重要功能，那就是剧情提示，比如德善在这里提到的王祖贤。王祖贤作为男生心目中的偶像，与后面德善同学王子贤（外号王祖贤）的出现前后相映，从而突出了王子贤出场时的喜剧效果。

（2）介绍人物信息、人物情绪

为了让大家清楚了解旁白的这项功能，我们继续以韩剧《请回答1988》中的旁白举例。第一集中，主人公们聚在崔泽的房间看电影《英雄本色》，此时就顺势利用了德善的旁白来介绍主要人物：

他的名字叫柳东龙，他是这个胡同的参谋（画面定格为柳东龙）。

住在楼上的金正焕，或者说是狗，现在，还不是人（画面定格为金正焕）。

他是这个房间的主人，也是风头正盛的围棋棋手，那又有啥用啊，在这里是大傻子（画面定格为崔泽）。

他是善宇，这胡同里的孩子当中，他算是比较正常的一个（画面定格为善宇）。

嗯，她……就是我，弯曲的爆炸刘海都可以冲浪了，赛过图坦卡蒙

的短发，不是
粉色，也不是
粉红，而是花
粉色的上衣，
那个时候，这
么穿是极好的
了（画面定格
为德善自己）。

图 4–14　电视剧《请回答 1988》剧照

通过德善的旁白，我们能够很快了解这几个主要人物的基本信息，以及德善对他们、对自己的评价。

《请回答 1988》中采取了这样的旁白手法，很多影片也都用到了旁白来介绍人物的背景信息，比如《天使爱美丽》中对约瑟和佐芝进行介绍的这两段旁白：

卖香烟的佐芝喜欢无病呻吟，不是偏头痛，就是坐骨神经痛。

一旁不怀好意的黑面神交约瑟，被珍娜甩掉的前男友，对珍娜不死心，每天盯着她。

如上，这些旁白都补充介绍了影片中的故事背景和人物背景信息。这种介绍一方面可以让观众了解故事背景或者人物背景，同时还能去掉繁枝末节，突出剧情主线，而且也在无形中节约了电影的拍摄成本。

2. 承担叙事功能

在影视作品中，旁白往往承担重要的叙事功能。下面，我们以《东邪西毒》为例来进行分析。

在这部电影中，导演王家卫力图让欧阳锋扮演一个全知角色，他的旁白

最多，达47次，剧中很多人物的出场以及情节发展都借由欧阳锋之口娓娓道来。请看下面这一段：

沙漠中，一个破败的客店，破布在风中呼啸，欧阳锋认真擦拭酒器，字幕出现"惊蛰"二

图4-15　电影《东邪西毒》剧照

字。茫茫荒漠中，一人骑马飞驰，由远及近，这时，出现欧阳锋的旁白：

初六日，惊蛰。每年这个时候，都会有一个人来找我喝酒，他的名字叫黄药师。这个人很奇怪，每次都从东面来，这个习惯已经维持了很多年。今年，他给我带来一份手信。

在这段旁白中，欧阳锋向我们预告了黄药师的出场，我们由此得知那个在荒漠中骑马飞奔的人就是黄药师。

除了介绍人物出场，欧阳峰还通过旁白来进行叙事，或补充故事情节，或交代事情的后续发展，比如黄药师和慕容嫣（慕容燕）之间的故事：

之后，他俩定了个日子，约好在一个地方见面。结果，黄药师没有赴约。

一个人受了挫折，或多或少会找借口掩饰自己。其实慕容嫣、慕容燕，只不过是同一个人的两种身份。在这两种身份的后面，躲藏着一个受了伤的人。

那天起，没有人再见过慕容燕或慕容嫣。数年后，江湖上出现一个奇怪的剑客，没有人知道她的来历，只知道她喜欢跟自己的倒影练剑。她有一个很特别的名字，叫"独孤求败"。

通过这些旁白，欧阳锋为观众讲述了慕容嫣与黄药师之间的爱恨情仇，同时也为我们刻画了两个性格迥异的人：一个为爱受伤、为情变成精神分裂症的"独孤求败"，一个浪迹天涯、处处留情的负心人黄药师。[①]

3. 协助转换时间与空间

在前面讨论对白的时候，我们曾经说过台词可以协助转换时空，同样，旁白在影视作品的时空转换上也有着不可替代的优势。下面，我们就以《肖申克的救赎》影片为例来看。

在影片中，瑞德的旁白很多，且基本上都是全知式旁白，伴随他的旁白，影片的时空也在随之自由转换。接下来，我们来看电影中的几个片段。

图 4-16　电影《肖申克的救赎》海报

片段一：

在第一次假释被拒绝时，瑞德跟几个犯人走在监狱的空场上，有犯人跟他要烟抽。这时瑞德的旁白是："美国各监狱少不了我这种人，我什么都弄得到，香烟啦，大麻啦，家有喜事想喝白兰地也行。几乎什么都没问题。是的，我就像邮购公司。"就在这时，广场上传来一声警报，瑞德抬头，把目光转向监狱围墙外的天空，这时，场景也随之转换，监狱门口的大路上，一辆押送犯人的白色车辆缓缓驶向监狱，车里的犯人正是安迪·杜弗伦。伴随着安迪的出场场景，瑞德的旁白继续：1949 年，安迪·杜弗伦要我把丽塔·海华丝弄给他，我只说"没问题"。

片段二：

在影片进行到一半时，瑞德已经在监狱服刑三十年，假释再次被拒，他失去了希望，只得继续服刑。监狱生活继续，监狱场景也在继续：

---

① 引自莫煊旖：《电影〈东邪西毒〉旁白浅析》，2011 年 3 月 26 日发表于《湖北师范学院学报（哲学社会科学版）》。

一群犯人凿开了监狱里的一堵墙。

安迪、瑞德和犯人们在车间劳作。

安迪和犯人们在图书馆里一起整理书籍，进行书籍分类。

此时，影片再次用了瑞德的旁白来串联这几个不同的时空场景：

安迪言出必行，每周写两封信，1959年，州议会终于明白，两百元无法打发安迪，当局决议每年付五百元，好让安迪封笔。你想象不到他的能耐，他接洽图书会、慈善团体，他论斤买入旧书。

片段三：

在影片的最后，典狱长自杀身亡，此时的时空场景如下：

监狱长在办公室自杀。

监狱的广场上，瑞德收到了安迪寄来的明信片。

瑞德在监狱的图书馆里，坐在桌前，拿着明信片在地图上查找汉考克堡的位置。瑞德高兴地笑了。

安迪带着墨镜，驾着一辆红色敞篷车行驶在沿海公路上，路边是一望无际的大海。

伴随着不同的场景变化，瑞德的旁白很好地串联起了这几个不同的时空：

我猜他脑中最后一件事，除了枪子儿，就是在想安迪为何能整倒他。典狱长见阎王后不久，我收到一张明信片，没写字，但有邮戳，来自德州汉考克堡，汉考克堡在边界上，安迪已离开美国，驾着敞篷车奔向南方。想到这画面就令我开怀。安迪，他涉过肮脏污河，涤净罪恶，在彼岸重生，安迪·杜弗伦，太平洋在望。

通过以上三个片段，我们可以清楚地看到，瑞德的旁白很好地串联起了不同的时空场景，大大加强了电影中不同时空之间的衔接，从而推动着影片的叙事顺利进行。

作为一种叙事手段，旁白的功能并不是单一的，有时同时具备多个功能，从而使影视作品的叙事更流畅，表达更细腻，主题更突出。随着影视艺术的发展，旁白的使用也在逐渐走向成熟，并非所有的影视作品都需要旁白支撑，但旁白作为对白的补充内容，如果运用合理，既可以完善影视作品的叙事功能，又可以体现导演的艺术风格，为作品锦上添花。

（三）独白：说出你的心声

在很多影视作品中，我们都看到独白这种手法的运用，当片中人物在屏幕上向观众敞开心扉，像朋友一样碎碎念时，观众能够顺利跨越画面表达的局限，直接触碰人物的内心世界。前文讲旁白和独白的区别时，我们曾说过独白的概念：独白，又叫作"内心独白"，指的是画面中人物的内心呈现。在影视作品中，它多以"第一人称"画外音的形式出现，让人物主动向观众敞开心扉，表现自己的内心世界、情绪情感。不论何种情况，独白与画面基本是同步的。

结合影视作品，我们可以发现，独白大致有以下几个作用：

1. 交代故事背景，渲染作品意境

在冯小刚的《甲方乙方》这部影片中，开头就使用了独白这种手法：

我叫姚远，现年三十八岁，未婚，人品四六开，优点六、缺点四，是个没戏演的演员。九七年的夏天，我和在家闲着的副导演周北雁、道具员梁子、编剧钱康，合伙填补了一项服务业的空白，名曰：好梦一日游。就是让消费者过一天梦想成真的瘾。目前刚刚起步，正处在试营业阶段。

图 4-17 电影《甲方乙方》海报

《甲方乙方》这部电影采用了板块式的结构手法，以好梦一日游公司的业务为主线，串联起四个故事。在电影开头，为了省去不必要的枝叶情节，电影采取姚远独白的形式来交代故事背景，就是这样短短几句话，让观众明白这个公司的人员构成和人员特长，迅速走进剧情的主线之中。

在费穆的电影《小城之春》中，导演也用独白来交代背景，渲染氛围。在影片的开始，主人公玉纹左手拎着中药，右手挎着菜篮子漫无目的地走在城墙边，画面中除了主人公玉纹外，便是颓败的城墙、空旷的天空，这时的画面独白是："住在一个小城里面，每天过着没有变化的日子，

图 4-18　电影《小城之春》剧照

早晨买完了菜，总喜欢到城墙边走一趟，这已经成了习惯。人在城头上走着，就好像离开了这个世界，眼睛里不看见什么，心里也不想着什么。要不是手里拿着菜篮子跟我先生生病吃的药，也许就整天不回家。"这段画面出现在片头，故事尚未开始，通过这一段独白，我们就可以了解主人公玉纹目前大致的生活状态：她住在一个小城里面，有一个生病的丈夫，生活日复一日，她每天早晨出门买菜、买药。然后到城墙边走一走。通过这段独白，我们还可以窥探她的情感状态：她对这种乏味的生活感到厌烦，她的内心有一种无法言说的孤寂。这种独白与其说是对情节的补充说明，更像是人物的一种孤独呓语，给整个画面带来一种孤独清冷的意境。

2. 表现人物内心，彰显人物性格

在影视作品中，还经常用独白来表现人物内心，彰显人物性格。下面，以姜文导演的《阳光灿烂的日子》为例。这部电影主要讲述了 20 世纪 70 年代军区大院中一群少年的生活，通过这些琐碎的片段来体现成长的主题。这群少年适逢青春期，又处在一个特殊的年代，为了帮助观众了解他们的内心世界，电影借由马小军之口，运用大量的独白来表现他们的恐慌、幻想，甚至

是他自己也无法分辨的现实与梦境。

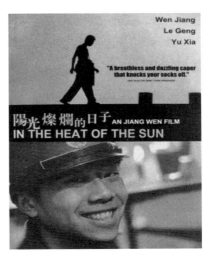

图 4–19 电影《阳光灿烂的日子》海报

    我迷恋上了钥匙，并开始制造它们。先是把自己家的各种锁一一打开，偷看大人的秘密，后来就发展到未经邀请就去开别人家的锁。每当锁舌"当"的一声跳开，我便陷入了无限的欣喜之中。这种感觉，这种感觉只有二战中攻克柏林的苏联红军才能体会得到。

    我最大的幻想便是中苏开战，因为我坚信，我军的铁拳定会把苏美两军的战争机器砸得粉碎，一位举世瞩目的战争英雄将由此诞生，那就是我！

    在我少年时代，我的感情并不像标有刻度的咳嗽糖浆瓶子那样易于掌握流量，常常对微不足道的小事反应过分，要么无动于衷，要么摧肝裂胆，其缝隙间不容发……

通过这些独白，观众可以直接了解马晓军的性格和情感——他为了追求刺激频繁偷开别人房间的门锁，他受当时社会环境的影响崇尚英雄主义，对某些事情的反应过激等。这些独白补充了影像难以表达的内容，让观众能够直击马晓军的内心，知晓他的情绪状态。

影片通过独白可以让剧中人物直接向观众坦露自己的情感、野心和秘密，让剧中人物与观众之间完成一种知己般的对话。因为独白，剧中人物不再对观众有所保留，而是欢迎观众走进自己的内心和情感深处，赋予观众一种了解剧中人物的特权，这种特权是剧中其他角色无法企及的。

3. 串联故事情节，推动剧情发展

这种方式的独白在王家卫的电影中比较常见，比如《重庆森林》就通过独白的形式来串联故事，推动情节发展。

影片中志武在快餐店看见女招待时，他的独白是："我跟她最接近的时候，我们之间的距离只有 0.01 厘米，我对她一无所知，6 个钟头之后，她喜欢了另一个男人。"接下来，何志武消失，"另一个男人"警察 633 出场，影片开始讲述警察 633 的故事情节。因此，何志武的独白便成为连接影片两个故事的过渡性语言，剧情得以平滑过渡。

图 4-20　电影《重庆森林》海报

在有些电影中，由于导演风格或者营造氛围的艺术化需求等原因，叙事方式会进行碎片化处理，把时间和空间切割成片段，然后再重新剪辑拼接，这时往往会安排独白登场，用来串联剧情、推动故事发展，避免碎片化处理方式带来的凌乱感。这种独白既是下一个人物出场前的名片，又是一种必要的剧情提示，可以让观众串联各种碎片，拼接出一个完整的故事，还能提前了解下一步剧情。

4. 传达哲学思考，深化电影主题

一部成功的影视作品，在某种意义上会借助屏幕向观众传达对社会、对人生的哲学思考。在很多电影中，哲学思考是通过人物独白来完成的。

比如王家卫的电影《东邪西毒》就借助东邪黄药师之口，来反思铭记与遗忘：

图 4-21　电影《东邪西毒》剧照

人家说一个人有烦恼，是因为记性太好。从那年开始，很多事我都忘了，唯一能记住的，就是我喜欢桃花。

你越想知道自己是不是忘记的时候，你反而记得越清楚。我曾经听人说过，当你不能够再拥有，你唯一可以做的，就是让自己不忘记。

在这些独白里，我们可以知道欧阳锋心事很重，烦恼很多，他认为烦恼的根源在于记性太好，忘不掉很多事情和经历，为了减少烦恼，他寄希望于遗忘。这种对铭记与遗忘的思考，无意中深化了电影的主题。人的一生会经历很多事情，会有各种各样的感情经历，究竟哪份记忆应该保存，哪份记忆应该删除呢？

在电影中，独白具有独特的美学意义："针对影像而言，它是声音，是另一种媒介，是补充关联影像的语音空间；针对情节而言，它是叙事，是另一种表述，是不同于事件叙事的话语叙事。"[①]独白表面上看似乎是独立于画面和故事之外，但实际上独白是剧中人物与观众之间沟通与交流的一种手段，它可以把观众迅速带入剧情，让观众直接参与其中，与独白者达成情感共鸣。

（四）潜台词：言外之意，你听懂了吗？

潜台词就是台词本身，是一种言有尽而意无穷的台词，是一种想说但没有直接说出口的台词，是需要观众结合电影的情节、语境和人物性格才能揣摩出来的台词。威廉·M.埃克斯的《你的剧本逊毙了》一书这样对潜台词进行定义："你只让人物说了台词，而没表达出人物的潜台词。潜台词是没有说出来的台词，是人们的真正意思，但是没说出口。"[②]所谓潜台词，是指蕴藏在台词中的真正含义，这种含义不是通过演员之口直接说出来，而是通过演员对剧本的分析理解、对人物性格进行深入分析后，通过台词流露、表现出来的。俗话说："听话听声，锣鼓听音。"这种话中有话指的就是潜台词，因此，在很多时候，潜台词才是人们要表达的真正意思。

大体上说，剧中人物的潜台词分为以下三种情况：

1. 别有深意的潜台词

什么样的台词会让观众觉得别有深意呢？以电影《色戒》为例，电影开头有一段别有深意的潜台词：

　　　　马太太：说到搬风，忘了恭喜你，梁先生升官了。

---

① 引自张辛论文：《论第六代电影独白话语》，2012年3月发表于《电影文学》。
② 威廉·M.埃克斯：《你的剧本逊毙了》，周舟译，北京联合出版公司，2016，第117页。

梁太太：什么了不起的官，管大米的。

马太太：现在连印度米托人都买不到，管粮食可比管金库厉害。你听易太太的就对了！

易太太：听我的？我可不是活菩萨，倒是你们老马应该听听我的，接个管运输的，三天两头不在家，把你都放野了！

马太太：我可没闲，他家三亲四戚每天来求事，走廊都睡满了。给找差事不算，还要张罗他们吃喝，我这管后勤的还没薪饷可拿。

梁太太：就是！

易太太：人家麦太太弄不清楚了，以为汪里头的官，都是我们这些太太们牌桌上派的呢。

麦太太：可不就是嘛！

这段对话貌似是几位太太牌桌上的闲谈，但是在闲谈背后，有着很多的潜台词：①对于牌桌上四人关系的揭示："听易太太的就对了。"说明四位太太以易太太为首。梁先生管大米、马先生管运输，因此，梁太太和马太

图4-22 电影《色戒》剧照

太也身价不菲；所以这个牌桌上最弱势的就是麦太太王佳芝。②易太太台词："倒是你们老马应该听听我的，接个管运输的，三天两头不在家，把你都放野了。"由于马先生经常不在家，马太太无人约束，因此私下里和易先生关系暧昧，作为妻子的易太太是心知肚明的，因此易太太这句话是一句含蓄的警告："不要以为我什么都不知道，你做了什么我可是清楚得很。"③易太太台词："现在连印度米托人都买不到，管粮食可比管金库厉害。"这句台词从侧面反映了战争时期物资紧张的情况。④马太太台词："我可没闲，他家三亲四戚每天来求事，走廊都睡满了。给找差事不算，还要张罗他们吃喝，我这管后勤的还没薪饷可拿。"这句台词也从侧面反映了汪伪政府的用人唯亲。

2. 别有寓意的潜台词

在日常谈话中，有些话有时不是很方便直接说出口，怎么办？那只能尽量说得隐晦一些、含蓄一些，巧妙地让对方明白自己的意思，这时候，别有寓意的潜台词就要登场了。

比如在电影《非诚勿扰》中，就有这样一段对话：

女方：你身体怎么样啊？

秦奋：有点虚。

女方：虚点挺好的，您也甭锻炼了，病了我可以照顾你。

秦奋：你不愿意找一个结实的、身体棒的？非要找一个软柿子捏？

女方：软柿子才好吃。

秦奋：病秧子似的，年龄又大，你不担心婚姻的质量？你这个年龄，我直说啊，正是如狼似虎的年龄段啊。

图4-23 电影《非诚勿扰》海报

这段对话出现在秦奋和一个女子相亲的过程中。因为双方都是初次见面，关于性的话题不好意思直说，所以秦奋便采用"软柿子"这种别有寓意的象征和暗示，好在对方立马明白了秦奋话中所指，而且回应自己就喜欢软柿子，其实也是在暗示自己对性的需求并不强烈。由于双方都是过来人，对话没有产生沟通上的障碍。因此，当双方谈话涉及一些不便直说的话题时，这种别有寓意的潜台词可以在某种程度上避免尴尬。

3. 一语双关的潜台词

潜台词还具备一语双关的功能，能够对人物的塑造起画龙点睛的作用。比如话剧《雷雨》的这一段对话：

四凤：太太，您吃药吧。

　　繁漪：谁说我要吃药？

　　四凤：老爷吩咐的。

　　繁漪：我并没有请医生，哪里来的药？

　　四凤：老爷说您犯的是肝郁，今天早上想起从前您吃的老方子，就叫抓一服，说太太一醒，就给您煎上。

　　繁漪：煎好了没有？

　　四凤：煎好了，凉在这儿好半天啦。

　　（四凤端过药碗来。）

　　四凤：您喝吧。

　　繁漪：（喝一口）苦得很。谁煎的？

　　四凤：我。

　　繁漪：太不好喝，倒了它吧！

　　四凤：倒了它？

　　繁漪：嗯？好，（想起朴园严厉的面）要不，你先把它放在那儿。不，（厌恶）你还是倒了它。

　　四凤：（犹豫）嗯。

　　繁漪：这些年喝这种苦药，我大概是喝够了。

　　从表面意思来看，这段对话是繁漪有病、四凤劝她喝药的日常对话，但是，联系整部剧中的人物关系、人物性格和情节设置，我们就能读懂其中一语双关的奥妙。繁漪想要自由，但是这种想法与周公馆格格不入，周朴园让四凤给她药喝，表面上是对繁漪的体贴和关心，实际上，周朴园只是在施展他作为封建家长的淫威，他要抹杀繁漪的思想和情感，让她彻底臣服在自己脚下。尽管繁漪厌恶周公馆、厌恶周朴园，可她毕竟是周公馆的女主人，碍于身份，碍于她从小到大接受的女德教育，她不敢直接宣泄自己的厌恶，只能借着喝药的机会来进行一语双关的暗示。

　　正如徜徉所说：繁漪确实有"病"，可这病不是在肉体上，而是在心灵深处。周公馆和这个社会扼杀了她的热情、希望，毁灭了她的青春、追求，她精神上的这些痛苦是药物所不及的。"苦得很"和"倒了它"，蕴含了多少难以言状的潜台词，它是繁漪在周公馆十八年非人生活的真实写照。十八年来，她把泪水和痛苦熬成苦药喝下去，十八年了，她实实在在喝够了！[①]

那么，在分析了三种常见的潜台词后，综合上述情况，我们可以总结出潜台词的特点：

1. 含蓄性

潜台词，是一种言有尽而意无穷的台词，是一种想说但没有直接说出口的台词，是需要结合电影的情节、语境和人物性格才能揣摩出来的台词。因此，潜台词的首要特点就是含蓄性。正如《色戒》中打牌的经典场景，其中易太太对马太太说的那句警告："倒是你们老马应该听听我的，接个管运输的，三天两头不在家，把你都放野了。"表面上是对马先生工作性质的议论，实际上暗示自己对马太太和易先生的暧昧关系心知肚明：不要以为我什么都不知道，你做了什么我可是清楚得很。

2. 暗示性、象征性

在电影《非诚勿扰》中，就有很多象征性、暗示性的潜台词。除了前面所举秦奋相亲过程中关于性暗示的潜台词，还有其他一些象征性、暗示性的潜台词。比如下面这段对话：

> 股票女：你炒股吗？
>
> 秦奋：不懂，不炒。
>
> 股票女：其实啊，我觉得这征婚和炒股票是一个道理，你可以同时看好几只股票，最后到底买哪只就要看它的表现，冷静地分析了，比如说长相啊、身材啊，比如说性格、受教育程度，比如说经济条件、家庭背景。再比如说……
>
> 秦奋：那……我应该算一只业绩怎么样的股票呢？
>
> 股票女：从年龄上、长相上看应该属于跌破发行价的那种吧。

---

① 引自褚祥论文：《言犹尽而意未尽——〈雷雨〉中人物对话的潜台词探胜》，《戏剧文学》1990 年 3 月。

秦奋：要是没人看得上，就有摘牌的危险了，是吧？

股票女：那也不见得。没经验的人都喜欢追高，可追高的风险大啊，很容易就把自己套进去了，有经验的啊就会低价抄底。像你这种业绩不好的，一般人不敢碰，无人问津，所以安全性比较好，都已经跌成这样了还能怎么跌啊？

秦奋：那像我这种低价抄进来的，你是准备长期持有？还是短线玩玩？

股票女：短线玩玩？你有那爆发力吗？只能长线拿着，有当没有了呗。

秦奋：那你要是拿了一阵儿，一直没有坚挺的表现呢？

股票女：你放心，我不会傻到只持有你这一只的，那总不能都不坚挺吧，我也太背了。

秦奋：我负责任地告诉你，我可不安全，你还是别碰了。一旦砸你手里，既不中看也不中用，到时候想抛，割肉你都抛不出去。从投资的角度看，我就算不良资产，我这包袱，说什么也不忍心抛给你。咱们今儿个就先停盘吧？

股票女：我也要看另外一只股票，约的是六点。现在大势不好，可千万别盲目入市。

秦奋：别急着进去，观望。

在上面这一段对话中，秦奋和前来相亲的股票女在话里面暗示了很多内容，比如股票——恋爱对象、炒股——征婚、跌破发行价——条件不好、摘牌——解除恋爱关系、长期持有——长期恋爱、短线玩玩——短期恋爱、抛股票——甩掉恋爱对象、停盘——结束相亲关系、入市——确定恋爱关系等。表面上谈的是炒股、股市、股票，实际上暗示、象征了恋爱关系和婚姻关系，把对话变得逸趣横生、幽默含蓄，既能委婉表达自己的观点，又不至于直接用语言给对方带来伤害。

3. 内心指向性

台词是剧中人物性格的凸显，是人物内心世界的展现，潜台词也不例外。正如前面所述《雷雨》中繁漪和四凤的那一段对话，繁漪对生病和喝药的反应，正是她对周公馆、周朴园的厌恶与痛恨，也是她十八年来痛苦内心的展现。

好的人物台词是含蓄的，是需要充分调动观众的思考才能明白其中寓意的，观众需要走进故事，通过潜台词的指向性，跟着剧情发展分析人物性格和人物关系，分析情节走向，在观影过程中变被动为主动，读懂人物的内心。

总之，台词是剧本的重要组成部分，对影视作品而言，台词的好坏甚至能够影响整部作品的成败。经典的台词可以塑造出鲜明的人物形象，有趣幽默、富有悬念的对话也会更加吸引读者的注意力，让观众不断被故事和剧中人物牵引。因此，台词写作必须要深思熟虑，从人物出发，从剧情出发，从整部作品的风格出发。

第五章 场景

一、关于场景

在剧本创作过程中，涉及最多的就是时间、空间以及具有因果关系的事件。其中所谓空间，是指事件发生的场景。

（一）场景定义

何谓场景？简言之，场景首先是戏剧、电影故事发生的场所、空间、地点等，如旧工厂的车间、教室里，或者树林、地穴之下……除此之外，场景还包含另一层意思，就是场景环境下产生或发生的一些情境化的事情、情绪，例如李清照黄昏独坐窗台、街巷里警匪开枪对战的情景等，既可以是现实空间环境，也可以是非现实空间环境，这两种场景的存在，都是为了

图 5-1　电影《活埋》剧照

体现和反映剧本中规定的情境。在电影的制作过程中，我们要关注场景在影片中所起的作用。一场戏有可能在一个场景中完成，也有可能在几个场景中完成。单场景故事片《活埋》便将场景设定在了一具棺材当中，主人公保罗想方设法求生，他的目的就是逃出棺材这个死亡空间，场景的刺激使影片的剧情更加紧张激烈，让人惊叹。

（二）场景效用

现代电影创作过程中，场景表现的效用显而易见，具体而言，可以划分为以下几个：

1. 场景与故事风格

场景的选择和具体的运用，在宏观上决定了影片的叙事风格和造型风格。我们常讲：外景利于影片的气氛，内景利于影片的内容，实景利于影片的空间表达。外景出意境，内景出戏，实景出调

图5-2 电影《杀人回忆》剧照

度。奉俊昊导演的《杀人回忆》将场景设定在 20 世纪七八十年代的韩国小城乡镇，那是比较动乱的时期，整个影片沉浸在比较灰暗的原野、稻田、森林、乡间小路、乡村房舍，以及简陋的审讯室中，场景的设计使影片带有一种沉郁的压抑、无奈和伤感的氛围。

2. 场景和空间表达

场景对空间表达具有决定性的影响，也自然关乎剧中人物的生存状态和情感变迁。电影中外景的出现，无论场次的长短、多少，都会在影片中形成一种整体的空间规模和效果。而在内景的拍摄中，我们会有一种与之相反的感觉，感觉影片空间变化较多，但不完整。马丁·斯科西斯的作品《盗亦有道》中，有一场从室外到室内的戏，镜头穿过曲曲折折的地下娱乐场所，从门口到厨房再到聚会的地方，整个镜头全部在地下通道，空间变化和人物浮光

掠影式地穿过，纷乱且真实。

3. 场景与人物形象的塑造

什么样的环境塑造什么样的人，电影中外景的应用，使人物的表达更有环境依据，使人物在叙事上更有可信度，更有利于人物形象的塑造。内景的室内戏，优化了摄影的造型元素，在视觉上有利于人物的塑造，有利于人物的"戏"的表现。奉俊昊的作品《寄生虫》中，金司机一家人住在地下室，在雨天会漏水，唯一的采光处是一个小窗户，这也是金家人和外面世界唯一的联系通道。这样的场景设计塑造了这家人的生活状态。

4. 场景和剧本叙事完整性

电影中的场景可以清晰、明确地完成相对独立和完整的叙事情节，也可以只表达叙事情节的一个部分。在电影制作过程中，我们要关注场景在影片中所起的作用。一些单场景单情节，或者一个日常生活段落，可以发生在家里、学校，也可以发生在医院，运用得当，才能做出精彩的叙事。杜琪峰的作品《大事件》在一开始就交代了警匪双方的关系，一帮劫匪在老楼里谋划作案，而窗外的车里，便是等待伏击的便衣警察，这段情节交代了事件双方的对立关系，这场戏便只是很简单地利用了筒子楼和狭窄的街道场景。

在创作过程中如何选择场景呢？

1. 选择具有鲜明风格特征、地域民族文化特征的场景

在创作中，创作人员往往会寻找有明显地域特征的场景作为故事的主要发生地，既给空间造型提供依据，又可以给观众带来新鲜感。特殊的空间环境因地理位置、地貌特点及周围建筑物、树木等的不同会显现出不同的个性。法国电影《老枪》中的古堡、《伊万的童年》中的白桦林、《最后一班地铁》中的剧院地下室都给观众留下了深刻的印象。《双旗镇刀客》中场景的使用甚至丰富了带有东方特质的电影语言，导演何平在电影中呈现了一个以土城、大漠为主体的空间格局，开拓了中国传统武侠片的崭新视野。

电影《百鸟朝凤》把故事的发生地设定在北方地域特色特别明显的西北地区。创作人员紧扣传统文化——唢呐，一览无余地展示了影片中的乡土特色、民情风俗，带有浓郁的中国情调。焦三爷家北方（陕西）的民居特点，原野

和土地，芦苇荡和小湖泊，都带有北方城镇特色，这样的环境把人物的执着坚守和西北人的耿直豪爽展现了出来。

2. 选择能够体现主旨意义、主题内涵的场景

环境氛围是人物特定心理情绪的积淀和映照。同样的景物在不同的艺术家的作品里会呈现出不同的面貌，艺术家的选择跟他们的思维、阅历以及要表现的内容有关。在影片《黄土地》中，黄河是平静的、缓慢的；而在陈凯歌的另一部作品《边走边唱》中，呈现的则是咆哮的、奔腾不息的黄河；冯小宁的《黄河绝恋》中的黄河场景，更多的是中华民族的象征和各民族间的博爱与包容。在创作剧本过程中，把好的场景融入自己的主题表达，需要对生活有特殊的、深刻的理解。韩国电影《欢迎你来到东莫村》中，把故事最主要的场景设定在一个陶渊明世外桃源式的古老村落——东莫村，这里房舍简陋、环境优美，人们简衣陋宿、粗茶淡饭，亲近自然，种土豆、玉米，养蜂、养花，生活恬淡自然，可以说正好契合了这部电影反战的主题——抛弃战争，追求包容和关爱。电影场景的诗意愈浓，对战争的反思愈深刻。

对《大红灯笼高高挂》场景的选择，张艺谋颇费心思。他没有选择小说中提示的江南庭院，他认为外观的柔美和诗化多少会削弱批评的力度。因此，他把故事

图 5-3　电影《大红灯笼高高挂》剧照

的场景改换成北方的深宅大院，将主人公锁闭在和外界隔绝的高墙内。张艺谋刻意加重了建筑物的囚禁意味，他认为坚固的百年老宅对人造成的压迫和伤害是显而易见的。

3. 选择表达人物心理情感的场景

艺术作品打动观众的途径很多，一条有效的途径就是让艺术形象的情感因素与欣赏者视觉的感知经验有机地结合起来。因此，一名好的编剧应有效

地利用场景中的空间元素，表达想要的人物情感，并将这种情感在这一空间环境下释放，让观众能够清晰地感知。

例如王家卫的电影《东邪西毒》就很好地利用了空间展现人物情感关系，片中的慕容嫣女扮男装，对着鸟笼说话，在自言自语中转换角色，鸟笼挂在陕北地洞出口的树上，光影倒映在慕容嫣的脸上，来回转动，人物孤独忧伤的情绪在这忽明忽暗的空间中不断转换，使这个人物更加迷幻，导演很好地利用了场景去表现人物情感，表现出人物的情感陷入被困缚的境地。

4. 选择表现意境，营造诗意美感的场景

好的编剧能很好地利用现有或者生活中的自然景观。很多生活中的日常场景具有诗意，或者说在某些情境意境下能形成新的诗意，营造出新的美感。毕赣导演的《路边野餐》巧妙地利用了南方地域生态，尤其是贵州凯里的氤氲和神秘，野人和香蕉、绣鞋和诗集等乡土环境下的大众物品，同时利用诗歌巧妙穿针引线，影片把贵州的南方地域美感上升到诗意层面。潮湿的屋内、崎岖的街道、神秘的山水，毕赣巧妙地利用这些具有抒情意象的场景，让观众进入他的表达视域。

（三）场景分类

电影剧本的创作是一个从想象力到文字转化的过程，而场景在电影剧本中发挥了巨大的作用，当编剧开始写下第一个字时，就要考虑场景。小津安二郎的《东京物语》中，故事一开始将场景设定在一个窄小的传统阁楼的客厅里，狭小而局促，但是空间带给人的温煦平和让人倍感温暖。

那么，电影剧本中的场景要如何去划分或者调配呢？我们在创作过程中，会遇到各种状况，比如场景单一，场景空间没有表现力，场景环境氛围不符合人物情绪，甚至不合逻辑，等等。关于这些问题，我们可以研究一下场景的分类。

场景一般被划分为叙事场景、抒情场景、抽象场景（超现实场景）、意象化（意境化）场景等。

叙事场景在影视创作中最为常见，它主要是一个情节、一个事件、一个矛盾冲突点所爆发的场景，主要用于推动叙事，选择时要注意符合当下人物

图 5-4 电影《史密斯夫妇》剧照

状态。例如，美国电影《史密斯夫妇》中有一场夫妻之间相爱相杀的戏份，这场戏让两个有传奇杀手身份的男女展开了一场大搏杀。妻子简的武器藏在女人的空间——厨房的餐柜里面，柜子里面有各式精巧而细致的武器。丈夫约翰的武器则藏在男人的领域——地下室，有各种重机枪、火箭炮等重量级武器。两人开始由武器到赤膊战斗，他们把家里所有的家具器皿打了个稀巴烂，而最终由于两人深爱彼此，他们放下武器热情拥吻，用已经破碎的玻璃杯盘干杯，在废墟里庆祝。

在这部电影中，编剧把最重要的一场戏设定在了家庭场景之下，一个现代化的居室之中，而夫妻关系和杀手身份的矛盾让两人剑拔弩张，家庭环境中的细节和道具成功地推动了紧张激烈的叙事，这无疑是一个非常典型的叙事场景。

这种家庭式叙事场景在很多电影中都出现过，奉俊昊导演的电影《寄生虫》的主要叙事场景是一个豪华居室和一个地下室，金司机一家四口蜷缩在阴暗窄小的地下室，而他的雇主朴社长一家住着豪华别墅，金司机一家人绞尽脑汁地混入朴社长家里工作。他们在社长全家野营之际，发现豪华别墅下面是一个更阴暗狭小、恶臭难闻的地下室，穷人和富人之间的矛盾就此在地下室和别墅里全面展开。

叙事场景占据电影的绝大部分，大部分的电影场景都需要甚至几乎都是叙事场景，叙事场景是影视剧本创作中的主要场景。我们可以总结一下主要的叙事场景。

1. 家庭场景

家庭场景，具体而言就是家中房屋，包括客厅、地下室、院子等。这是大多数电影，尤其是关于家庭生活、社会伦理的电影都需要的场景，主要事件的发生发展都需要在这里展开。这一空间在电影剧本创作中占重要地位，使用这一场景时，创作者对家庭生活的理解和体悟非常重要，需要熟悉家庭生活场景的每一个细节，这样在剧本创作中才能很好地将场景运用到故事的情节和细节中。

日本导演小津安二郎把其电影作品的大部分时间都花在家庭中，他的电影中的主要场景都落在传统的日式阁楼中，整体设计简约而精巧，导演将古典阁楼、推拉门、茶室、田舍、榻榻米、竹、石、纸、木等元素融入电影的表

图5-5　电影《东京物语》剧照

达中，颇有东方传统意韵的空灵、寂静，使他的故事极具生活感。他把父子之间、父女之间淡而忧愁的家庭矛盾放置于一茶餐饭、一杯淡酒之下，生活中的点点滴滴都飘溢于日式居室的角落里，可以说小津安二郎的电影从剧本到拍摄都离不开简而陋的日本家庭场景。《东京物语》中老头子和老太太孤独地漂泊在儿子和女儿的家中，二三层的小居室使得一家人关系显得亲近却又充满隔阂，子女和父母之间不再具有传统式的尊重和亲密，而更趋向于现代化的西方家庭，随性而自由。日本传统的代际关系就像置身东京的小木阁楼一样，被繁华的都市湮没了。小津安二郎的家庭场景可以说是电影创作中最为典型的家庭场景案例。

中国台湾导演侯孝贤创作的自传式的家庭电影《童年往事》，电影中的生活场景和小津安二郎的电影有一些相似之处，主人公阿孝的家庭格局也是偏日式的家居，木楼竹椅，狭窄的间隔房屋，众多兄弟姐妹生活其中，这就是侯孝贤导演小时候生活的家庭场景，这部影片极富个人感情色彩。

韩国导演金基德拍摄过一部另类却又极具生活感的影片《空房间》，也是以家庭房间作为绝对的叙事空间。影片的男主人公沉默寡言，没有一句台词，他会偷偷潜入一个普通家庭，悄无声息地生活，不偷东西、不弄乱

图 5-6 电影《空房间》剧照

东西，还洗衣、做饭、收拾屋子，俨然一个家庭主人的身份，每过几日他会变换到另一个人家中，如此反复。在这个过程中，他还带了另一位家庭主妇，两个人一起过上了夫妻般的生活。

意大利电影《完美陌生人》也把主要场景设定在家中，一群好友，几对夫妻，在家庭聚会上谈笑风生，却因为现代社交工具——手机，引发了一系列的矛盾，事件矛盾的主要爆发点在客厅、餐桌、阳台、洗手间等处，一个关于婚姻与背叛、信任与诡辩的故事开始上演。最为重要的是，这些场景细节贴近生活，接近大众的感受，符合现实主义的基调。

家庭是一个大众的生活空间，在剧本创作过程中，家庭环境带给人的感受是个人化的体验，家庭场景是电影中最常见的空间。

2. 学校场景

学校包括教室、楼道、操场、图书馆、宿舍等地点。因为学校是年轻人求学成长的地方，学校这一场景在电影中时有出现，尤其是关于青春爱情的影片。

影片《夏洛特烦恼》主要的场景就设定在学校，包括夏洛大闹学校、火烧教室、天台表白、广播室唱歌等，这些场景营造出了青春、热情、欢快的氛

围。中国香港电影《逃学威龙2》里面的场景虽然大多也发生在学校，但是它更多地营造出了一种港式的喜剧效果，教室、教导处、餐厅、办公室等，是这部电影的主要场景。泰国电影《初恋这件小事》主要的事件也发生在学校中，食堂、操场、教室课堂、排练室等众多熟悉的场景在电影中多次出现。

岩井俊二的影片《情书》，也将最精彩的场景设定在学校中。在教室中，男女藤井树第一次相遇，因为重名闹了笑话。在图书馆那一部分情节中，青春期的男孩女孩在图书馆里，窗明几净、白帘飘飘，营造了美好的青春氛围。在女藤井树重回图书馆还书的时候，观众看到了高高的书架、随风而动的白色窗帘，场景营造的纯美氛围仍在延续着。

中国台湾电影《那些年，我们一起追过的女孩》的场景空间也是在学校，教室、操场、楼道这些熟悉的环境瞬间能让年轻人进入一种自身体验的情境氛围。与之相类似的电影还有《致我们终将逝去的青春》《匆匆那年》《同桌的你》《左耳》《我心雀跃》等。

学校这一场景空间是属于年轻人的，学生们在校园里度过了自己的青春年华，运用学校好这一场景空间以及内容元素，能让相关题材电影的叙事很好地展开。

3. 都市场景

都市包括许多场景，从高楼、公司、商场、地铁、工厂，到旅馆、街道、电梯、餐馆、地下停车场、天台等。好莱坞电影多以这类场景为主，《黑客帝国》《变形金刚》《复仇者联盟》《蝙蝠侠》等影片将打斗场景设定在大楼空间之中，影片人物穿梭于城市之间，有一种未来世界的即视感。

中国香港影片《无间道》多处以地下停车场和天台作为重要场景。警方卧底陈永仁和黄警官总是在天台见面，表现其内心的光明磊落。而陈永仁和刘建明之间相互跟踪，多发生在地下停车场、地下通道等地方。

城市街道是发生故事的重要场景。杜琪峰的《大事件》里第一场戏是发生在街道上的枪战，观众看到了狭窄的城市街道，路边小店两旁停着车辆，警匪双方在看似平静却又暗流涌动的街道上展开枪战。成龙的《警察故事》系列也在城市街道上发生过多次追逐、搏斗。

　　泰国电影《曼谷轻轨之恋》把爱情段落发生的场景设定在地铁中。地铁上男女主角相互认识，这一场景一直贯穿在两人的恋情之中。《我的野蛮女友》中男女主人公也是在地铁环境下相遇的。

　　城市是偏向于现代化的环境，场景建筑与时代环境相关，无论是商场、地铁，还是街道、摩天大楼，都是现代化的生活环境，更符合当下人们的生活节奏和时代观念。

　　4. 乡村场景

　　乡村场景包括乡间房屋、乡间小道、山林、荒野、田园等场景。这些场景主要出现在乡土电影中，电影借助场景来表现传统的农耕生活和乡村人的思想品格等。

　　张艺谋的影片《我的父亲母亲》的主要场景就设定在一个东北的乡村里。丘陵山坡、白杨树林、乡间羊肠小道、荒草羊群、屋舍、古井……这些场景让电影更具乡土味道。霍建起的《暖》的场景设置在南方的乡下，弯曲的石阶小路、茂密的植被、湿淋淋的雨季等，让观众仿佛置身于南方乡村的生态环境中，给人一种淳朴、温暖的感觉，十分温馨。

　　森林这一乡村景观在电影中多有出现，而且在很多电影中是主要场景。使用森林场景能营造自然的亲近感、自然景观的原始感和神秘感。美国恐怖电影《林中小屋》就以森林和林中房舍作为主要场景，在这一场景中，林中小屋内的奇异、神秘、梦魇、恐怖气氛都显现了出来，故事把森林空间演变成一个诅咒、屠杀、恶魔之地，极具阴郁之感。

　　戚健导演的《天狗》也把主要场景设定在森林中，男主人公是一个具有坚守精神的护林员，影片把乡民的主要矛盾设定在三兄弟与护林员之间，争执的焦点就是森林砍伐，因此森林成为电影不可回避的场景。

　　霍建起导演的《那山那人那狗》也讲述了一个乡土故事。在茫茫大山中送了一辈子信的父亲即将退休，儿子接班当了乡村邮递员。儿子上任第一天非常兴奋，他期待大家欢迎他们到来的热烈场面，结果大家的反应十分平淡。夜幕降临，父子二人来到一个侗族山寨，正巧碰上一场热闹的侗族婚礼，父亲喝醉酒开始回忆自己年轻时的一些经历。后来两人继续赶路，遇到一条小溪，儿子执意要背着父亲过溪。在背父亲过溪的过程中，父子二人的距离和隔膜消失了，儿子说起母亲总是在守望中生活，而不善表达情感的父亲也流露出内心深处的真情。相伴走了这趟三天两夜的山区邮路，二人从陌生、隔阂走向互相理解，儿子终于明白了父亲一生的甘苦，明白父亲作为一个普通乡村邮递员默默无闻的风雨人生。

乡村有很多自然、原始的地貌，不同国家不同地域的电影人对乡村的创作表达各不相同，找到好的方式和角度尤为重要。

实际上，在创作过程中，场景的分类并不是独立使用的，它需要和整个影片的节奏内容相匹配，以达到整体协调和有情境感的效果。

二、场景设计

摩天大楼、科技中心、卫星发射站、宇宙飞船……好莱坞电影创作过程中非常重要的一个环节就是对场面进行设计，尤其是对大场面做好控制和把握，好的电影会把对场景细节的理解和表达做到极致。场景设计是剧本创作的基本要素之一，应该如何去设计电影剧本中的场景呢？

场面设计必然遵循一些规律或者是符合剧本本身的准则，简而言之，就是什么样的场景营造什么样的故事，什么样的场景塑造什么样的人物，什么样的场景营造什么样的氛围，什么样的场景营造什么样的情境……

那么，在剧本创作过程中应该怎样设计场景？

（一）场景设计的要求

1. 场景设计要和人物生活环境相匹配

人物不同，生活环境就不同。穷人的生存环境和有钱人的生存环境会有明显区别。巴西电影《上帝之城》将场景选在了贫民区，类似毛坯房的小屋子一排排列在那里就像监狱一样，一家家人挤在肮脏破旧的屋子里，几乎所有的人都没有接受良好的教育，他们缺乏家庭教养，吸毒犯罪、械斗厮杀充斥着整个贫民窟，个体与个体之间充满了深深的仇恨，在这种环境下生活的人物个性也很鲜明，他们更具破坏力和冲击力。

20世纪90年代，香港电影出现了一部非常精彩的现实主义作品《笼民》，它反映了香港平民的生活，它体现了香港普通社会民众的现实生存环境，在地域狭小、人口稠密的香港，很多老弱贫苦之人聚居在人口密度极大的旧楼床位，他们被各种密

图5-7 电影《上帝之城》剧照

密麻麻的铁丝网围住，这种如动物聚集的生活空间俗称"笼屋"。故事讲的是青年毛仔出狱后入住"笼屋"发生的一切，电影很好地利用了生活环境中的特殊场景。这类场景不常见，但因为其自身有特点，容易得到大众的关注。空间越特殊，表达也就越特别。由此可见，人物生存环境和人物个性、命运有着千丝万缕的联系，所以剧本在做场景设计时一定要和人物的生存环境相匹配、相结合，才能更好地表达主题。

有一些电影会讲述奇异的生存空间，其中比较有趣的一部是《微光城市》，这部电影讲述了人类的种种恶行，引发了全世界范围的巨大浩劫，光明成为人们记忆中遥不可及的事情，世界陷入一片令人绝望的黑暗。为了生存，人们不得已建造出巨大的地下城市，使人类最后的火种得以存续。这座巨大城市好似创始之初孕育万物的梦幻鸡卵，宏大而神奇，它深深地掩埋于地下，靠一座巨大的发电机来维持光明，无数灯泡遍布在各个角落，人们用微光城市来命名他们最后的家园。这部科幻片想象和建构了未来人类世界可能面临无光生存的环境，是对未来灾难的一种探讨。

2. 场景设计要符合人物特点、个性

什么样的环境塑造什么样的人物。例如某些特殊职业、特殊工作人员的生活环境，就和大多数人不同，画家的房间和他的职业、生活细节、个性息息相关，场景中要有画架、油彩、画笔等，甚至画家摆放床和桌子的位置都和别人不一样，或者他的房间里不一定有床和桌子，只有画板和颜料等。

我们在看《花样年华》时，时常会感到人物的生存空间局促，这当然符合香港的特点，面积小，生存空间拥挤，在这个基础上的场景设计可以让场景空间的表现力进一步深化。20 世纪五六十年代的

图 5-8　电影《花样年华》剧照

香港，婚姻观念较为保守，影片中局促的场景设计多少代表了两个主要人物的性格和情绪表现，他们传统保守，没有勇气逾越婚姻的束缚，两个悲剧的人物被塑造了出来。

3. 场面设计要注意特殊的细节

这里所讲的细节，是指编剧在设计剧情中需要注意一些具有特殊含义的符号和细节，比如，一个环境中人物特有的一些元素或者具有特殊意义的一些空间细节。特殊细节在剧本创作过程中非常重要，因为它除了具备人物的基本特点、身份地位外，还具有人物身上隐含的特殊意义。奉俊昊导演的《寄生虫》，这部影片里有很多空间细节具有特殊含义，例如金司机家房间里的马桶是高于地板和餐桌的，让人看上去特别不舒服，但是马桶是连接外面信号的唯一通道，这

图 5-9　电影《寄生虫》剧照

一通道使他们能够和正常人一样利用手机交流。而朴社长房子里的灯总是会在他上楼时亮起，忽明忽暗，朴社长每次都说，这个灯很奇怪。而他不知道的是，这盏灯的下面是他家女仆丈夫的寄生地，忽明忽暗的灯光是女仆丈夫

在向朴社长致敬，他敲击灯的开关，利用灯光的明暗来传递摩斯密码。编剧在设计这一情节时，花了很大心思，编剧从明暗、上下、敬礼几个细节展示了穷人的悲哀和富人的漠视。

通过以上我们可以看出，场景设计并不是随便写一点关于环境、空间的东西就可以交代清楚的，而是需要用心去思考场景与人物、情境以及主题立意之间的关系。

（二）场景意境表达

除了场景的基本设计，还需要创设独特情境下的场景，这类场景可以使作品的内涵更丰富。

例如电影《肖申克的救赎》中肖申克逃出生天，在暴雨中放肆释放自己的场景；《阿甘正传》中开头羽毛飘落在阿甘脚下的场景；《喋血双雄》中血战教堂、白鸽飞舞、圣母像被打碎

图5-10　电影《阿甘正传》剧照

的画面。这些经典场景让观众看到作品表达的精髓，也带给观众很多启示。

那么，应该如何创设独特的情境场景呢？

首先，要明确作品的风格，尤其是整体风格。好的作品最终一定会形成风格，例如在类型片中，西部片作为较有特色的类型，在其场景设计和表达上独具特色，一般会有荒野沙漠、不毛之地以及牛羊群等自然风光，会有公路木屋、驿站酒馆等人文建筑，通过场景融合打造出真正的西部片场景。

其次，要通过特殊细节创设情境，表达意境。很多时候作品中的一个细节就能传递较为深刻的意蕴。李清照的"绿肥红瘦"通过红花绿叶来呈现男女之间的忧愁和情义，蒋捷的"悲欢离合总无情，一任阶前，点滴到天明"，用"点滴"这一细节呈现人生浮萍、随波逐流、逆来顺受的心境。同样，编剧在剧本中也要通过细节表达意境，要根据剧本内容，用一些承载剧情和人

物命运的剧情细节、道具细节来创设特殊情境，创造出独特意境，从而升华主题。

图 5-11　电影《少年派的奇幻漂流》剧照

再次，通过特殊的场景造型来营造意境。电影本来就是虚拟影像，生活中的奇观或美妙的空间，都可以成为电影作品的一部分。较为典型的例子是《阿凡达》中的奇幻森林，电影中各种外星生物形成了一个色彩斑斓的世界，呈现了潘多拉世界的宁静与美好，给人一种心旷神怡、陶醉其中的体验。《少年派的奇幻漂流》也是如此，电影中的海洋带给观众一种梦幻般的感觉，让人感受到海洋生命的神奇，当然电影中也有一些较为光怪陆离的情境，展现出了一种超现实主义，甚至带有魔幻意味。

在场景中表达意境、传递深意，是提升剧本内涵的艺术技巧，这也考验编剧对各种场面和空间的认知。编剧需要做到对艺术理念的深度理解，不断提升自己的内在，才能在剧本创作中选择合适的场景，创造有趣美妙的意境，进而深入传递主题。

（三）场景设计实例

日常生活中最重要的空间是房屋，如果我们要在一个空房间中加入元素，可以是任何物体，不妨看看你心目中的电影最理想的房间是什么样子。

比如在设计杀手的房间时，我们需要综合考虑关于杀手的情景，杀手在生活中是什么样子？杀手的居住环境是什么样子？哪些元素出现过？一个沙发、一张桌子、一台电视、一盆绿植、一盒牛奶、一件黑色风衣、一个黑皮箱子……没错，这就是《杀手莱昂》的场景之一。这部电影讲述了一个生活在纽约贫民区的意大利人——莱昂（让·雷诺饰），他是一名职业杀手。一天，邻居家小姑娘玛蒂尔达（娜塔莉·波特曼饰）敲开了他的房门，要求在他这里暂避杀身之祸。原来，邻居家的主人是警察的眼线，因贪污了一小包毒品而遭到恶警史丹菲尔（加里·奥德曼饰）剿灭全家的惩罚。玛蒂尔达得到了莱昂的救助，她帮莱昂管理家务并教其识字，莱昂则教她用枪，两人相处融洽。他们之间还产生了一种奇妙的化学反应：爱情。玛蒂尔达跟踪

图 5-12　电影《杀手莱昂》剧照

史丹菲尔，贸然去报仇，不小心被抓，莱昂及时赶到，将她救回。他们再次搬家，但玛蒂尔达还是落入史丹菲尔之手。

莱昂打倒一片警察，再次救出女孩并让她通过通风管道逃生，嘱咐她去把他攒的钱取出来。莱昂化装成警察试图混出包围圈，但被狡猾的史丹菲尔识破，莱昂不得已引爆了身上的炸弹。这部电影中的莱昂是一个蛮牛式的英雄，他的生活是很压抑的，因而他的房间陈设简单，甚至连一张床都没有。

莱昂从来不在床上睡觉，日常是在沙发上入睡，他在沙发旁的小桌上会放一把枪，随时用来防身，这一场景很好地刻画了人物的特点和个性，单调乏味的生活、毫无生机的睡眠、冷漠又面无表情的脸。然而随着女孩的闯入，房间场景布置发生了彻底的变化。莱昂开始睡在床上，他从坐着睡觉变成躺着睡觉，回归到一个人的正常姿态。这种从生活细节到感情细节的转变，恰恰是符合人物个性的。

从这个例子我们可以看出，一部作品需要把深度的生活现实作为依据。在此基础上，编剧的任务是让这些情节、事件发生，且发生得更合理。剧本始终需要一个"场所"，编剧要做的是搭建场景，不管是一间破茅屋，还是一条林间小路，不管是迷雾中的原野还是蒙蒙细雨中的山间小道，编剧就如同一个建筑师，需要一步步把场景搭建起来。

一个情节怎样发生，在那个场景中具体有哪些元素，元素之中有哪些细节，细节之中要表达哪些隐藏的含义……这些都是编剧需要考虑的。

那么一个场景需要如何设计呢？

我们可以从以下这几个部分入手：场景内容、场景细节、场景与人物关系、场景与意境塑造。

1. 场景内容

这是一场戏最基本的空间设计，情节需要在什么样的场所或环境下发生，这个场所或环境最基本的概况就是场景内容，大致上是指内景、外景两部分，一个是内部空间，一个是外部环境空间。例如卧室和小院，这是两个基本的日常生活场景。当然我们还要在场景里附加更多的内容，例如王家卫的《阿飞正传》里非常经典的最后三分钟，电影中呈现了一个赌徒生活的地下室场景。在这个场景里出现了许多物件，而且道具、布景摆放的位置极具生活形态。

（1）衣架上挂着西装；

（2）衣架旁边放着藤椅；

（3）窗边有吊灯和床及枕头用品；

（4）床边小桌子上有盘子、扑克、钱、茶杯、盒子、花瓶和花、罩灯，以及一面模糊的镜子和梳子。

以上就是这个场景里包含的基本内容，在这个情节发生的环境里，场景的设计非常符合人物身份和剧情的设定。

2. 场景细节

场景细节的作用就是在一场戏中，这个场景里的某个元素（道具、布景或者营造的氛围细节等）会对整个情节或者故事发展形成影响，它能够推动情节发展，影响人物形象塑造。很多影片中的场景细节都让情节和故事更加精彩。导演毕赣《路边野餐》的场景中经常出现一些奇异的元素细节，例如，在陈升去找侄子卫卫的那场戏中，陈升把侄子从屋里放出来，此时，观众看到屋里潮湿、氤氲，地上放着一个水桶，墙上贴着海报，还有悬挂在屋中的一个舞厅的水晶球，在小卫卫的屋子里，同时闪现陈升在舞厅踢水晶球，陈升开始回忆，回望过去，徐徐展开过去的故事，让观众了解过去的陈升和他的美好回忆。

同样，这类场景细节在电影《地球最后的夜晚》中也有出现，罗纮武在父亲留下来的房子中，整个房子灌满了雨水，雨点嘀嗒嘀嗒地打到罩灯上，罗纮武给挂钟放上电池，挂钟的倒影呈现在地面的水中，这一场景细节带给观众一种神秘的氛围感。

3. 场景与人物关系

场景要与人物的行为习惯和性格特点相匹配，一个贫民窟长大的男孩，他的衣着、见识和周边人物对他的影响和都市里的人物自然不一样。《阿飞正传》里面有一场戏呈现了阿飞安逸闲适的个人状态，他抽烟的姿势，指甲刀磨指甲的姿态，叼着烟梳头的样子，整体上都符合一个赌徒的状态，他自由散漫，赌是他唯一的嗜好。当然，一定要注意，人物在场景中的表现不是单独存在的，它更多的是让人物更好地融入这个环境，使作品的情节更有戏剧性、更富于深意。

4. 场景与意境营造

所谓场景与意境营造，就是我们要让场景营造出情境感，这种情境感需要透过局部去看整体的风格和氛围。在场景的意境塑造上，对场景的要求就更加细致了。一个场景的意境很大程度上决定一个导演的风格，也考验编剧在场景处理上的能力，好的作品都是由一个个精彩的情节组成

图5—13　电影《晚春》剧照

的，一个个美妙的场景营造出来的。好的意境能给作品带来更强的艺术感。小津安二郎的作品《晚春》就表达出一种东方人的隐秘诗意和氛围，影片讲述孤单的父亲和独生女生活在一起，父亲为了不耽误女儿的幸福，希望她快点嫁出去，女儿却依恋着父亲，想一直照顾他，由此父女之间产生了一些矛盾。后来父女二人用一场旅行来化解这场忧伤。在一个晚上，父女二人聊至深夜，父亲不断劝慰女儿嫁人，女儿最后默默答应，但是她内心依然不想离开家庭，她倍感孤独。女儿在父亲睡下以后，呆呆地睁着眼。这时导演设计了屋内角落的一个场景，一个花瓶孤单地立在那里，父亲的鼾声起来，竹影倒映在帐

上，随晚风摇动，这种东方人的凄苦意境，导演用一动一静的花瓶和竹影连接了起来，让人瞬间感到春夜的寒意和诗意。

小津安二郎营造的氛围属于东方式的情境，而塔可夫斯基在《乡愁》《潜行者》中利用场景营造的意境，则更具思辨性，更能让人产生思考。《乡愁》的最后一幕，男主人公作为一个诗人无法回到故乡，病重的他在异乡漂

图5-14　电影《乡愁》剧照

泊。在一排排高大的教堂中间，男主人公孤独地躺在那里，此时天上洋洋洒洒地飘起了大雪，漫漫雪花飘落在诗人的身上，这一场景安静凄凉，引人深思。

场景是为情节剧情服务的，剧情需要场景去营造、烘托情绪氛围，好的剧本需要对场景和空间有较强的认识。当然，在具体创作中，并不是说进行解构就能完成好的场景设计，我们要在生活空间中找到依托，学会观察生活，认识空间，从而使场景更具特点，使剧本更具深度和表现力。

第六章　冲突

一、何谓冲突

（一）冲突的定义

著名编剧弗兰克·皮尔森曾经说过："唯一重要的东西就是故事，以及故事中引发的人物之间的冲突。而你只能通过人物的需求和动机来着手触动和发展冲突，从而将它们纠结在一起，这样它们就会为你创造出故事。"[①]

这段话揭示了冲突在剧本创作中的重要作用，那么矛盾冲突为什么如此重要？因为由冲突所生发出来的悬念和刺激，是吸引观众坐在银幕之前的原动力。观众可以在犯罪片、悬疑片中为杀手的逃脱深感不安，也能在家庭伦理剧当中为婆媳矛盾想象出一万种解决的方案，更能在爱情片中为男女主人公最终的结合潸然泪下。

关于冲突的定义，《辞海》是这样解释的："冲突，指现实生活中由于人们的立场观点、思想感情、理想愿望及利益等的不同而产生的矛盾斗争在文学作品中的艺术反映。既包括人物与周围环境的冲突，又包括特定环境下人物

---

① 悉德·菲尔德：《电影编剧创作指南》，北京联合出版公司，2016 年 9 月。

自身的冲突。冲突是作品构成情节的基础，是展示人物性格的手段。"

这段表述虽然只针对文学领域，但在对"冲突"的理解上，影视艺术创作与文学创作是基本相似的。只不过在影视创作中，冲突是一种带有戏剧性的设计，是对日常生活中矛盾、争斗等行为的一种典型提炼。比如在日常生活中，婆媳矛盾是困扰很多家庭的共性问题，但在影视作

图 6-1　电影《推手》剧照

品中，其更多表现出来的是典型人物性格下的冲突，如外国儿媳和中国公公、刁蛮婆婆和善良儿媳等。前者作品如李安的《推手》，电影讲述中国公公到国外生活，因地域、身份、生活差异导致自己和儿媳之间产生了矛盾冲突。后者典型的影视作品如《媳妇的美好时代》，里面有两个典型人物——儿媳妇毛豆豆和婆婆曹心梅，婆婆古怪刁蛮的个性、两人生活观念和性格差异导致常有冲突发生。

因此，如果要对冲突下一个适用于剧作领域的定义，可以说戏剧冲突是一种表现人物之间由于立场、思想或利益等因素导致的外部矛盾关系或人物内心矛盾的艺术形式。

（二）冲突产生的前提

在剧作中，冲突的设定并非随意想象，而有一定的前提条件。在这里我们把冲突产生的前提概括为三个主要条件：动机、人物性格、对立观点。

1. 动机

动机，简单来说就是剧中的人物想要什么。当想要什么而得不到的时候，矛盾冲突就会产生。在剧作中，人物的动机可以是人物迫切的需求，也可以是其想要极力排斥的现状。但是，这里的人物动机必须与现实情况存在一定的距离，这种距离不宜太近，也不宜太远。电影《香水》中的主人公格雷诺耶对气味有着惊人的天赋，他为制造出世界上最完美的香水想尽一切办法，而

他最终发现秘诀是人的体香。格
雷诺耶爱上了少女的体香，为了
把这种香味保存下来，他开始不
断杀害女性。在这个故事里，从
主人公的动机到他的行为，两者
之间是存在较大距离的。为了获
得最完美的香水，他不可避免地
要走上犯罪之路，人物最迫切的

图 6-2　电影《香水》剧照

欲望又使得他鬼使神差般地去杀死多个女性以获得体香。动机促使动作的发
生，而一次次动作的积累便形成了冲突。

　　当然，这种动机还可以是主人公对当下恶劣环境的不满，这时所有的冲
突都将围绕努力摆脱现状而展开。在电视剧《不要和陌生人说话》中，女主人
公梅湘南面对丈夫安嘉和持续不断的家庭暴力行为，一次次想要逃脱，却一
次次失败。梅湘南最大的愿望就是结束这段婚姻，逃离这个充斥着暴力的家
庭。她试图向妇女救助热线求助，但在被丈夫发现后又一次受到了残酷的暴
力；她在得知自己怀孕后偷偷离家出走，丈夫因此大发雷霆。所有的事件都
围绕着不睦的家庭氛围展开，这也为后续婚姻破裂的结局埋下了伏笔。

　　因此，合适的人物动机可以让剧作者在创作时游刃有余地设置障碍，展
开情节。伴随每一次冲突的解决，观众都能看到剧情向前推动，人物形象更
加鲜明，全剧主题也进一步得到了凸显。当然，人物动机作为冲突设置过程
中的重要依据，也是需要创作者反复提及并不断强化的，只有当实现动机的
欲望不断增强，冲突才有发展的空间，冲突的解决才更有意义。

　　2. 人物性格

　　高尔基曾说："在有着鲜明的人物性格的那些地方，必然存在着戏剧冲
突。"这充分说明了人物性格作为冲突前提的重要作用。当人物有了动机之
后，接下来他就要有所行动了。人物是故事的载体，所以人物的一切行动都
必须符合我们为他设定的人物性格，多愁善感的黛玉会去葬花，骁勇善战的
孙悟空会去大闹天宫，铁面无私的包公会大义灭亲。

当然，不论是人物之间的冲突，还是人物自身的冲突，都必须具有建立在其性格差异之上的独特性。

在电影《霸王别姬》中，程蝶衣外表柔弱，内心坚强，段小楼虽然外表刚强，内心却懦弱胆小。在关于唱戏的问题上，程蝶衣从来都坚持原则，而段小楼却一次又一次逾越底线，从而导致他和程蝶衣的矛盾不断加深。在法庭审判程蝶衣时，他拒绝了段小楼对自己费尽心思的安排，这场戏突出体现了程蝶衣性格的顽强与对原则的坚守，若换作其他人在当时迫切的情境下，绝不会做出如此奋不顾身飞蛾扑火般的抉择。

在电影《我不是潘金莲》中，正因为主人公李雪莲是一个性格固执"一根筋"的女人，所以在面对那些胆小怕事的官员的劝说时，她连续十年用上访"告御状"的方式为自己讨回

图6-3　电影《我不是潘金莲》剧照

公道，却也因为太想为自己的贞洁"正名"，无奈选择接受了赵大头，成了真正的"潘金莲"。

为了使人物形象更立体、更生动、更人性化，编剧在设定性格时难免会为人物增加一些缺点、缺陷或怪癖等，人物在不断解决冲突的过程中，会渐渐克服性格当中的缺陷，从而使冲突的设置更有价值。

在皮克斯动画电影《玩具总动员》中，牛仔警长胡迪原本是小主人最喜欢的玩具，他善良、勇敢，却也因为太受宠形成了性格中不可一世的缺陷，而太空骑警巴斯光年的出现，使胡迪原本的地位被取代，这彻底激发了他内心失落、妒忌的情绪。两人因为意外离开了原本的家，在重新回到主人身边的过程中，两人共同经历了重重险阻，也从中体会了和谐互助、不离不弃带来的快乐。更重要的是，胡迪改掉了骄傲自大的缺点，巴斯光年也彻底意识到自己作为一个玩具的身份和使命。

冲突是情节的内核，情节不可能脱离人物而存在，人物性格是剧作冲突设置的重要依据。因此，通过一系列冲突设置突出角色功能、实现人物价值是剧本创作不可忽略的重要手段。

3. 对立观点

根据上文对冲突的定义我们发现，冲突产生于两个相互对立的立场或观点。在故事中，为了让观众更直观地体会到两方价值观念的矛盾，我们通常将它设定为两个互相对立的目标意愿，而最终只有其中一方能够达到目的。

作为艺术化创作的剧本写作，应当源于生活而高于生活，因此故事中的冲突应当是对生活的典型提炼。因而在两方观点的设置中，我们通常将其设定为两个极端对立的目标，诸如是与非、成功与失败、美善与丑恶等。在两方强烈的对比中，观众能对创作者的意图有更深刻的体会。

例如，《盲井》中通过唐朝阳人性泯灭与宋金明良知尚存的对比，使观众对矿洞诈骗行为深恶痛绝，更为普通人民的生活不易悲叹。《我不是药神》中程勇的无私、勇敢和善良，和一众衣冠楚楚却利用药品价格"草菅人命"的药商老板形成了强烈反差，从而让观众加深了对影片中患病之人的同情和悲悯。

鲜明的对立观点是构成故事冲突的必要条件，冲突两方若无明确的对立观点，情节的展开将会失去支撑，也会给创作者的构思带来极大的障碍。当然，观点对立不代表故事中所有大大小小的冲突都必须具有极端异化的表现形式，在处理具体的矛盾冲突时，我们应注意偶然与必然的关系，从而增强情节的可信度。

（三）冲突的特性

冲突是故事的灵魂，是推动剧情发展的动力。它把故事的一切元素诸如人物、语言、结构等有机地联系在一起，起到桥梁的作用。高尔基曾说："戏剧要求作家除了有文学家的天才外，还要具有造成冲突的巨大本领。"作为编剧，自然也要了解冲突的基本特性。

"每一场戏必须表现一次争斗。"这里的争斗即冲突的具体表现形式。诚然，完整的故事是由一个个冲突的不断发生和解决构成的，在这个过程中逐步递进到达一个顶点，观众对冲突的感官体验必然也决定了对整部作品的整体印象。由此冲突应当具有三个基本特性：激烈、张弛、紧凑。

1. 激烈

对篇幅有限的影视作品而言，观众期望体会的并非"流水账"式不温不火的状态，而是极具感官和心理双重冲击的强烈刺激。如果不能给观众良好的感官体验与精神共鸣，不论是艺术层面还是商业层面，作品都不能称之为成功。

在一部影视作品中伴随影片故事情节的不断发展变化，冲突应当在渐渐的升级中逐步凸显对立双方的不同立场，从情节上形成激烈的紧张感。电影《让子弹飞》中的张麻子与黄四郎，他们一个是嫉恶如仇、为百姓声张

图6-4 电影《让子弹飞》剧照

正义的麻匪，一个是压榨百姓、坏事做尽的恶霸，两人迥然不同的"人生信条"，为后续在鹅城展开的一场场紧张刺激的大戏奠定了基础。影片中除了极具视觉冲击力的枪战外，饭桌上那场"鸿门宴"的戏也非常精彩，三个人各怀心事，汤师爷要赚钱，张麻子要公道，黄老爷要钱也要权，但是人物的内心戏全部外化，黄老爷的凌厉眼神和霸气手势，张麻子的麻利动作和写在脸上的"装糊涂"，以及汤师爷的机灵周旋和笑脸相迎，从台词语言到动作行为，一环接一环，暗藏杀机，步步惊心，充分体现了三人在价值观念上的差异。导演姜文利用镜头运动与台词交锋的双重手段，展现了冲突的激烈，在增加悬念感的同时带给观众强烈的紧张感、刺激感。

又如《无间道》中，刘建明和陈永仁分别代表警察与黑社会两方势力，他们对自己的身份有各自的理解，这种理解也构成了他们内心的矛盾。两人在天台上的那一场决斗戏，除去增强视觉体验的动作部分，激烈的内心冲突才是最大的看点。一个拼命想要做好人的黑帮分子，一个从未忽略过自己警察使命的卧底，在动作与心理的双重冲突下，观众为剧中人物感到纠结、无奈，甚至悲哀，激发观众，产生与剧中人物同频共振的情感共鸣。

2. 张弛

前文我们提到，剧本的冲突应当是激烈紧张的，因为只有这样故事才能扣人心弦，也才能使观众一直处于紧张和期待之中。每一个影视作品不可能只由一两个激烈的矛盾冲突组成，而是不同强度的矛盾冲突相互交错，形成适宜观众观赏的叙事节奏。它和日常生活一样，不论是工作还是学习，都应当留出适当的时间休憩、调整，过度的工作或空闲都不能最高效率地完成任务。有道是"文须错综见意，曲折生姿"，故事创作也应该"行文有起伏，有高有低，有紧有慢，似波浪一般富于变化"，才能形成节奏之美、韵律之美。

以悬疑、灾难题材为例，在中国第一部空难题材影片《紧急迫降》中，一架刚刚起飞的飞机遭遇了起落架无法正常放下、飞机无法降落的棘手问题。机组人员处理飞机故障问题及突发的紧急状况构成了整个故事中最激烈、最扣人心弦的冲突，而后舱中乘务人员与乘客们时而紧张、时而温情的交流互动，成为调节整部影片节奏及观众审美体验最好的"调剂品"。

冲突节奏的变化多姿、起伏有致是创作者应该达到的目标。剧作者应当认真研究观影者的心理变化曲线，创作出顺应观众情绪起伏规律的故事情节。

3. 紧凑

即便都属于叙事艺术，影视作品与文学作品在接受层面也存在本质的区别。读者对文学作品的感受时间是可以无限延长的，而影视作品由于篇幅的限制（电影通常为90—120分钟，电视剧每集40—50分钟），其情节排列组合的逻辑必须十分严谨，冲突的发展过程也必须受到严格的限制。如果观众不能在短时间内体验到完整的冲突情节，就会感到拖沓、无聊，甚至会弃剧。

因此，影视作品中冲突的展开应当是紧凑而迅速的，情节信息的传达也应当点到为止。

在韩国灾难电影《釜山行》中，我们在父女二人登上火车后不久就看到了第一位逃离到列车上的丧尸，这是全篇最主要的矛盾冲突的初次登场。从丧尸上车到灾难扩散不过短短几分钟时间，放在整个影片中也仅仅占用了1/10左右的篇幅，其冲突展开之迅速，非常符合灾难题材带给观众的紧迫感和恐

图6-5 电影《釜山行》海报

惧感。而在后续的剧情中，当主人公和其他几位幸存乘客好不容易逃离了丧尸的追赶，想要进入安全车厢时，他们却被残忍地拒绝，以致险些丧命。在这个过程中，男主人公经历了"救出女儿—与丧尸搏斗—队友牺牲—逃往安全车厢—被拒绝"这一完整的冲突过程，而这一切仅仅发生在十几分钟的时间内，这一情节段落情节逻辑严密、激烈刺激、扣人心弦。

（四）冲突的类型

前文中，我们由浅入深地介绍了一些有关冲突的知识点。那么想要在一个故事中构建完整的冲突体系，首先要了解冲突都有哪些基本类型。根据不同的分类标准，我们可以将冲突分成不同的类型，但这些类型之间又存在不同程度的交叠关系。

1. 按冲突的来源

依据来源不同，我们可以将冲突分为：冲突来源于情感变化，冲突来源于利益纠葛，冲突来源于意外事件。

（1）冲突来源于情感变化

在爱情电影中有许多纠缠不清的情感恩怨；在亲情影片中，时常看到父母子女之间的亲情纠葛；同样，友谊断裂，友情结束，也会产生诸多问题。以上这三种情感都会导致冲突。

冲突在爱情故事中的体现较为明显，最典型的莫过于三角恋模式，A男B女相爱，C女（C男）介入两者感情，那么情感冲突就产生了，C想尽一切办法在其中破坏前两者的感情，故事变得曲折起来。

例如中国台湾电影《蓝色大门》，国中女孩孟克柔帮助女同学林月珍追求男孩张士豪，本以为是好心助力，却阴差阳错地被张士豪误以为她喜欢自己，而孟克柔有心于女同学林月珍。
如此以来，三者在感情上产生了
冲突，因此闹得不欢而散，再也
没有以前单纯的友谊，三人陷入
了青春期的忧愁和迷茫。

　　由亲情产生的冲突也较为常
见，这一冲突更多的是表现在父
子、母女等亲情关系中，父亲的

图6-6　电影《蓝色大门》剧照

保守和儿子的开放，母亲的传统和女儿的现代，一件时尚的摇滚乐器，一件
性感的流行服饰，都会引起他们之间的冲突，内心的叛逆、外部的冲击，也
会引发两代人的矛盾冲突。

　　在谢晋20世纪80年代的作品《牧马人》中，主要的矛盾是主人公许灵均
在父子亲情与阶级感情之间的抉择。如果选择同企业家父亲前往美国，那么
他可以轻而易举地得到富裕的物质生活、事业的一路坦途及失而复得的父子
亲情；而留在国内，那么一切还将维持原来清贫的生活。面对如此大的诱惑，
许灵均挣扎再三，最终拒绝了父亲的好意邀请，选择留下来建设祖国。许灵
均的抉择，既塑造了他纯洁、崇高的形象，也呼应了影片对人性真善美的歌
颂，表达了爱国者对祖国的恋恋深情。

　　很多电影把塑造友情作为核心内容，香港电影中的江湖侠义，金庸小说
里的武林道义，都和友情有着千丝万缕的关系。友情冲突最为典型的情节是
一个人从好人变成坏人，出卖朋友，背弃江湖道义。当然，友情的破裂很多
时候都是因为人物价值观念、立场不同，逐渐产生分歧，最终分道扬镳。

　　《上海滩》里许文强和丁力两人从穷苦乡下人相互扶持成为大上海的大人
物，然而由于两人对时势变化的理解和革命立场的不同，导致友谊破裂，最
后兵戎相见。这一故事就是友谊变化导致的矛盾冲突。

　　(2) 冲突来源于利益纠葛

　　故事不能缺少的就是人物，人物之间的利益纠葛在所难免，除去感情，
人物矛盾产生的最主要因素就是利益了，因而，利益纠葛也是构成影视作

品矛盾冲突的重要因素。利益纠葛最典型的就是金钱、势力、官位、名次竞争……如藏宝图、皇位、金矿、中奖的彩票、武林秘籍、武林盟主、钻石、冠军荣誉、升职等，这些一旦被引入故事，再附加到人物身上，矛盾自然而然地有了形成的基础。

如电视剧《琅琊榜》的冲突是最为典型的皇位之争。电影《寻龙诀》的矛盾冲突则围绕一件绝世珍宝——彼岸花展开。

（3）冲突来源于意外事件

日常生活中我们会经历一些意想不到的意外状况。在剧作中，这种状况常体现为一些带有突发性质的意外干扰，比如天灾、人祸等。既是突然发生，那么这些事件就带有一定的偶然性和无意性。

在故事中，往往意外状况发生后，会带来意料之外、情理之中的转折。这种意外状况可以表现为与大自然的对抗，如《唐山大地震》《后天》《一九四二》等灾难题材影片就是如此。这些故事表面上表现的是人在自然灾难带来的困境中如何逃生的问题，倒塌的大楼、汹涌而至的洪水、呼啸的龙卷风都是没有意识的，它们并不代表任何一个群体，也不主张任何一种观念，对人物没有敌对的意味，具有典型的偶然性和无意性。因此，带来转折的不是状况本身，而是由突发状况所引发的一系列人物之间的冲突，真正好看的也正是这种冲突带来的戏剧性。由此可见，意外状况只是导引我们走向冲突本质的"引子"而已。

意外状况也常表现为车祸、坠机等一些具有随机性的事件。此种案例颇多，例如范伟主演的电影《即日启程》，影片中主人公老崔发了财准备回国光宗耀祖，但是阴差阳错、鬼使神差地遇见了一个"灾星"——女孩小夏，

图6-7　电影《即日启程》剧照

老崔毫无防备地被卷进了这一事件，结果经历了被抓捕、追杀等一系列过山车式的冒险。这一故事里，矛盾冲突的产生是被动的，老崔被迫无奈地反抗，与追捕他的人发生了冲突。

2.按冲突的表现形式

依照冲突在影片中的表现形式，可将冲突分为内部冲突与外部冲突。

（1）外部冲突

外部冲突主要是指那些我们在影视作品中直接可以看见的冲突，它主要以外在行为和语言的方式表现出来。外部冲突，既可以是一个人物和另一个人物之间的冲突，也可以是人物与一个势力、集团之间的冲突，还可以是人物与整个社会的冲突。

图6-8　电影《勇敢的心》海报

经典电影《勇敢的心》当中，最为典型的冲突就是起义军和政府军之间的冲突，起义军领袖华莱士以"自由之名"反抗政府军，遭到政府军的残酷镇压，双方发生大规模战争。战争就属于激烈的外部冲突。

外部冲突是影视作品中最为典型的冲突之一，它可以有效地提升情节的精彩程度。

（2）内部冲突

内部冲突主要表现为思想和价值观念的冲突，是一种内在的心理冲突。比如当一个剧中人面临两难选择时，或者摇摆不定于激烈冲突的欲望时，就像前文中提到的人物自身冲突一般。当然，内部冲突更典型的体现是在对立的思想和价值观念上，不论是个人与个人、个人与群体还是群体与群体，但凡出现在故事中，必将隐含着由价值观对立而产生的矛盾冲突。

影视作品是"以小见大"的艺术，群体在故事中也将具象化为典型的人物，因此我们可以说，个人的冲突即群体的冲突，群体的冲突即个人的冲突。群体与个人之间，正是由"内部冲突"相互关联的。举个简单的例子，两个孩子打起来了，从外部冲突来看这只是简单的"争执"，但究其根本，他们能够产生矛盾必然是观念产生了分歧。

图 6-9　电影《精神病患者》剧照

典型内部冲突的例子很多，例如希区柯克的电影《精神病患者》，讲述了一个男孩有两重人格的冲突，他对母亲的愧疚使得他心理上幻想出一个不存在的母亲，他自言自语，自问自答。他的双重人格一个是善良男孩，一个是暴力母亲，二者产生冲突，一个杀人，一个阻止杀人。男孩的事情被发现后，人物内心的两个人物仍交替出现，令人唏嘘。

如上文所提及的，内部的矛盾通常由具象的外部矛盾来展现。比如电影《受益人》中合伙碰瓷的两位男主角，一位唯利是图、心思歹毒，一位为穷所困、心地善良，他们的价值观差异是在一次次为"骗保"产生的争吵中逐步显现的。

总而言之，外部冲突与内部冲突共同存在、互为表里、不可分割。

二、建构冲突

在剧本创作过程中，我们又该如何为人物设置矛盾，构建冲突呢？

我们可以尝试分四步走：动机（目的）—博弈—高潮—结局。

（一）动机

人物的动机是矛盾冲突的起始，亦是整个故事产生的前提。它是故事的"根"，是主人公极力寻找、急切渴望的东西（或目标）。

在任何剧本创作中，人物要做一件事，首先想到的是为什么要这么做，动机是什么？举个例子，一个小孩带着不多的钱去商场买东西，他答应给小伙伴买糖果，那么糖果是其目标选择之一；但同时他也是一个乖孩子，懂事，孝顺爸妈，当天恰巧是妈妈生日，那么生日礼物也是其目标之一，于是在选择糖果和给妈妈礼物之间产生了冲突，孩子难以抉择……这时，如果我们知道角色真正想要的是什么，了解人物个性的差异，便能找到角色这样做的理由。如果小孩真正想要的是回报母亲的付出，寻求自我心理的安稳与满足，那么他一定会选择买生日礼物；但倘若一个平常孝顺、懂事的孩子在此时选择给小伙伴买糖果，那么他一定有另外的理由，比如小伙伴一家可能即将搬离此处，这是他们最后的约定等。

通过这个例子我们可以了解，孩子真正想要获得的那个东西，就是他做出选择的根本原因。剧作也一样，我们必须选择一个能推动主人公做出行动的理由，让它贯穿在整个故事进程中，所有的矛盾冲突都围绕它来展开。

在李杨导演的电影《盲井》中，由王宝强扮演的元凤鸣能够被唐朝阳和宋金明骗去偏僻的煤矿的主要原因就是"工资高"，为此，元凤鸣愿意隐瞒自己未成年的事实。可毕竟他年轻稚嫩，在生理和心理上都和成年工友存在差距，面对井下的恶劣环境以及工友们一些"成年人"的活动，元凤鸣显得力不从心，但他始终努力去适应这个与自己格格不入的环境，因为家里还等着他寄回的钱过日子，妹妹还要交学费。一直到影片结尾，唐朝阳和宋金明死后，矿长以"死一个给三万"的合同想要堵住死者"侄子"元凤鸣的嘴，内心激烈挣扎的元凤鸣最终还是没能和矿长坦白自己并不是宋金明的亲戚，这些情节和细节无一不呼应了故事开篇创作者对主人公的动机设定——家境窘迫、急需用钱，因此影片中元凤鸣每一个行动的出发点都是"赚钱"，"赚钱"成为推动剧情发展的最大动力，是整个故事的"发动机"。

（二）博弈

我们知道了人物的目标和动机后，接下来的事情就简单多了，那就是为了这个目标而驱动人物。其实就像滚雪球一样，为了这个已经确定的目标，而让人物有更进一步的行动。发掘人物内在的生活，去发现并戏剧化剧本中的冲突是接下来的主要任务。

当然，"雪球"的核心还是我们已明确设定的目标，我们设置的所有材料，都要围绕其进行戏剧性的设计和安排，它像黏合剂一样将所有的材料用合理的逻辑组合在一起。

在香港电影《无间道》里，警官黄志成和黑社会大佬韩琛之间的博弈堪称经典。其中最精彩的段落便是警方和毒贩之间博弈的情节，毒贩韩琛和泰国人交易毒品，黄志成通过卧底收到消息抓捕毒贩，韩琛在楼里操控指挥，警察埋伏在海滩，紧追不舍。在交易的关键时刻，韩琛在警方的卧底传递消息，毒品被扔进海里，韩琛的生意损失惨重，黄志成也没有完成任务。双方目标明确，都有卧底消息，因此行动起来有迹可循，但是在进行过程中，遭遇了对方的破坏和阻击，最终冲突不可避免地在警察局爆发，进而导致了最后的厮杀。

图 6–10 电影《人在囧途之泰囧》剧照

电影《人在囧途之泰囧》主要从人物内心出发挖掘矛盾内核。本片故事冲突来自双方对一件事物的不同观念、不同理解。徐朗和高博关于油霸开发，一个认为可以卖给法国人，一个认为应该自己开发，冲突由此产生。两个人为了达到自己的目标，都去泰国寻找目标人物——老周，以取得授权。为了达成目标，他们遭遇了很多困难：徐朗被高博定位跟踪，而且还遇到了王宝这一"奇葩"。这个时候冲突开始多变，王宝和徐朗之间因生活阅历、个性以及对待事物的态度等方面的差异产生了多重冲突。另一方面，高博的追踪一直在进行，二者之间的矛盾也在逐渐升级。也就是说，在进一步设置冲突的过程中，需要努力挖掘人物身上的特点和个性，将冲突放大，让人物的目标动机或者需求无法轻易得到满足。

明确了主要目的，接下来我们要做的就是让这一过程有更强大的吸引力，增强其可看性。那么，该怎样让故事精彩起来？

在"行动—博弈"过程中，我们应该破坏人物的动机和目标。一切行动都是为了达成最终目的，如果立马达成，那么剧本的创意和趣味性会大打折扣。

我们应该做的是让行动的双方无法达成目标，或者是破坏对方的目标。类似于 A 要杀 C，而 B 偏偏要救 C，那么 A、B 双方势必发生冲突。如果人物无法轻易达成目标，遭受了更多的失败或挫折，那么人物的个性特点和命运也就更有看点，观众的积极性也会被调动起来。

由柯汶利执导、翻拍自印度《误杀瞒天记》的电影《误杀》，矛盾冲突是由主人公李维杰的戏剧性需求引发的。在异国以维修网络为生的李维杰，得知女儿不慎误杀了玷污过女儿贞洁的男孩素察，他绞尽脑汁地保护女儿，让

图 6-11　电影《误杀》剧照

警察不把女儿当作凶手。而偏偏死者素察是议员与警察局长拉韫娇生惯养的独生子，因此，故事的主要冲突围绕李维杰保护女儿和断案经验丰富的拉韫极力找出真相展开。在亲情的驱使下，"父亲"和"母亲"竭力达成各自的目的，越无法达到目的，角色内心的欲望就越强烈，因此推动故事情节不断向前发展。但仅有明确目标的情节是没有说服力的，真正的博弈是两位主人公因目标相左而不断破坏对方达成目的的情节设置。在电影中，拉韫每查到一个接近真相的线索，都会被李维杰精心伪造的证据否定，反之，李维杰每次精心设计的不在场证明，也都被拉韫推翻。就在这样的步步惊心的情节里，悬念和情节的趣味性得到淋漓尽致的展现。

（三）高潮

高潮，顾名思义，就是情节中的矛盾冲突达到了顶峰。我们知道，情节中所包含的不仅是事件发展这一单一的因素，它是多方因素的组合与交融。

在影视作品的情节中，除了事件本身，还包括人物情感、人物命运、人物性格以及主题表达等。因此，故事的高潮是事件的高潮、角色情感的高潮、人物性格的高潮和主题表达的高潮四者的统一。

1. 事件的高潮

所谓事件的高潮，是指影视作品主要悬念得到揭示的那段情节。显而易见，故事最大的悬念就是人物命运的悬而未决。人物的最终命运不应当是故事的结局吗？确实如此。可这句话的关键词除了"最终命运"外，还有"揭示"，这说明事件的高潮其实是悬念刚刚被揭开、观众心中的疑问刚刚被解答的这一"时间点"。

选择什么时间揭开悬念，如何揭开这个最大的悬念是我们设计事件高潮主要考虑的问题。

首先是时间问题。从时长的角度看，在整部影片时间的 3/4 处设置高潮点是比较合理的，通常在这个时间点让事件达到高潮，能获得合理的节奏安排。除此之外，人物情感的铺垫、人物性格表达是否到位、主题思想能否展现都是决定高潮设计成败的关键因素。所以高潮点的设置不应当仅考虑时间长度是否达到，还要考虑人物情感、人物性格以及主题思想等。

图 6-12　电影《寻梦环游记》海报

以动画电影《寻梦环游记》为例，其中的高潮点就设置在流浪汉埃克托的灵魂即将消失的时候。编剧将故事背景设置为只要现实世界中不再有关于此人的记忆，那么这个人的灵魂将从死亡之地永远消失，从而迎来真正的死亡。对埃克托来说，他在现实世界中唯一的记忆就存在于米格的太奶奶，也就是埃克托的女儿可可身上，而此时的可可年事已高、意识模糊，马上就会将自己的父亲埃克托遗忘，所以编剧选择在这个关键时刻让米格回到现实世界，唤起太奶奶对父亲的记忆，这就成为主人公埃克托的灵魂能否留下来的关键转折点。米格能否完成任务，让可可想起父亲埃克托，是整个故事最大的悬念。我们可以看到，在这段情节中，除了事件本身的发展到了关键转折点外，角色的情感、人物性格的展现、主题思想的表达以及观众的共鸣感都达到了高潮。此时，主人公米格已经了解了事情的真相，每个角色的性格都得到了淋漓尽致的展现，而故事的主题——"亲情"在情节的发展中也得到了深刻的展现。最重要的是，观众因为前期的悬念和情感的积累，在这一时刻共鸣感爆发，多重因素使影片产生了动人的效果。因此我们在设置高潮时间点时，一定要保证其与其他因素的统一与交融。

其次是如何揭开悬念的问题。上文已经提到，事件高潮就是人物最终命运的揭示地，所以我们一定要保证高潮部分的情节与最终的结局有合理的逻辑关系，这是其一。另外，要达到揭示最终命运的目的，两方冲突势力必将在这时产生最后的交锋，在这场交锋中我们既需要使人物的最终目的得到明确的表达，又要保证其最主要的特征在这个阶段起到决定性的作用。

2. 角色情感的高潮

美国电影和戏剧家劳逊说："高潮不是最喧闹的一刻，但它是最富有意义的一刻，所以也是最紧张的一刻。"[①] 这充分说明了高潮对情感表达的作用。

有了基本的事件高潮后，接下来要考虑角色情感高潮的设计和丰富。人是情感的动物，对情节的高潮来说，此时也是情感交锋最紧张、最激烈的时段。例如，一个杀手与杀父仇人在长时间的隐忍相处后，杀手终于决定要将杀父仇人杀死，这时双方产生了激烈的争斗，在争斗的过程中，杀手得知了杀父仇人杀掉父亲的真正目的，而仇人也终于看清了杀手的真实身份。此时冲突双方的情感都处在顶峰阶段。杀手或因得知仇人的真正目的而悔恨，或更加激化他的仇恨，但无论哪种，杀手的情感都得到了最大限度的爆发；而仇人获悉杀手的真实身份也是该角色情感的顶峰时刻。

拍摄于2000年的我国第一部空难题材电影《紧急迫降》，还原了1998年东方航空在上海虹桥机场的紧急迫降事件。影片中，一架载有137位乘客及机组人员的飞机刚从上海起飞，但在收起起落架时机组成员发现，飞机前起

---

① J. H. 劳逊:《戏剧与电影的剧作理论与技巧》，邵牧君、齐宙译，中国电影出版社，1999。

落架因机械故障卡在了固定位置，无法执行收起放下的指令，尝试多种方法无果后，机组果断决定迫降。故事的主要冲突——人与故障飞机的博弈，处在最激烈的交锋时刻。在这短短的几分钟里，镜头将所有角色的神态展现得淋漓尽致，这时不论是操控飞机的机组人员、机上的乘客，还是地面上的指挥、地勤人员以及围观群众，所有人的情绪都处在最紧张的时刻，惊恐、不安、忐忑、期待充斥在每个人的脑海中。机组人员以及乘客对亲友们的牵挂，对人世的不舍也都达到了顶峰。

当然，登顶需要铺垫才能完成，若前期情节中的情感铺垫不足或存在逻辑断层，会造成观众的情感共鸣达不到预期效果。

3. 人物性格的高潮

前文我们说过，人物是情节的载体，人物性格对情节起决定性作用。那么反之可推，情节的高潮处，必然也是整个故事最能体现主要人物性格特征的地方。

我们来举个简单的例子，男主人公小A善良乐观，他出身于农村贫苦家庭，为了改变命运，他毕业后一直在大城市工作，为了能拿到大城市的户口，他忍辱负重，长此以往也养成了他小心谨慎、隐忍退让的性格。一个偶然的机会他遇到了心仪的女孩小H，他终于鼓起勇气追求了小H，并也成功得到了女孩的认可。但是，就在两人热恋时，小A发现自己公司的老板也在追求小H，且他对小A和小H的恋爱关系知情。这时主人公小A就面临一个艰难的抉择：若想保住工作和即将到手的大城市户口，他必须放弃心仪的女孩小H；若想追求难得的幸福，就必须放弃自己拼搏多年的事业。他要如何选择呢？

这时候我们要重新回到故事的主题，既然这是一个表达年轻人在大城市以乐观积极心态励志拼搏的故事，那么显然，前者就是不可行的。虽然保住工作和户口会使主人公达到他的直接目标（事业成功），但他失去了积极乐观的生活态度，这不符合我们给故事设定的主题思想，更与社会主流观念背道而驰。因此我们得到了想要的答案——让主人公选择女孩小H，选择幸福，因为事业可以从头再来，而感情破灭了难以复原。当小A做出这样的选择时，也是全片最能体现他性格乐观善良的部分。

通过这个例子，对人物在冲突高潮的设置我们可以得出以下两个要点。

（1）让主人公在两难中做出最终选择

高潮部分是影片冲突双方交锋的关键时刻，是情节的顶点，也是观众最期待的场景。前文我们提到，影片高潮应当是各个方面高潮的交融，既如此，人物性格也应当在这一场景中达到顶峰。那么如何才能让人物性格在规定场景中得到表现呢？答案就是让人物陷入两难境地。

让主人公在两难之中做出最终的选择，是影片高潮的情节任务。这样的两难境地有它特有的设计原则。罗伯特·麦基在《故事》中提道："危机必须是真正的两难之境——是不可调和的两善之间或两恶之轻的选择，或同时面临两种情况的选择，将主人公置于生活中最大的压力之下。"[1] 也就是说，当主人公在这样的两难之境中做出选择后，他的深层性格乃至人性要得到终极表达，观众也能通过这样的情节对主题思想有更深刻的认识。从情节上来说，这样的"两难"不应当是简单的善与恶的选择，而应当是两种既合乎情理，又具有一定社会共性特征的外在表达。

举个例子，有这样一条新闻：一位中年母亲正坐在前往异地的飞机上，飞机刚刚滑出还未起飞。而就在她即将关闭手机时，一条"女儿全家发生意外，女儿不幸身亡"的消息出现在了这位母亲的手机屏上。此时的母亲悲痛万分，心急如焚，她把消息告诉了空乘人员，希望可以获得帮助。作为决策者的机长这时就面临一个典型的两难之境。倘若答应这位母亲的请求，将她送回机场，那么飞机会延误，会影响其他旅客的时间，航空公司也将面临部分损失；如果忽视这位母亲的请求直接起飞，从道德角度来说，不仅是这位母亲，机组人员和知情的乘客都会面临较大的情感和精神压力。我们可以看到在这件事情中，机长面临的两个选择并不是简单的善与恶的交锋、对与错的抉择，这两个选择代表的其实是在真实情境中许多人可能会面临的难题。最终机长选择将飞机开回机场，送这位母亲回去。在这里，机长人物性格中的

---

[1] 罗伯特·麦基：《故事 材质·结构·风格和银幕剧作的原理》，周铁东译，天津人民出版社，2016。

真善美与人情味得到了有力的印证。

（2）突出人物最重要的个性

美国剧作家劳逊认为，戏的进程分为四个部分：主人公的决心；主人公面对困难；主人公毅力的考验；目标实现的高潮。他认为主人公的意志活动是戏剧的灵魂，戏剧进程与主人公的主观意志密切相关。[①] 高潮部分作为人物性格塑造最终完成的关键时刻，处在毅力考验与目标实现高潮的交接之处，当然应该最能体现主人公人物性格的顶峰，这也是影片主题思想表达的必要载体。

图 6-13　电影《放逐》剧照

杜琪峰的《放逐》的高潮部分，是兄弟四人和黑社会大哥之间的枪战，在一所小阁楼里，黑社会大哥为了一吨黄金，要杀掉四人，而兄弟四人本来可以离开，但是为了其中一人的老婆和儿子，他们返回阁楼，用一吨黄金和四人的生命换回了那对母子。这一场戏里，人物最突出的性格部分就是重情义，为了兄弟的妻儿，他们甘愿赴汤蹈火，命丧于此，完成兄弟之间的承诺。

回到我们开头对高潮的解释，戏剧高潮不仅仅是情节或事件的高潮，它是影片各个元素在高潮部分的统一与交融，是各个部分的共同交锋过程，因此人物性格顶峰的出现，只有伴随情节、情感、主题等高潮的同时出现，才能最大限度地保证影片节奏与叙事质量。

（四）结局

显而易见，结局代表的是结束，是画下句点。因此在结局部分展示的应当是冲突的解决。结局存在的意义，依赖于前面所有的剧情，没有观众愿意只看一个故事结局，没有"前情"，结局也只是没有任何地基的"空中楼阁"。因此，结局最好的方式是让它从冲突的解决中生长和演化出来。

---

① J. H. 劳逊：《戏剧与电影的剧作理论与技巧》，中国电影出版社，1989 年。

昆汀·塔伦蒂诺导演的影片《杀死比尔》里，人物的目标动机是复仇。新娘 Bride 被同伙伤害，失去了孩子，自己也变成了植物人。她恢复正常以后，决定杀死比尔以及比尔的三个同伴。电影中，Bride 将所有行动目标记在一个笔

图 6-14　电影《杀死比尔》海报

记本上，杀死一个，Bride 就划掉一个名字。《杀死比尔 1》最后的高潮部分是 Bride 和日本大姐大石井御莲的决斗，结果当然是 Bride 杀死了对方，并把对方的名字从笔记本上划掉了。

在这段情节里，动机和结果形成了有效的连接机制，Bride 燃起复仇的火焰，在笔记本上写下他们的名字，通过一系列过程，找到他们，向他们宣誓自己复仇的信念，在残酷的暴力下杀死他们，划掉他们的名字。

以下为过程图示：

产生仇恨—找到仇人—决斗—杀死他们并划掉名字。

对应：动机—博弈—高潮—结局。

这"四步走"就是影片冲突构建的整个过程，虽然简单，但非常有效。

电影《杀死比尔》最终的目标，影片名字已经给出了提示，那就是"比尔"。导演没有在第一部就让观众看到这一结局，而是吊起观众的胃口，在后续系列让观众看到最终的结局。

那么，类似于这样的故事，我们的剧本在设计人物动机之初，需要设计好结局与开端的呼应，即人物必须完成的目标。人物达成目标的愿望越强烈，冲突的过程越激烈。

前文提到，结局应当与整个故事结构保持合理严谨的逻辑性，它与前情

密切相关，关于结局，主要有完满结局和不完满结局两种。

1. 完满结局

完满结局，顾名思义，就是矛盾冲突得到了完全的化解，例如障碍得到了消除，错误得到了纠正，正义得到了匡扶，有情人终成眷属，等等。观众可以从这样的结局中得到欢喜、团圆、愉悦的感受，但这并不代表我们可以狭义地将完满结局理解为带给观众完全的正面感受。

完满结局在影视作品中最为常见，前面说到的大团圆类型可以算作完满结局的一种，如电影《寻梦环游记》中的"阖家团圆"，《唐人街探案》中的案件侦破等。有些没能给观众带来完全的正面情感体验的故事结局，也可以称为完满结局，是因为对完满结局的解释，关键词是"矛盾冲突得到了完全的化解"，既然重点在矛盾冲突身上，那么只要故事的主要矛盾能够清晰、明确地得到解决，我们就可以称它为"完满结局"。电影《釜山行》的结局可以算作一个典型案例，影片结尾小主人公秀安和怀孕妇人盛京成功驾驶列车来到了安全的釜山，列车上最终有人获救，这样的结果代表了人类在和丧尸的斗争中取得了暂时的胜利，主要的矛盾冲突得到了完满的化解。虽然在和丧尸斗争的过程中，秀安的父亲和盛京的丈夫等其他列车上的人都遭遇不幸，面对这样的惨状，观众无法产生完全正面的情感体验，但这样的结局现实感更强，如今被越来越多的剧作者认可和选择。

2. 不完满结局

我们可以让人物的结局完满，当然也可以让它不那么完满，即无法达成最终目标。也就是说，我们给予人物十足的动机，并为此积极努力，冲突的建构和发生也十分紧张、刺激，甚至扣人心弦，但是在结局上无法完成最初的愿望。当然，是否选择不完满的结局，这取决于我们想要表达的故事主题及人物性格。

以著名的"瓦尔基里行动"（二战时密谋刺杀希特勒的组织）为原型改编的电影《行动目标希特勒》就是这样一个故事。冲突的双方是纳粹党和国防军抵抗组织（清除纳粹党的组织）。剧本把最重要的剧情设在作战基地"狼穴"，施陶芬贝格上校的公文包里装有定时炸弹。刺杀党们秘密实施行动，把炸弹放在了希特勒脚下的公文包中，希特勒在对着作战计划的地图咆哮嘶吼时，脚下公文包不小心倒在地上，这一细节让所有人窒息，此时，冲突演变到最高点，炸弹应声爆炸，暗杀的结果马上就会呈现。然而，在这个故事中，最

图 6-15　电影《行动目标希特勒》剧照

终的结局是行动失败，希特勒没有死，只是受了轻伤，纳粹党下命令处死抵抗军组织的暗杀人员。

本片的结尾，虽然抵抗人员的行动失败，成员被处死，但作为一部还原史实的电影，本片着重表现的是纳粹统治时期普通人敢于反抗的勇气，反映了普通民众在危险中战胜恐惧，为自由而战、捍卫正义的不屈精神。

三、人物是冲突的核心

无论冲突的建构、发生、交锋还是结局，始终离不开人物。在这一过程中，人物始终是核心，在建构冲突过程中，人物的行为、细节变化是支撑冲突行进的主要动力。

在建构冲突时，要注意人物个性、人物价值观念、人物关系变化、人物与环境的关系等。

关于人物的个性与人物价值观念的问题，我们在第一节"冲突构建的前提"中已经提到，接下来重点说一下人物关系变化、人物与环境的关系。

（一）人物关系变化与冲突设置

人与人的关系如果一直处于稳定的状态，就不会有戏剧冲突。很多故事中，人物之间最初的关系较好，甚至志同道合，但是随着其他因素的展开，剧中人站在了不同立场，让人物不得不走向对立面。

人物关系的变化是后续冲突发展最直接的影响因素，但在一段逻辑严谨的情节中，每一段人物关系的变化都必须有其合理的前提，这个前提是导致当下人物关系或好或坏的背景因素，我们称之为人物前史。编剧应该巧妙安排丰满而极具个性的人物前史，为人物当下的行动积蓄合理而准确的动机，使人物行动能够坚实有效地推进情节发展。①

图6-16 电影《杀人者的记忆法》剧照

影片《杀人者的记忆法》中金炳秀是一个身患阿尔茨海默病的连环杀手。他时而失忆，时而正常，正常时会礼貌待人，也认识亲戚、邻居、朋友；不正常时连自己的女儿都会侵害。影片中他盯上了女儿的男朋友闵泰居，他认为闵泰居也是杀手。两人之间的关系随着金炳秀的记忆不断变化，闵泰居时而是女婿，时而是连环杀手，周围的人也随着他们的关系在不断转换立场，不知道该相信谁。最终经过种种验证后，二人之间迎来一场终极决斗，确定最终的正邪关系，金炳秀杀死了闵泰居，完成了作为一个父亲的责任。

人物关系的变化会带来故事的节奏、冲突以及结局的变化。创作者构思人物前史时，要对片中人物在接下来的情节发展中所做出的行动做好提示和铺垫，人物形象在铺垫过程中会变得立体可信。当人物关系的建构树立起来，后续冲突爆发的情节展开也会更加流畅。

（二）人物所处环境与冲突设置

人物与所处环境自然应当是"准确配对"的状态。

一个人物进入环境中，与这个环境格格不入，始终无法融入这一氛围，自然他会产生逆反心理，试图冲破和改变环境，例如一个讨厌被关在"温室"里的大小姐，她自然而然地会想获得自由，大家耳熟能详的电影《罗马假日》

---

① 回根：《浅析朴赞郁编剧电影的剧作策略》，《电影文学》2019年第1期，第65—67页。

就是这样的冲突设置。有了与人物性格、人物思想观念相互对立的环境，故事的矛盾冲突就有了展开、推动的原动力。

因此，想要展现人物性格的发展变化，应当考虑将人物放置在特定的环境中。将人物置于特定的时空环境里，比较容易突出人物个性化的性格部分，比如"密室大逃杀"或者"死亡通道"情节。在此条件下，人物的动作行为以及冲突的形成必然受到特定时空环境的影响。

好莱坞恐怖片《电锯惊魂》把人物放在了一个特殊环境——密室中。密室这个特定环境，让人物性格更突出、更明确，人物性格成为推动情节的重要因素，也增加了故事的可看性。

另外，人物也必然处在某个具体的时代环境或地域环境中。处在具体环境中的人物，定会有其独特的时代、地域特征。劳逊说："我们必须把这些人和当时的环境当作一个整体。"

程耳导演的作品《罗曼蒂克消亡史》把人物的生存环境设定在20世纪30年代的大上海，帮派、电影公司明星、日本人、国民党以及打工仔、妓女等，各类人物鱼龙混杂，在动乱年代的上海，人物矛盾冲突和利益关系错综复杂，可以说时代环境造就了人物，也让人物覆灭在这个熔炉里。

图6-17　电影《罗曼蒂克消亡史》海报

第七章 情节

一、什么是情节

（一）情节：人物性格的历程

要掌握和运用情节，首先要对情节的定义有准确的认知，历史上有很多名家对情节做过定义，我们在这里简要了解一下，并确定哪一种情节的定义可以为我们所用。

古希腊著名哲学家和美学理论家亚里士多德在《诗学》一书中说道："情节即悲剧第一原则，即悲剧的灵魂。"可以看出亚里士多德对情节十分重视，并把情节归为悲剧的第一要素。

高尔基与亚里士多德的看法截然不同，高尔基对情节是这样论述的："文学的第三要素是情节，即人物之间的联系、矛盾、同情、反感和一般的相互关系——某种性格、典型的成长和构成的历史。"[①]

从以上两种对情节的定义中，我们可以看出亚里士多德认定悲剧的第一要素是情节，而高尔基认定文学的第一要素是语言，第二要素是主题，第三

---

① 高尔基：《论文学》，人民出版社，1978，第335页。

要素才是情节。这两种观点的本质区别在于：亚里士多德视情节为"根基"，高尔基坚信人物性格是"基石"，情节是由人物性格确定的，人物性格确定情节的发展。高尔基把人物性格决定情节中人的地位凸显了出来。

高尔基对情节的定义在很多优秀的影视作品中有所体现，改编自同名动画片的迪士尼电影《灰姑娘》，在故事的开端艾拉的母亲得知自己患上不治之症后，与艾拉的对话如下：

> 艾拉母亲：我要告诉你一个秘密，一个巨大的秘密能帮你度过生命中所有的艰难坎坷，你一定要牢牢地记住，坚强而勇敢，仁慈而善良，你小指尖上隐藏的善意远比其他人全身心的还要多，这是一种强大的力量，超乎想象，它也是魔法，坚强而勇敢，仁慈而善良。亲爱的，你能答应我吗？
> 艾拉：我保证。

在这段对话中，艾拉的母亲通过对白的方式确定了主人公的人物性格："坚强而勇敢，仁慈而善良"。而在之后发生的一系列事件中，每一个叙事章节的发展都是由艾拉的人物性格引发的。艾拉父亲外出时染上疾病去世，她的继母辞退了家里所有的佣人，让艾拉承担所有家务，艾拉从这个家的主人变成了继母和两个姐姐的佣人。她把自己较大的卧室让给两个姐姐，自己被迫住在四处漏风的阁楼上，艾拉和阁楼上的老鼠成为朋友。在这个叙事单元中，主人公"坚强而勇敢，仁慈而善良"的人物性格决定着情节的发展走向。之后又是因为人物性格中的"善良"，在艾拉伤心欲绝骑着马奔向森林深处时，为了阻止狩猎队伍攻击一只雄鹿，她和一个陌生人发生了争辩，而这个和艾拉争辩的人就是王子，艾拉的"善良"使她和王子相遇，也正是她的"善良"深深地吸引了王子。在影片最后王子找到能穿上水晶鞋的灰姑娘后，艾拉看着百般虐待自己的继母说："我原谅你。"在影片结尾处，导演还用旁白的方式重复了主人公的性格："坚强而勇敢，仁慈而善良"。

这部影片的人物性格无须观众总结，在电影的多个段落中通过对白、旁白的方式告知观众，因为这部电影的受众年龄偏小，直叙出人物性格更能让观众理解剧情，这样的处理能让观众在明确人物性格的基础上深入情节，被情节吸引。

（二）故事与情节的区别

1. 因果关系

故事和情节是什么关系呢？我们引用代数的一个概念——子集关系，情节包含故事。

爱·摩·福斯特在《小说面面观》中对两者做过详细的区分："（故事）它是按照时间顺序来叙述事件的。情节同样要叙述事件，只不过特别强调因果关系罢了。如'国王死了，不久王后也死去'是故事，而'国王死了，不久王后也因伤心而死'则是情节。虽然情节中也有时间顺序，但被因果关系所掩盖。'王后死了，原因不详，后来才发现她是因国王去世而悲伤过度致死的'，这也是情节，不过带点神秘色彩。这种形式还可以再加以发展。这句话不仅没涉及时间顺序，而且尽量将不同的故事连在一起。对王后已死这件事，如果我们再问：'以后呢'？便是故事。要是问：'什么原因'？则是情节。"[1]

正如福斯特所说的："故事"是按照时间顺序讲述一个事件，"情节"则是在讲述一个事件的过程中充分强调了事件内部的因果关系。从受众角度分析，故事满足的是受众对事件发展的探索欲望，而情节不仅满足探索欲望，还要满足事件之间的因果关系和逻辑推理关系，故事是故事，情节包含故事。

2. 精心结构与提炼

情节与故事的区别不仅强调了事物内部的因果关系，在故事和情节的成因上看，情节相较故事也有更多的人为因素，这里的人为因素便是对情节的精心结构与提炼。亚里士多德认为："不管诗人是自编情节还是采用流传下来的故事，都要善于处理。"也就是说故事是未经加工的、自然的、流传下来的，而情节是作者在故事的基础上经过精心结构和提炼的。

《茶花女》是法国剧作家小仲马的一部爱情巨作，剧中的人物阿尔芒和玛格丽特在现实中的原型就是小仲马和巴黎名妓玛丽·杜普莱西，小仲马与玛丽

---

[1] 爱·摩·福斯特：《小说面面观》，花城出版社，1984，第75—76页。

真挚相爱，但玛丽出身卑微，在巴黎只能靠出卖自己的身体来度日，而且在和小仲马交往的过程中仍和一些贵族保持暧昧关系，致使拈酸泼醋的小仲马写下了绝交信并独自一人出国旅行。1847 年小仲马回到巴黎后，得知 23 岁的玛丽已经不在人世，心痛欲绝的小仲马根据自己的亲身经历，历时一年完成了旷世爱情巨作《茶花女》。我们从《茶花女》的例子中可以看出，小仲马是从自己零散、繁杂、多方向的生活中寻找素材，在他多维度的生活中删减一些与玛丽无关的信息和事件，提炼出能体现真挚爱情的情节，通过精心结构，将庞杂的故事加工成精彩的情节。

电影《当幸福来敲门》改编自同名小说。小说作者克里斯·加德纳是一名成功的股票经理人，小说的人物原型就是作者本人，小说及电影中的事件都源于克里斯·加德纳的亲身经历。克里斯·加德纳说："这本书讲述我的故事，但是它实际上讲述的是我们的故事。"这里的"我们"一词的定义是，每个有十足充分的机会和借口，屈从于一切能够想象到的负面事物的人，他们遇到的可能是酗酒、家庭暴力、虐待孩子、没有文化、心怀恐惧、无可奈何等，但是所有这些人都决心走另外一条道路，而不是成为他们所处的周围环境会把他们所塑造成的样子。从作者对"我们"的定义可以看出，小说的主人公不仅是指克里斯本人，而是经过提炼之后的一类人，这类人可能经历过同样的境遇，体会过相似的感受，克里斯把这类人的故事提炼出一个经典的情节，自然会让很多人感同身受，小说和电影因此都取得了不俗的成绩。

3. 情节的方向性

情节中的任何一个叙事章节或叙事单元都需要方向，这个方向最终指向剧情的结局。情节的方向性是情节的重要属性。

无论是剧作初学者还是有经验的编剧，在完成一个剧本中的情节时，我们都应该回头看一看，这个情节是否指向剧情的结局，如果它的方向没有指向结局或没有间接指向结局，作为剧作者就应该思考一下这个情节是否有必要存在。

综上所述，故事相对于情节是未经过加工的、自然的、零散的，它可以是口口相传下来的，也可以是市井流传的，但它未被注入因果逻辑关系和明确的方向性，也没有把人物的性格放在首位，而情节是通过匠心加工的，是经过搜集、筛选、拼接、打磨、斟酌、定夺后的，在事件与事件之间建立了有明确方向性的因果逻辑关系，这也是情节典型化和提炼的过程，故事不一定是情节，故事在情节当中。

二、情节的元素

说到构成情节的元素，我们不能像有机化学那样给大家一个精准的元素周期表，像化学家那样运用元素周期表里的元素结构出各种各样的化学物质。但我们还是能够从剧本中提炼出最常见的情节元素。

我国古代在叙事上就有"豹头、猪肚、凤尾"和"起、承、转、合"的说法。元代范德玑的《诗格》中有这样的概括："作诗有四法：起要平直，承要春容，转要变化，合要渊永。"《诗学》中亚里士多德强调戏剧的完整性时也提出"头""身""尾"三分法。悉德·菲尔德也总结出了三幕剧情节组合方式：第一幕（开端、建置），第二幕（中段、对抗），第三幕（结尾、结局）。从以上几种说法可以看出，情节元素的名称尽管不一，但表意相近，其中悉德·菲尔德三幕式情节中的元素被更多剧作者认可并广泛使用。

（一）开端

开端在一个剧本中占有很重要的地位，它具有交代和建置整个剧本的功能与作用，从剧作者角度看开端是剧作者和受众建立联系的基本途径，从受众角度看开端是观众产生注意的基础。

1. 交代的功能与作用

开端中最基础的功能是"交代"。交代是交代作品的时间、地点、人物性格及其关系、历史背景、时代特征等。交代在开端中所占比重约三分之一，如果一个作品的开端时长为三十分钟，那么交代所占的时间以十分钟左右为宜。

在这十分钟里，剧作者应该充分利用每一个信息抓住观众，让观众提起兴趣，让观众知道剧情发生在什么年代，这个年代的历史特征，事件发生的具体时间，发生在什么样的地理位置，主人公是一个什么样的人，人物之间的关系，这些都需要在这一部分基本展示出来。

2002 年刘伟强、麦兆辉指导的电影《无间道》，从影片开始到片名出来之间的 6 分钟都在交代主要人物。在这 6 分钟内，导演用平行剪辑的方式交代了 18 岁的三合会会员刘建明听从黑帮大哥韩琛的指示进入警校学习，成为黑帮在警方内部的卧底。与此同时，警校学员陈永仁受警方安排进入三合会当卧底。6 分钟的时间，将故事发生的时间、地点、主要人物身份及其关系呈现在观众面前。

2. 建置的功能与作用

交代在开端中占比约三分之一，剩下的三分之二我们需要建置，建置就是剧情的发动机。建置是在剧作开端部分设置总悬念，结构出一个剧情起初的动作，设置冲突起点，阐明冲突原因，给事件发展标明路径，埋伏人物性格的发展趋势，构架人物戏剧性需求，搭建故事发展的发动机的过程。

在交代之后的建置中，观众应该更明确地知道主人公的欲望是什么，他想要做什么，他接下来可能会做什么，主人公遇到的障碍是什么，人物之间的主要矛盾和次要矛盾是什么，是什么原因导致的冲突，等等。建置的最大作用是让观众跟上剧作者的节奏，也就是增强观众的带入感，让观众带着思考进入故事，如果能达到这样的效果，建置就是高效的建置。

电影《无间道》中，片名出来之后，刘建明从警校毕业顺利地进入警局，职位步步高升，成为刑事情报科 A 队的一员，在此期间他利用各种机会为韩琛提供了大量的情报。而陈永仁在这些年已经得到了韩琛的初步信任，但由于韩琛的案件始终没有破，他只能一直待在黑帮，只有黄警督与他单线联系。影片的第 30 分钟，建置完成，完成的标志是此时情节确立了电影的最终目标。下面是电影《无间道》的对白节选：

　　韩琛：在我身边安插个卧底就可以赶绝我啊。
　　黄警督：大家都一样。哦，我想起个故事，有两个傻瓜在医院里等着换肾，但肾就只有一个，两个人就玩一个游戏，一个人把一张牌摆在对方的口袋里，谁猜到对方放什么牌在自己的口袋里谁就算赢。

> 韩琛：你知道我看见你什么牌了吗？
>
> 黄警督：我都相信。
>
> 韩琛：我赢定了。
>
> 黄警督：行，好，大家小心点。
>
> 韩琛：好啊。
>
> 黄警督：忘了告诉你了，如果谁输的话就会死。
>
> 韩琛：我看你什么时候死。

在这段对话后，观众清晰地知道了本片的主要任务，每个人的欲望是什么。黄警督和韩琛都要揪出对方安排在自己身边的卧底，陈永仁和刘建明最大的任务是各自揪出安插在警队和黑帮中的卧底，故事的主要矛盾清晰可见，观众会带着疑问追随着电影情节继续看下去。

（二）对抗

对抗在剧本中同样重要，它可以从情节的发展、情绪的控制以及人物性格塑造方面来影响剧本情节的走向。

1. 情节的发展

对抗部分是故事的主体部分，占剧本大部分篇幅，它是开端和结局之间的部分，对抗过程是剧情走向高潮的条件，而高潮是对抗过程的必然结果。

对抗过程是情节的展开部分，这一阶段的前置是开端，编剧在开端中建置一个情境，人物在情境中产生欲望，为了实现欲望采取了一些方法和手段。这些信息都要在对抗的初级阶段进一步完善，并在次要人物出场之后进一步将情节展开，情节的展开就像一把钥匙打了一把复杂的门锁，在开端之后给予受众无限的可能性。

电影《无间道》前三十分钟建置完成之后，进入对抗阶段。随着剧情的展开，主人公身边的次要人物悉数登场，刘建明的未婚妻和陈永仁的心理医生进入剧情，虽然这两个女性角色没有直接参与警察与黑帮的明争暗斗，但在与两位主人公的关系中，她们起到了推动情节发展的作用，同时多维度地塑造了两位主人公的性格。

2. 情绪的控制

对抗过程中剧本情绪的控制十分重要，这一阶段需要利用故事中人物与人物、人物与环境、人物与自身之间的矛盾推动剧情。对抗中矛盾一步一步升级，冲突更加激烈，冲突产生的对抗强度也不断升温，在矛盾的发展过程中，人物的性格由最初的扁平人物发展到圆形人物。随着对抗的升级，剧中的人物都在不遗余力地寻找重新平衡情境的方法，情绪的上升需要冲突，障碍是冲突的前提，障碍的难易程度决定了冲突的激烈程度，情绪的上升还需要冲突级别的积累效应，也就是说后一个冲突的程度总要比前一个冲突的程度激烈，这样的冲突积累过程才能使情绪上升，剧情才能合理地走向高潮。

《无间道》中对抗阶段的情绪上升，也是作为高潮的铺垫，在建置完剧情的最终任务后，每个人物都要打破事态的平衡。

（1）首先出手的是韩琛，韩琛将身边马仔的所有资料都交给刘建明，让刘建明通过警队的身份查出卧底。

（2）陈永仁这边一直跟踪韩琛，在接下来电影院的一场戏中，陈永仁发现韩琛和警队内鬼见面，并在警队内鬼走出电影院后一直跟随，此时观众的情绪被调动起来，紧张感扑面而来，警队和黑帮的卧底真的就要摊牌了吗？故事该如何发展，这是观众的疑问，最终由于陈永仁接到一通电话，两人的身份都没有暴露。

（3）事态发展是不均衡的，当双方互查对方卧底的时候，警队把这个查卧底的任务交给了刘建明，而刘建明正是韩琛派入警队的内鬼。在观众看来警队要想揪出内鬼是一件完全不可能的事情，因为内鬼在查自己，这是一件不可能完成的任务，这样的情节设定造成事态发展的不均衡，这种不均衡直接让受众情绪焦急、紧张。

（4）更让观众情绪紧张的是刘建明派人24小时跟踪黄警督，这样黄警督一旦和警队卧底见面，就能帮韩琛揪出警察卧底，接下来黄警督和陈永仁在天台见面，刘建明通知了韩琛，韩琛派人去消灭警察卧底，这种不平衡的局面制造了更为紧张的情绪。黄警督和陈永仁见面后，被韩琛的马仔包围，黄警督为保护陈永仁被韩琛的马仔从高楼扔下来。黄警督牺牲了，死在了陈永仁的面前。事态进入极度不平衡的阶段，因为黄警督是唯一知道警察卧底的人，现在黄警督死了，陈永仁连做回警察的机会也没有了，就算揪出警队内鬼也无法验明正身。这些情节让观众绝望，面对这样的绝望，作者也给了一丝希望，陈永仁找了一个傻强做替死鬼，这才让韩琛以为警队内鬼被除掉了。

以上几个情节的功能是将事件和观众的情绪向上推动，事件从建置之后的相对平衡发展到不平衡，从不平衡发展到绝望，这种趋势是给观众一个期待，期待着更大的动能来发生改变，改变需要爆发，而情绪的积累和上升就是为爆发起到铺垫的作用。

3. 对抗过程中的人物性格塑造

开端阶段人物性格初露端倪，受众只能从自然环境和社会环境中浅显地了解人物，而在对抗过程中观众可以从人物的需求、人物的动作、人物的语言、人物的造型中了解人物性格。在对抗过程中，通过一个个冲突，人物的性格由最初的扁平人物发展到圆形人物。对抗过程，也是人物发展的过程。因此情节是人物性格的发展史，在情节中人物性格可以得到充分的展现。

2019 年上映的电影《小丑》，开端部分主人公亚瑟是一个悲观、懦弱、友善的癫笑症和幻想症患者，剧情在对抗过程中一步步塑造人物：

（1）亚瑟在地铁上用手枪射杀了三名投资员工后，反叛暴力逐渐显现。

（2）当他亲手杀害母亲后，人物的冷漠嗜血展现无遗。

（3）亚瑟杀死了陷害他的前同事后，人物开始肆意杀戮。

（4）亚瑟在脱口秀节目中杀害了主持人后，性格彻底转变成反社会人格。

以上四点可以说明，对抗阶段就是通过展现人物性格，将剧情展开并将观众情绪提升的过程。成熟的剧作者非常重视对抗阶段，因为以上四点共同的作用就是铺垫，为谁而铺垫呢？为高潮铺垫，如果在对抗阶段铺垫不够合理或过于牵强，就会让受众感到高潮的唐突。反之，对抗阶段铺垫得合情合理，高潮部分让受众接受起来就水到渠成了。

4. 高潮

高潮的到来是通过情节的展开，通过情绪的上升和人物性格的展开等铺垫后，把一切矛盾、一切冲突集中到一个临界点，并突破这一临界点的过程。在剧本中高潮可以分为两类：一类是通过对白完成，在对话中揭示主题，这类高潮对观众的要求较高，剧作者必须一直运用悬念吸引观众，才能让观众理解高潮表达的主题；另一类是通过视觉完成，运用技术，通过视觉冲击力吸引观众。

（三）结局

剧本一般都在高潮之后给受众故事的结果，为高潮紧张的气氛起下降缓冲的作用，还可以补充交代一些揭示性的剧情。一般剧本结局方式有以下三种：

1. 封闭式结局

封闭式结局就是在剧情的结尾处给观众一个固定的结局，也就是说剧情的结尾是一个完成的结果。以电影《千与千寻》为例，开端阶段千寻的父母因为贪婪地吃食物变成了猪，这时电影的总悬念出来了，千寻的父母最后会怎样呢？整个电影都在讲千寻用各种方法救父母，到了影片的最后结果是肯定的，父母被千寻救出来了，只是父母被救出来之后失去了当时的记忆，作为观众我们得到了一个确定的结局。《肖申克的救赎》的结局同样是封闭式结尾，这是一部关于越狱的电影，主人公在监狱的终极目标就是越狱，结局是主人公通过挖洞的方法在风雨交加的夜晚成功越狱，并带走了一笔巨款，最后和狱中老友在海边见面，这样的结局也是封闭式结局。我们通过这两个例子可以看出，封闭式结局是将主角设立的目标在结尾给予观众明确的答案，获得真实的自我揭露，剧情最终完成，使事件达到新的平衡状态。

2. 开放式结局

很多初学者从字面上理解开放式结局往往会进入一个误区，以为开放式结局不需要结局。以电影《一个勺子》为例，导演给我们展示了一个开放式的结局，在电影的最后，主人公拉条子戴上傻子戴过的残破遮阳帽，镜头模拟傻子的视角看到红色的世界——遮阳帽如滤镜般过滤了世界的表象，呈现出清晰社会的图景，这是傻子的视角才能看到的。在这个真实世界中，迎面走来一群小孩子拿雪球丢来丢去，嘴里喊着"傻子""傻子"，电影到这里戛然而止。每个人都可以根据自己的观点想象拉条子之后会怎样，这样的一个开放式结局让我们陷入思考，会让我们回顾电影中拉条子为了甩掉傻子做出的努力，而甩掉傻子后又想找回傻子发生的一系列事情。引发思考是开放式结局的一个重要作用，这种结局方式多用于探讨人性或社会话题的电影。所以开放式结局并不是不需要结局，而是通过开放式的结局让观众根据自己的理解回顾剧情，引发思考。

3. 悬念式结局

悬念式结局即通过设置方向性疑问的方法给剧情做结尾。以电影《寒战》为例，电影结局彭于晏拿着一本书坐在监狱里，他用深邃的眼神对着镜头，手不停地打着响指，观众肯定会想之后他想干什么，他为什么要打响指，他看的是什么书。没错，这些问题的方向都是向后的，也就是时间顺序和逻辑顺序的方向，这一点就与开放式结局不同，开放式结局是让观众回归和思考剧情，而悬念式结局则让观众的视线向后，它更注重事件的逻辑推理，在这样的逻辑推理下，电影会派生出续集，很多电影都在结局处留有疑问，或是一句话，或是一个动作，一般这样的结局都是为续集做准备。

三、剧作中的情节点

情节点在剧本创作中起举足轻重的作用，情节点的设置能够体现编剧的格局与能力，情节点如同跨海大桥的桥墩，在剧作中它不仅起支撑情节的作用，还有控制节奏的作用，在剧情片中我们将情节点分为两类：结构情节点和叙事情节点。

（一）结构情节点

结构情节点即从整体剧情出发，以较高格局统领并改变剧情方向的事件。结构情节点在电影中一般不会太多，由于电影时长的限制，结构情节点一般会出现2—3次，但这不是绝对的。悉德·菲尔德在《电影剧本写作基础》中这样描述："所谓情节点就是一个事变或事件，它紧紧织入故事，并把故事转向另一个方向。"他认为开端阶段和发展阶段之间，发展阶段和结局阶段之间都存在一个情节点，他所说的情节点我们称之为结构情节点。结构情节点的学习对剧作初学者来说像根基一样重要，它的作用是支撑一个完整的故事，直至故事结束。

《活埋》是一部剧本扎实、情节紧凑的 100 分钟电影，电影的所有事件都发生在一个不足两平方米的棺材内，男主角保罗是一个受雇于运输公司运送伊拉克战地补给品的卡车司机，他有妻子和一个两岁的儿子。他在运输过程中遭到伊拉克武装势力绑架，被袭击晕倒，醒来后他发现自己被埋在沙漠中的棺材里，手脚被绑，嘴巴被白布堵着，棺材里只有一部手机。

电影在第 21 分钟设置了第一个结构情节点，在保罗求助 911、受雇公司及 FBI 无果后，无计可施的保罗灵机一动，他回想起手机曾亮了一下，他找到了那个拨进来的号码，并打了过去。电话另一端的确是恐怖分子，保罗得知自己被绑架了，同伴全都被杀，只剩下他一个人，恐怖分子要求他于两个小时内说服美国政府交 500 万美元赎金，否则他只有一个结局——死。

电影在第 35 分钟设置了第二个结构情节点，两个小时到了，恐怖分子没有拿到 500 万美元的赎金，他们要求保罗录制被绑架的视频，并给政府施压。

电影在第 83 分钟设置了第三个结构情节点，保罗手中的电话响了，是恐怖分子打来的，而且这次比第一次更加凶残。因为恐怖分子还没有拿到赎金，他们要求保罗在 5 分钟内剁掉自己的手指并发录像，如果不照做恐怖分子就会伤害保罗的妻儿，并详细地说出了保罗的家庭地址。

本片第一个结构情节点设置的位置处于开端与发展之间，在开端介绍了保罗的背景及处境之后，这个结构情节点将电影情节转向了另一个方向，这个方向就是保罗各方游说，希望有人能在两个小时内帮助他。第二个结构情节点的设置是因为保罗在规定的时间没有交出赎金，恐怖分子便要求保罗录制视频，致使事件升级。第三个结构情节点设置的位置处于发展和结局之间，在保罗尝试用多种方法自救后，本以为能成功逃脱时，恐怖分子的一个电话又使电影转向不确定的方向。可以看出这三个结构情节点的设置从整体叙事上看都达到了打破平衡的效果，致使电影朝另一个方向发展。

电影《完美陌生人》中的重要事件都发生在一所房子内，确切地说是一张餐桌上。结婚多年的罗科和妻子艾娃邀请好友来家里赏月、聚餐，首先到访的是结婚多年的莱勒和卡洛塔，随后新婚燕尔的科西莫和比安卡也进了家门，最后到访的是离异了没带现任女友的佩普，三对半情侣坐在桌上享受着周末的晚餐。

电影在第 18 分钟设置了一个结构情节点，7 个人谈到男女关系时提到了手机，并说手机是男女关系的黑匣子，艾娃提议大家做一个大胆的游戏，大家把各自的手机放在餐桌上，任何来电和短信都要和桌上的人分享。

这个结构情节点设置的位置同样在开端与发展之间，在交代完 7 个男女主人公后，这个结构情节点打破了事态的平静，并彻底改变了整部电影的故事方向，艾娃建议大家做这个大胆的游戏后，让原本气氛祥和的聚餐多了一份不确定性，此时每个人物都掩饰着内心的波动，如果不参加就表示心中有鬼，本来确定的人物性格随之不确定起来，原本和谐的气氛即将陷入混乱。即使没有看过电影，读完这一个结构情节点，你也会在脑海中浮现出之后会出现怎样的情节。

但在看完此片后我们发现，这部电影只有一个结构情节点，为什么在发展和结局之间没有设置另外一个结构情节点？因为这部电影的结构类型是反情节结构，发展和结局是非线性叙事。其实在很多电影中结构情节点的设置数量及位置不是一成不变的，而是剧作者根据具体创作设置的，而且在设置结构情节点时会与其他编剧手段共同使用。

（二）叙事情节点

叙事情节点是处于结构情节点之间，并服从结构情节点改变的叙事方向，从而丰富情节的事件。叙事情节点的数量根据电影类型及情节发展而定，叙事情节点可以是一个人物的出现，也可以是一个电话的接听，或者是一次车祸，或是一次甜蜜的约会。在这里我们需要明确叙事情节点的两个特点：第一，不能改变剧情整体叙事方向，如果改变叙事方向它就是结构情节点。第二，叙事情节点一定要对剧情起推动作用。

以电影《活埋》为例，我们罗列一下这部电影的叙事情节点，看看叙事情节点的具体功能和作用。

结构情节点一：改变了电影的方向，使深陷危机的保罗开始展开自救，以下是这个叙事方向下的叙事情节点。

（1）保罗万分焦急，开始打电话给自己的亲朋好友求救：妻子的闺蜜不愿意帮忙，保罗破口大骂而被挂断电话。不愿失去一丝希望的保罗最后还是控制住自己急躁的情绪，向她道歉，并得到一个政府部门的电话。

（2）保罗在与美国政府通话后，却被美国政府告知，永远不能跟恐怖分子谈判，当保罗陷入绝望时，政府人员却带来了一个新的希望——他可以联系伊拉克的解救小组。

（3）保罗拨通了伊拉克解救小组的电话，终于看到了希望，解救小组的队长试着用手机的 GPS 找到保罗，并告诉保罗他们曾经救过很多人质。

结构情节点二：两个小时到了，恐怖分子没有拿到五百万的赎金，他们要求保罗录制被绑架的视频，并给政府施压。

（1）保罗在拍完视频之后便昏了过去。不知过了多久，电话响起，但是解救小组打来电话质问保罗为何要拍这个视频。

（2）运输公司打电话过来录音，确定保罗之前签署的合同有效，以保罗和另一位女司机发生性关系为名，宣布在保罗被活埋之时，他已经被解雇，随后发生的任何事都与公司无关。即使保罗死了，他的家人也不能获得保险公司索赔，完全撇清了与保罗的关系，保罗再次陷入了绝望。

（3）随后，保罗被告知恐怖分子全部被炸死了。保罗认为再也没有人知道他被埋的位置了，但保罗这次出奇的冷静，并拍下一段视频作为遗嘱。

结构情节点三：保罗手中的电话响了，是恐怖分子打来的，而且这次比第一次更加凶残。因为恐怖分子还没有拿到赎金，他们要求保罗在五分钟内剁掉自己的手指并发录像，恐怖分子以保罗的妻儿作为威胁，详细地说出了保罗的家庭地址。

（1）此时沙子已经掩盖了近半个木箱，保罗以为听从恐怖分子的命令就会有活路，打算做最后一次努力，他割下了一根手指，又拍了视频。

（2）终于，解救小组来电了！告诉保罗他们找到他了，在万念俱灰之际点燃了保罗的希望。同时，保罗终于接通了与妻子的电话，他们相互说了无数遍"我爱你，我爱你，我爱你……"

（3）保罗即将被沙子淹没。在最后一刻，保罗却被解救小组告知，他们找的是另一个被绑架的人马克怀特被埋的地方，他们找错地方了，只留下一声道歉。

以上是电影《活埋》结构情节点和叙事情节点的结合整理，从中我们能直观、具体地了解电影讲述的剧情，不仅能从结构情节点中看出电影的剧情梗概，还能从叙事情节点中感受到具体情节。如果做一个类比，剧本是我们要修的一条高速公路，结构情节点就是这条高速公路上要拐的几道弯，而叙事情节点就是每道弯之间笔直的公路，尽管在这条笔直的公路上还会有一些颠簸，但总体方向是由前一道弯和后一道弯决定的。

同样，我们罗列一下电影《完美陌生人》的叙事情节点。

结构情节点一：7 个人谈到男女关系时提到了手机，并说手机是男女关系的黑匣子，艾娃提议大家做一个大胆的游戏，大家把各自的手机放在餐桌上，任何来电和短信都要和桌上的人分享。

（1）科西莫手机显示了一条陌生号码发来的信息，内容是：我渴望你的身体。原来是罗科用女儿的手机跟科西莫开了个玩笑。

（2）艾娃电话响了，是她爸爸的来电，艾娃的爸爸为艾娃隆胸找了一个外科医生，而艾娃的老公罗科正是一位隆胸外科医生。

（3）莱勒在阳台寻求佩普的求助，由于手机型号及颜色一致，莱勒请求他换手机，因为 10 点会有一个女孩给自己发照片。

（4）科西莫收到一个短信，内容是：有急事。比安卡解释道，是科西莫出租车公司的调度员，很有可能让科西莫替别人上班。

（5）佩普的手机响了，是运动软件发来的运动提示。

（6）莱勒偷换了佩普手机，很快便告诉了佩普。

（7）佩普的手机收到一张图片（手机是莱勒的），照片是一个女孩在做瑜伽。

（8）卡洛塔收到一个短信，短信是关于养老院有床位的推广。这引发了卡洛塔和莱勒的争吵，原因是莱勒认为卡洛塔想把自己当母亲送到养老院。

（9）比安卡收到一条短信，前男友发的内容是：我想做爱。但经过解释后事态平息。

（10）罗科电话响了，女儿的来电，女儿想去男友家过夜，征求爸爸意见。

（11）莱勒电话响了（手机是佩普的），是佩普同性恋的男朋友打来的。

一句"你连自己喜欢男女还分不清楚吗"引发了莱勒和卡洛塔的争吵，莱勒为了掩盖有外遇，将计就计承认自己是同性恋。

（12）科西莫电话响了，这是珠宝店的客户回访，问科西莫买的戒指和耳环用户体验满意与否，因为比安卡连耳洞都没有，也引发了矛盾。

（13）科西莫电话又响了，电话另一端是个紧张的女人声音，对科西莫说：我怀孕了。

（14）在房间里艾娃把耳环还给了科西莫，原来他俩也在偷情。

（15）卡洛塔手机收到一条网友发的短信，内容是：今天你是否穿内裤了？

（16）佩普告诉大家，其实他才是同性恋。

以上是电影《完美陌生人》结构情节点和叙事情节点的结合整理，结构情节点只有一个，叙事情节点多达 16 个，因为这个电影的空间相对封闭，主要人物多达 7 位，根据结构情节点指向的叙事方向，势必要求更多的叙事情节点进行剧情的推进。

在剧作过程中运用好情节点能让剧作思路清晰，有条不紊。在创作过程中两种情节点的设置也是有顺序的，第一步是在构思的故事中提炼出情节，在情节中找到支撑情节的结构情节点，第二步是在设置好结构情节点的基础上进行叙事情节点的增减。

四、剧作中的情节模式

法国学者布雷德总结了一个相对普适的叙事模式，这个一般的情节模式是这样的：主人公处于相对平衡的环境当中，这个平衡的环境被主人公的欲望或外界所打破，随之主人公通过种种对抗行为解决和摆脱麻烦，使故事环境恢复到相对平衡中，在这个情节的一般模式里可以注入各种主题。

戏剧理论家福尔曼将情节模式归纳为九大类，分别是：爱情、飞黄腾达、灰姑娘、三角恋爱、归来、复仇、转变、牺牲、家庭。

20 世纪初，法国戏剧家普罗迪研究了 1200 余部戏剧作品后，归纳出了36 种情节模式，这 36 种情节模式在今天仍然广为流传。

表 7-1   戏剧的 36 种模式

种类	主要人物	其他必要的人物	细目
1. 求告	求告者	逼迫者	A：(1) 帮助他去对付敌人 (2) 准许他去做一件他应做而被禁止做的事情 (3) 给予他一个可以终其天年的地方 B：(1) 舟行遇灾的人，请求收留帮助 (2) 行事不端，被人斥逐而祈求别人的慈悲 (3) 祈求恕罪 (4) 请求准许收葬尸骨，取回遗物 C：(1) 替自己爱的人求情 (2) 在亲戚面前替另一个亲戚求情 (3) 在母亲的情人面前，为母求情
2. 援救	不幸的人	威胁者，天外飞来的救星	A：救援一个被认为有罪的人 B：(1) 子女援助父母恢复王位 (2) 受过恩惠的人报恩施救
3. 复仇	复仇者	作恶的人	A：(1) 为被害的祖宗或父母复仇 (2) 为被害的子女或后人复仇 (3) 为被侮辱的子女复仇 (4) 为被害的妻子或丈夫复仇 (5) 为妻子受侮辱而复仇 (6) 为被害者的情妇复仇 (7) 为朋友被杀或受损害而复仇 (8) 为姐妹被奸污而复仇 B：(1) 为了存心作对，故意为难而复仇 (2) 为了趁人不在，暗加攘夺而复仇 (3) 为了蓄意谋害而复仇 (4) 为了故入人罪而复仇 (5) 为了逼奸强暴而复仇 (6) 为故人而复仇 (7) 为了两个人的奸诈，对整个团体的复仇 C：职业地追捕有罪的人

续表

种类	主要人物	其他必要的人物	细目
4.骨肉间的报复	报复者	作恶者，已死的受害人	A：(1) 父亲的死，报复在母亲身上 (2) 母亲的死，报复在父亲身上 B：弟兄的死，报复在儿子身上 C：父亲的死，报复在丈夫身上 D：丈夫的死，报复在父亲身上
5.遁逃	遁逃者	追捕或惩罚的势力	A：违反法律（有时为不得已）或因其他政治行为而逃遁 B：因恋爱的过失而逃遁 C：好汉对伟大势力的抗争 D：半疯狂的人对阴谋的政治的抗争
6.灾祸	受祸者	胜利的人	A：(1) 战败 (2) 亡国 (3) 人类的灭亡 (4) 天灾 B：君位被夺 C：(1) 旁人的忘恩负义 (2) 不公道地被惩罚或受敌视 (3) 遭遇横逆或暴行 D：(1) 被情人或丈夫遗弃 (2) 丧失子女
7.不幸	不幸的人	制约他的人	A：(1) 无辜的人，为野心者的阴谋所牺牲 B：(1) 无辜的人，受到应该保护他的人的残害 C：(1) 有能力的人在困苦贫乏之中 (2) 一向被宠爱的人，发现自己被遗忘了 D：失去了唯一的希望

续表

种类	主要人物	其他必要的人物	细目
8. 革命	革命者	暴行者	A：(1) 一个人的反抗 (2) 多人的反抗 B：(1) 一个人的革命，而影响了许多人 (2) 许多人的革命
9. 壮举	勇敢的领袖	敌人 (对象)	A：备战 B：(1) 战事 (2) 争斗 C：(1) 劫夺一个所欲的对象或人物 (2) 夺回那所欲的对象或人物 D：(1) 冒险的远征 (2) 为了获得所爱的人而冒险
10. 绑劫	绑劫者	被绑劫者，保护人	A：绑劫一个不愿顺从的女子 B：绑劫愿意顺从的女子 C：(1) 夺回被绑的女子，但未杀死绑劫者 (2) 夺回被绑的女子，同时杀死暴行者 D：(1) 救出被绑的朋友 (2) 救出一个被绑的小孩 (3) 救出一个信仰错误的人
11. 释迷	解释的人	迷	A：必须寻得某人，否则处死 B：(1) 必须解释谜语，否则遇祸 (2) 同前，但谜为所爱的女子所作 C：(1) 悬赏以寻出人的名字 (2) 悬赏以寻出人的性别 (3) 试验一个人是否疯狂
12. 取求	取求的人	拒绝的人，判断的人	A：用武力或诈术，获取目标 B：用巧妙的言辞，获取目标 C：用言语打动判断的人
13. 骨肉间的仇视	仇恨者	被恨者或互恨者	A：(1) 兄弟间一人为诸人所仇视 (2) 兄弟间互相仇视 (3) 为了自利，亲戚间互相仇视 B：(1) 子仇视父 (2) 父与子互相仇视 (3) 女恨父 C：祖仇视孙 D：翁仇视婿 E：姑仇视媳 F：婴儿杀戮

种类	主要人物	其他必要的人物	细目
14. 骨肉间的争斗	得胜者	被拒者	A：(1) 恶意的竞争者为自己手足 (2) 两兄弟间，彼此恶意地竞争 (3) 两兄弟间的竞争，其一犯了奸淫 (4) 两姐妹间的竞争 B：(1) 为了一个未嫁女子，父与子的竞争 (2) 为了一个已嫁女子，父与子的竞争 (3) 同前，但此女子已为其父之妻 (4) 母与女的竞争 C：嫡堂手足或姑表间的竞争 D：朋友间的竞争
15. 奸杀	有奸情的人	被害者	A：(1) 情人杀害丈夫，或为了情人杀害丈夫 (2) 杀害一个"推心置腹"的情人 B：为情妇或为私利，杀害妻子
16. 疯狂	疯狂者	受害者	A：(1) 因为疯狂而杀害骨肉 (2) 因为疯狂而杀害恋人 (3) 因为疯狂而杀害无辜的人 B：因为疯狂而受耻辱 C：因为疯狂而失去了亲人 D：因为怕有遗传的疯狂，而导致疯狂
17. 鲁莽	鲁莽者	受害者或失去的对象	A：(1) 因鲁莽而致不幸 (2) 因鲁莽而致耻辱 B：(1) 因好奇而致不幸 (2) 因好奇而丧失所爱的人 C：(1) 因好奇而致别人死亡或不幸 (2) 因鲁莽而致亲族死亡 (3) 因鲁莽而致爱人死亡 (4) 因轻信而致骨肉死亡
18. 无意中恋爱的罪恶	恋爱者	被恋者，说明者	A：(1) 误娶自己的母亲 (2) 误以自己的姐妹为情妇 B：(1) 误娶自己的姐妹为妻 (2) 同上，唯系受人陷害 (3) 几乎以自己的姐妹为情人 C：几乎奸淫自己的女儿 D：(1) 几乎在无意中犯了奸淫的罪 (2) 无意中犯了奸淫的罪（如误以为丈夫已死而改嫁，其实丈夫未死之类）

续表

种类	主要人物	其他必要的人物	细目
19. 无意中伤残骨肉	杀人者	被害者	A：(1) 受神命，几乎在无意中杀了自己的女儿 (2) 同前，但因政治上的必要 (3) 同前，但因与人作恋爱上的争宠 (4) 同前，但因怨恨女儿的情人 B：(1) 无意中杀害或几乎杀害了自己的儿子 (2) 同前，但系受奸人的拨弄 (3) 同前，同时有对其他骨肉的仇视 C：(1) 无意中杀害或几乎杀害了自己的手足 (2) 为了职务的关系，无意中杀了自己的姐妹 D：(1) 无意中杀死了自己的母亲 (2) 受人拨弄，无意中杀死了自己的父亲 E：(1) 为报仇或受拨弄，无意中杀害了自己的祖父 (2) 迫于不得已的杀害 (3) 无意中杀了家翁 F：(1) 无意中杀了一个所爱的女子 (2) 几乎杀害了一个不认识的情人 (3) 没有去救一个不认识的儿子的性命
20. 为了主义而牺牲自己	牺牲者	主义	A：(1) 为了诺言而牺牲自己的性命 (2) 为了自己种族的成功或幸福牺牲性命 (3) 为了孝道牺牲性命 (4) 为了自己的信仰牺牲性命 B：(1) 为了信仰而牺牲了恋爱与性命 (2) 为了事业而牺牲了恋爱与性命 (3) 为了国家的利益而牺牲了恋爱 C：为了义务而牺牲了自己的幸福 D：为了信仰而牺牲了自己的荣誉

续表

种类	主要人物	其他必要的人物	细目
21. 为了骨肉而牺牲自己	牺牲者	骨肉	A：(1) 为了亲戚或所爱的人的生命而牺牲自己的生命 (2) 为了亲戚或所爱的人的幸福而牺牲自己的生命 B：(1) 为了父母的幸福而牺牲自己的前途 (2) 为了父母的生命而牺牲自己的前途 C：(1) 为了父母的生命而牺牲了自己的恋爱 (2) 为了父母的幸福而牺牲了自己的恋爱 D：(1) 为了父母或一个所爱的人的生命而牺牲自己的生命与荣誉 (2) 为了亲戚或所爱的人的生命而不顾自己的贞操
22. 为了情欲的冲动而不顾一切	恋爱者	对象，被牺牲者	A：(1) 为了欲望而破坏宗教信仰 (2) 破坏了贞操的自誓 (3) 为了情欲而毁灭了自己的前程 (4) 为了情欲而毁坏了自己所有的权力 (5) 情欲毁灭了脑力、健康甚至生命 (6) 情欲毁灭了富贵、荣誉、若干人的性命 B：因遇诱惑而忘了义务 C：(1) 因为情欲的罪恶而丧失生命、地位和荣誉 (2) 因为过分的罪恶而丧失生命、地位和荣誉
23. 必须牺牲所爱的人	牺牲者	被牺牲的所爱的人	A：(1) 为了公众的利益，必须牺牲一个女儿 (2) 因为遵守对神所立的誓言，牺牲所爱的人 (3) 为了个人的信仰，要牺牲恩人或所爱的人 B：(1) 在必要的情形之下，牺牲自己的女儿 (2) 在同样的环境中，牺牲他的父亲 (3) 在同样的环境中，牺牲自己的丈夫 (4) 为了公众的利益，牺牲自己的女婿 (5) 为了公众的利益，对付自己的郎舅 (6) 为了公众的利益，对付自己的朋友

续表

种类	主要人物	其他必要的人物	细目
24. 两个不同势力的斗争（为了恋爱）	两个不同势力的人	对象	A：(1) 神与人 (2) 有妖术者和平常人 (3) 得胜者与被征服者，主与奴，上司与下属 (4) 上国的君王与属国的君王 (5) 君王与贵族 (6) 有权势者与新兴之人 (7) 富人与穷人 (8) 有荣誉的人与犯嫌疑的人 (9) 两个势均力敌的人 (10) 同前，而其中一人曾犯过奸淫罪 (11) 一个被爱的人与一个"没有权利去爱"的人 (12) 离过婚的妇人的前后两个丈夫 （以上是在两男之间） B：(1) 一个妖妇和一个平常女人 (2) 得胜者与囚徒 (3) 皇后与臣民 (4) 皇后与奴隶 (5) 女主与仆人 (6) 高贵的女子与低微的女子 (7) 两个差不多地位的人，其中一个恣情纵欲 (8) 对高贵女子的理想或记忆，与一个不如她的真的人 (9) 神与人 （以上是在两女之间） C：重复的竞争——（甲爱乙，乙爱丙，丙爱丁） D：(1) 神与神 (2) 人与人 (3) 法律上的两个妻子 （以上是东方式的）

续表

种类	主要人物	其他必要的人物	细目
25. 奸淫	两个有奸淫的人	被欺骗的丈夫或妻子	A:（1）为了另一个少妇，欺骗了情妇 （2）为了自己的妻子，欺骗了情妇 （3）为了一个少女，欺骗了情妇 B:（1）为了那个他所爱但并不爱他的女奴，欺骗妻子 （2）为了纵欲，欺骗妻子 （3）为了已婚的少妇，欺骗妻子 （4）意欲重婚，欺骗妻子 （5）为了他所爱但并不爱他的少女，欺骗妻子 （6）妻子被那个爱她的丈夫的少女所嫉妒 （7）妻子被一个娼妓所嫉妒 （8）一个冷淡的妻子和一个热情的情妇之间的竞争 C:（1）为了一个"相投"的情人，牺牲了"不合"的丈夫 （2）忘记了自己的丈夫（以为他是死了），去和她的情敌要好 （3）为了一个能够同情她的情人，牺牲了她平凡的丈夫 （4）欺骗了好的丈夫，为了一个不如他的情敌 （5）同前，为了一个怪癖的情敌 （6）同前，为了一个令人讨厌的情敌 （7）热恋的妻子，欺骗一个好的丈夫，为了一个平凡的情人 （8）欺骗丈夫，为了一个虽不如他那样好，但更加有用的情人 D:（1）被欺骗的丈夫的复仇 （2）为了主义，打消了嫉妒的念头 （3）被丈夫失败的情敌陷害

种类	主要人物	其他必要的人物	细目
26. 恋爱的罪恶	恋爱者	被恋爱者	A：(1) 母恋子 (2) 女恋父 (3) 父对女施暴行 B：(1) 少妇恋其丈夫的前妻之子 (2) 少妇与前妻之子彼此爱恋 (3) 一个女子同时为父与子的情妇 C：(1) 为嫂或妗的恋人 (2) 兄妹恋爱 D：男爱另一男子 E：人与兽
27. 发现了所在的人的不荣誉	发现者	过失者	A：(1) 发现了母亲有羞耻之事 (2) 发现了父亲有羞耻之事 (3) 发现了女儿有不荣誉之事 B：(1) 发现了未婚夫或妻的家中有不荣誉之事 (2) 发现了自己的妻子在未婚前被人侮辱过 (3) 发现了"她"从前有过失足经历 (4) 发现自己的妻子从前是娼妓 (5) 发现了自己的情人有不荣誉的事 (6) 发现了自己的情妇以前做过娼妓，现又恢复了旧生涯 (7) 发现了自己的情人是个无赖，或情妇是个坏女人 (8) 发现自己的妻子是一个坏女人 C：发现了自己的儿子是一个杀人犯 D：(1) 儿子是一个卖国贼 (2) 儿子违反了法律 (3) 儿子被认为是有罪的 (4) 立誓除暴君，暴君就是他的父亲 (5) 发现了自己的手足是一个杀人犯 (6) 发现了自己的母亲是害死父亲的人

续表

种类	主要人物	其他必要的人物	细目
28. 恋爱被阻碍	两个恋爱的人	阻碍	A：(1) 因为门第或地位不同而不能结婚 (2) 因为财富不同而不能结婚 B：因为仇人从中阻挠而不能结婚 C：(1) 子女先许为他室 (2) 同（上），并误会所爱的对象已和别人结婚 D：(1) 亲戚们的反对 (2) 亲戚间的不和 E：男女性情不和
29. 爱上一个仇敌	被恋爱的仇敌	爱他的人，恨他的人	A：(1) 被爱者为爱人的亲族所痛恨 (2) 爱人为被爱者的亲族所痛恨 (3) 被爱者（男）是爱他子女的伙伴的仇人 B：(1) 爱人（男）是杀死被爱者的父亲的人 (2) 被爱者（男）是杀死她的另一爱人的父亲的人 (3) 被爱者（男）是杀死她的另一爱人的兄弟的人 (4) 被爱者（男）是杀死爱他的女子的丈夫的人 (5) 被爱者（男）是杀死爱他的女子的原来爱人的人 (6) 被爱者（男）是杀死爱他的女子的一个亲族的人 (7) 被爱者（女）是杀死爱人的父亲的人的女儿
30. 野心	野心者	阻挡他的人	A：(1) 野心为自己的亲族兄弟所阻止 (2) 野心为亲戚或受恩的人所阻止 (3) 为自己的党羽所阻止 B：反叛的野心 C：(1) 野心的贪婪连续地造成罪恶 (2) 枭獍似的野心
31. 人和神的争斗	人	神	A：(1) 和神斗争 (2) 和信仰某一神的人斗争 B：(1) 和神争论 (2) 因为侮辱神道而被罚 (3) 因为在神前傲慢而被罚 (4) 狂妄地和神竞争 (5) 鲁莽地和神竞争

种类	主要人物	其他必要的人物	细目
32. 因为错误而生的嫉妒	嫉妒者	被嫉妒的人	A：(1) 错误因嫉妒者的疑心而生出来 (2) 错误的嫉妒，因为凑巧而生出来 (3) 误认友谊的爱为男女之爱 (4) 嫉妒为恶意的造谣所引起 B：(1) 嫉妒为怀恨的叛徒所挑起 (2) 同（上），但是叛徒是为了自己的利益 (3) 同（上），但是叛徒是为了自己的利益与嫉妒 C：(1) 夫妻间的相互嫉妒，为情敌所挑起 (2) 丈夫的嫉妒，为失败的情敌所挑起 (3) 丈夫的嫉妒，被一个爱他的女人所挑起 (4) 妻子的嫉妒，被一个受过斥逐的情敌所挑起 (5) 一个得意的情人的嫉妒，被一向受欺的丈夫所挑起
33. 错误的判断	错误者	受害人，错误的原因	A：(1) 需要信托的地方，发生了错误的疑忌 (2) 误疑自己的情妇 (3) 误会爱人的态度而生疑忌 (4) 因为对方冷淡而生错误的疑忌 B：(1) 为救一个友人，故意使人怀疑自己 (2) 打击一个冤枉无辜的人 (3) 同（上），但冤枉的人因曾生过恶念，自觉有罪 (4) 一个目击罪恶的人，因为欲救一个所爱的人，听任旁人责备那个被冤枉的人 C：(1) 听任旁人责备一个敌人 (2) 错误是由一个仇敌故意引起的 (3) 错误是由她的兄弟故意引起的 D：(1) 犯罪者嫁祸于他的敌人 (2) 犯罪者早就布置好的，嫁祸于他的第二个欲害的人 (3) 嫁祸于一个情敌 (4) 嫁祸于一个无辜的人，因为此人不肯与他共同作恶 (5) 一个被遗弃的情妇，嫁祸于她从前的情人，因为他不肯去欺骗她的丈夫 (6) 受了人家的故意陷害（错误的判罪）之后，努力恢复地位并设法报复

种类	主要人物	其他必要的人物	细目
34. 悔恨	悔恨者	受害人或罪恶	A：(1) 为了一件人家不知道的罪恶而悔恨 (2) 为了弑父而悔恨 (3) 为了谋杀而悔恨 (4) 为了谋杀丈夫或妻子而悔恨 B：(1) 为了恋爱的过失而悔恨 (2) 因为犯了奸淫罪而悔恨
35. 骨肉重逢	寻觅者	寻得的人	
36. 丧失所爱的人	眼见者	死亡者	A：(1) 眼看骨肉被残而不能救 (2) 为了职务上的秘密，把不幸加到自己人身上 B：预见一个所爱的人的死亡 C：得知了亲族或挚友的死亡 D：得知所爱人死亡，因失望而蛮性发作

以下是 36 种情节模式对应的经典电影：

1. 求告：《淘金记》《关山飞渡》

2. 援救：《党同伐异》

3. 复仇：《伊万的童年》

4. 骨肉间的报复：《狮子王》

5. 捕逃：《筋疲力尽》《邦尼和克莱德》《天生杀手》

6. 灾祸：《鸟》《幼儿园》

7. 不幸：《芙蓉镇》《末代皇帝》《活着》《钢琴师》《一九四二》

8. 革命：《战舰波将金号》《黄土地》

9. 壮举：《红高粱》《血战钢锯岭》《巴顿将军》

10. 绑劫：《完美世界》《危情 24 小时》

11. 释迷：《公民凯恩》《现代启示录》《鸟人》

12. 取求：《林家铺子》

13. 骨肉间的仇视：《乱》《呼喊的细雨》《野战排》

14. 骨肉间的竞争：《高跟鞋》

15. 奸杀模式：《天国车站》

16. 疯狂：《幻觉》

17. 鲁莽：《飞越疯人院》

18. 无意中恋爱的罪恶：《小城之春》

19. 无意中伤残骨肉：《楢山节考》

20. 为了主义而牺牲自己：《士兵之歌》

21. 为了骨肉而牺牲自己：《一江春水向东流》

22. 为了情欲的冲动而不顾一切：《魂断威尼斯》《卡门》《魂断威尼斯》

23. 必须牺牲所爱的人：《要热爱人》

24. 两个不同势力的竞争：《野山》

25. 奸淫：《玛丽亚·布劳恩的婚姻》

26. 恋爱的罪恶：《月亮》《蜘蛛女之吻》《霸王别姬》

27. 发现了所爱的人的不荣誉之事：《远山的呼唤》

28. 恋爱被阻碍：《瑞典女王》《马路天使》《音乐之声》《毕业生》

29. 爱恋一个仇敌：《罗密欧与朱丽叶》

30. 野心：《美国往事》

31. 人和神的斗争：《裸岛》《罗丝玛丽的婴儿》

32. 因为错误而生的嫉妒：《似水流年》

33. 错误的判断：《黑炮事件》

34. 悔恨：《德克萨斯州的巴黎》

35. 骨肉重逢：《金色池塘》

36. 丧失所爱的人：《城南旧事》《走出非洲》

五、情节中的悬念

悬念是情节设置的重要手段，受众因悬念被吸引。

（一）什么是悬念

说到悬念，《辞海》的解释是：欣赏戏剧、电影或其他文艺作品时，对故事发展和人物命运的关切心情。悬念其实就是观众对剧情中所关注的一种期待，而这种期待的出现离不开设置期待的编剧和接受期待的观众。

从编剧角度看待悬念，悬念是一种惯用的编剧方法。试想一下你在给准备入睡的孩子讲睡前故事，如果你的故事中没有任何他期待的，他就会对故事毫无兴趣，故事可能会讲得苍白无力。为什么会出现这样的情况？答案就是没有运用悬念。悬念一词是舶来品，是西方编剧理论中的重要概念。最早在亚里士多德的《诗学》中就有体现，相对于西方戏剧理论中的悬念，中国戏曲理论中也有相对应的概念，例如："卖关子""结扣子"，虽然表述不同，但功能毫无二致，都是撰写情节的一种剧作手段。不仅是电影电视剧的编剧在运用悬念给人们讲故事，其实只要涉及情节的一切文艺作品都在运用悬念，章回体小说便是运用悬念的出类拔萃的艺术形式。章回体小说是中国古典长篇小说的主要形式，说书艺人通过分段的形式将章回体小说讲给观众，每回开头以"话说""且说"等起叙，每回末有"欲知后事如何，且听下文分解"之类的收束语，而在结束语之前的情节总会给观众留下一些悬而未决或留下想象空间的事件，这就是对悬念的运用。我国的四大名著均是章回体小说，所以，悬念是编剧创作情节的基本工具。

从观众角度看悬念，悬念就像一位和观众热恋的情人，这个情人能让观众废寝忘食、如痴如醉。在网络时代到来之前，有一部万人空巷的电视剧《渴望》，就和观众谈起了"恋爱"，每到播出时间，观众就守在电视机前，等待"情人"，其实就是等待昨天编剧在电视剧结尾留下的悬念，当大家看到悬念揭晓的那一刻，总会说："我就知道是这样的。"网络时代到来后，观众经常可以将一部电视剧一口气看完，但悬念依然会"折磨"大家。观众会被扣人心弦的剧情吸引，剧情通过悬念"缠绕"观众。

（二）悬念的分类

从剧本的横向维度可以把悬念分为总悬念和分悬念，从剧本的纵向维度可以把悬念分为盼望式悬念和突发式悬念，无论哪种悬念分类，它们的最终目标是一致的。

1. 总悬念与分悬念

总悬念自始至终贯穿在一部文艺作品中，并承载人物之间的主要矛盾冲突，能使受众对文艺作品保持新鲜感，并具有情节的方向性。总悬念在情节设置中一般居于开端部分，给观众一个总体期待。随着情节的发展与人物矛盾冲突的加剧，总悬念的方向性也是指向故事结局的，总悬念在高潮部分被推上顶峰并在结尾得到解决。总悬念在情节设置中处于骨架的作用，给情节设置的"开端""对抗""结局"三部分提供支撑，并在每部分中起到统领叙事功能，支配三部分的叙事方向。

例如美剧《越狱》第一季，该剧讲述身为建筑工程师的迈克尔，得知自己的哥哥被人陷害，一个月后在监狱将被执行死刑，迈克尔设计了完美的越狱计划，他把监狱设计图文在自己的身上，通过犯罪也进入监狱，之后策划了一系列的越狱行动。《越狱》第一季共22集，每周播出一集，历时半年多播出完毕，在长达半年的播出时间里，观众被一个总悬念牵制着，这个总悬念就是弟弟迈克能否和哥哥林肯顺利地越狱。所以说总悬念的特征是要贯穿始终。

分悬念位于文艺作品的某一阶段，它是服务于总悬念的编剧手段，它在剧情的发展过程中可以存在于一个叙事章节中，也可以出现在一个叙事单元里，或是一场戏中，但这些分悬念需要很快得到解决，分悬念的方向性是指向总悬念的，并不用直接指向故事结尾，它始终服务于总悬念。总悬念与分悬念的第一个区别是分悬念随时可以出现，不必像总悬念那样在故事开端就要设置；第二个区别是分悬念存在的时间较短，在短时间出现也可在短时间内解决。以《越狱》第一季为例，总悬念是弟弟能否带领哥哥越狱成功，围绕着总悬念可以设置很多分悬念，如迈克能否说服狱友一起越狱？迈克能否进入医护室？迈克能否穿过精神病犯人区域？

2. 盼望式悬念与突发式悬念

盼望式悬念是在观众知晓的基础上建立起来的，在观众了解空间、时间、人物关系、事件的基础上，让观众得到比剧中人物更多的信息量，通过观众自身的理解对即将发生的事件做出判断。我们引用希区柯克的一个例子。在一个房间里四个人正在聊天，茶几底下有一颗定时炸弹，距离爆炸还有 10 分钟，而画面里的四个人浑然不知，这时观众便会产生焦虑感。这就是典型的盼望式悬念，观众想知道 10 分钟后会是什么情况，在这 10 分钟内有没有新的情况发生，例如：有没有人会发现？发现之后他们怎么办？房间的门是否能出去？是谁放的炸药？这些问题会出现在观众脑海中。这就是观众在知晓的基础上，对事件做出了自己的判断，这个判断会让观众更持久、认真地关注事件的进展，并在关注事件的过程中产生相应的情绪。

以日本短片《AIR 医生》为例，主人公乘坐的飞机上有一名需要立即手术的病人，空乘人员在飞机上寻找医生，主人公举手自称是医生，以下是剧作者设置的盼望式悬念：

（1）主人公不是医生，他的真实身份其实是一个没有考上医学院的假医生。

（2）假医生为病人准备手术，但心生悔意，他找各种理由要求返航，他说需要护士和麻醉师，空乘人员在飞机上寻找这两种职业的乘客，果然有一名护士和一名麻醉师站了起来，但是护士和麻醉师的身份也是假的。

（3）假医生以没有手术工具为由继续要求返航，此时有一乘客劫持了一名空乘人员，要求继续飞往夏威夷，这时编剧又让观众了解一个信息，两名空乘人员也是假的，这两人的真实身份是劫匪，原本打算劫机。

（4）假空乘报告机长机舱情况，编剧又告诉观众，机长其实也是假的，假机长原来是空乘人员。

（5）之后飞机上有一名自称艺术家的人告诉假医生，飞机上就有手术需要的器械，其实这名自称艺术家的人是一名被停职的心脏病外科医生。

以上就是典型的盼望式悬念，观众的信息量大于剧情中的人物。在悬念的牵引下，观众肯定会提出疑问：假医生是否能救活病人？假护士、假麻醉师、假空乘、假机长，还有一个真正的医生接下来会发生什么故事呢？让观众带着疑问观看影片就是盼望式悬念存在的意义。

突发式悬念是在观众不知晓的基础上建立起来的，剧作者让观众和剧中人物得到相等或更少的信息量，在不知情的情况获得一鸣惊人的效果。还以希区柯克的例子说明，在一个房间里四个人正在聊天，突然，炸弹炸了，大家都会惊慌失色，这就是典型的突发式悬念。我们以一些灾难题材的影片举例，电影《泰坦尼克号》中的游轮撞击冰山、电影《2012》中突如其来的自然灾害、电影《釜山行》中突然出现的僵尸都是突发式悬念。

在实际运用上，这两种悬念一般混合使用，以达到更佳的剧作效果，如电影《灰姑娘》的结尾段落，年轻的国王命令公爵在全国寻找能穿上水晶鞋的女孩，公爵和国王的军队来到了灰姑娘的住所。接下来的剧情既有盼望式悬念，也有突发式悬念。

盼望式悬念：通过剧情观众知晓灰姑娘就在阁楼上，此时观众知道的信息量比剧中国王的军官知道的信息量大，观众知道灰姑娘在家而军官不知道，观众的期待是军官能否发现灰姑娘的存在，这个期待一直保持在这个段落当中。

突发式悬念：剧情中的惊喜是国王穿着便装隐藏在军队中，他听到灰姑娘美丽的歌声后命令军官找出唱歌的姑娘，这个突发式悬念的出现，配合了盼望式悬念的结束，国王终于找到了能穿上水晶鞋的灰姑娘。

盼望式悬念与突发式悬念的区别在于交代给观众的信息量有多少，观众接收的信息量大于剧中人物是盼望式悬念，等于或小于剧中人物则是突发式悬念。

（三）悬念的设置

悬念的设置有延迟信息量、增加信息量、通过调节信息量的分配比重来制造悬念、通过语言制造悬念等常见方法，在运用这些方法时一定要适度，并结合剧情关联使用。

1. 延迟信息量

延迟信息量顾名思义就是将一个事件中的某一个情节删除或延迟交代给观众，让观众产生疑问。这样的方法可以理解为调整故事的时间叙事结构。《速度与激情5》中，主人公奥康纳和特莱托密谋抢劫装有一亿美元的大型保险柜，这个段落给观众留下的悬念是两位主人公拿到一亿美金了吗？从影片中我们可以看到两位主人公与他们的团队抢劫后，被警察追逐，最后在一座大桥上被联邦特工霍布斯逮住，霍布斯留下了大型保险柜，却放走了奥康纳和特莱托，剧情进行到这里悬念还在继续，他们的行动失败了吗？当霍布斯打开大型保险柜时，谜底揭晓了，这个大型保险柜空空如也。

延迟信息量在这里开始解释，在奥康纳和特莱托用汽车拖着大型保险柜穿越一座桥下时进行了偷梁换柱，他们将存有一亿美金的保险柜拖到了拖车上，又拉走了一个一模一样的空保险柜。这个悬念的制造就是通过延迟信息量的方法实现的，在现实中我们看到的事物大多按照时间顺序进行，当我们延迟一些信息量的时候，悬念就会被制造出来。例如，在足球场看球时，球员准备踢一个点球，这时你恰巧转身接了一个电话，而背后的球场发出欢呼声，这时悬念如期而至，打电话的你不知道是哪一方在欢呼，这就是利用延迟信息量制造悬念的方法。

2. 增加信息量

增加信息量是在叙事过程中增加让观众产生歧义的信息，以达到让观众心存疑虑的效果。举个例子，还是在球场看球，你转身接了一个电话，转身后你面前的观众表情痛苦地注视着天空，这时悬念来了，球场上发生了什么？天空中到底有什么导致他们做出这样的表情，场上出现点球了？还是刮起了龙卷风？增加的信息量可以是一个表情、一个事件、一个道具、一个细节、一个动作等，但它产生的必须是反常的感觉，以达到制造悬念的效果。例如在电影《寒战》的结尾处，神秘电话要求刘 sir 释放一个人，下一个画面是李家俊在监狱中的画面，这个画面没有台词，只有演员彭于晏拿着一本书微笑地面对镜头，镜头随着书缓缓落下，聚焦在李家俊的手上，他的手在打着响指，接着画面给到刘 sir 的脸上，影片结束。此刻观众被这一个信息提起了疑问，被抓进监狱的李家俊为什么要露出笑容？他看的到底是什么书？给刘 sir 打电话的神秘人到底是谁？悬念随着信息量的增加被制造出来。

3. 信息量的分配比重

通过调节信息量的分配比重来产生悬念，在之前的期盼式悬念中已经提过，就是让观众知道的信息量多于剧中主人公获得的信息量。我们看影视作品时往往会听到这样的评论："这个人太傻了""明知道是个坑还往里跳""明知道这是个渣男还投怀送抱""明知道这个时间完成不了还浪费时间"等。这些都是编剧制造出来的悬念，是按照观众对剧中人信息不对等的原理制造出的观众比主人公还着急的状态，也被称作"知悉差异"。

4.通过语言制造悬念

通过语言制造悬念是利用对白、独白、旁白等语言来制造悬念，让观众产生疑问。电影《寻枪》中，姜文饰演的马山，一觉醒来发现自己的枪丢了，"我的枪嘞？"这句带有四川方言的对白成为经典。

以上就是悬念制造的几种方法，现在制造悬念的手段和方法还在不断创新，但无论采用何种方法，它们的功能和作用是始终如一的。

六、影视剧本中的细节

常言道：细节决定成败，这里的细节与剧作的细节是有差别的，我们需要了解剧作中的细节是什么，具有哪些功能，细节与情节的关系，细节与情节的区别等，掌握这些才能在剧作过程中游刃有余地使用细节。

（一）细节是什么

细节即在剧作中对人物、景物、环境等细微之处的造型写作，它可以塑造人物形象，渲染环境，烘托气氛，但不直接参与叙事。没有一部成功的电影是忽略细节的，即使在好莱坞注重情节叙事的电影中也会出现巧妙的细节设置。结构情节点犹如高速公路上的弯道，叙事情节点犹如弯道之间的公路，那细节就是公路两旁的风景，细节不会直接影响公路的方向及长度，但它会让这条公路的风景独特生动。

（二）细节与情节

提到情节就不可避免地要将情节与细节进行类比，其实在剧作中，情节与细节的关系既是对立的，又是统一的，最终是有机结合的。

如何理解"对立"？首先，类比一下情节与细节的功能，情节的功能是叙事，让受众知道讲述的事件，而细节截然相反，细节是造型的艺术，它的功能以塑造渲染为主，且不主动参与叙事。其次，情节与细节在剧作中所占比例不同，情节在戏剧式结构的剧情中占比较大，例如好莱坞的商业电影，情节占了剧情中大量的篇幅，反观细节占比较少，而在西方现代主义电影"生活

198

流""意识流"的流派中，情节的篇幅会大大降低，反而是大量的细节在进行情绪和气氛的渲染。在相对有限的剧作篇幅里，情节与细节会为占更多的篇幅"你争我夺"，占用篇幅的多少会带来不同的剧作效果，情节占比多时叙事节奏相对较快，细节占比多时叙事节奏相对较慢。

如何理解"统一"？情节和细节都是剧作元素，只是在不同剧情结构中占比不同，它们的目标在剧作过程中是一致的，即：以剧作者创意为指导进行剧作实践。也就是说不论什么结构的剧作，情节与细节都是为了剧作者的创意服务的。

如何理解"有机结合"？在大多数戏剧式结构的剧情片中，细节往往服务于情节，让情节更加合理，反之情节给细节提供发挥的土壤与空间，使细节有具体的渲染空间。在观影过程中我们会发现，一般节奏开始加快时是情节增加的结果，节奏放慢时细节开始增加，但更常见的方式为二者混合使用，即在一个叙事单元或叙事章节中将情节与细节完美地结合，让受众身临其境地感受剧作者创设的情境。

（三）细节的功能

1. 塑造人物

细节的第一个功能是塑造人物，这里既有人物外部形象塑造，也有人物内部性格塑造。

例如，电影《教父》的开端，饰演教父的马龙白兰度的手中有一只猫，这只小花猫懒懒地躺在马龙白兰度的怀里，伸着懒腰，在教父的腿上撒着娇，教父没有一丝不满，而是继续抚摸这只小花猫，还时不时地看一眼小猫。这只猫的设置成为电影史一个经典的细节，教父的人物塑造从这一刻就开始了，教父的威严，教父的温柔，教父的傲慢，通过这些细节可以体现出来，这就是细节对人物的塑造作用。

2014年上映的电影《一步之遥》，在电影开端阶段致敬了《教父》的场景，武七寻求马走日的帮助，饰演马走日的姜文坐在椅子上，手中拿着一只白色的兔子，虽然和《教父》中的动物不同，但他们对人物的塑造功能是如出一辙的。

2019 年上映的电影《小丑》开篇阶段，亚瑟·弗莱克是一个小丑演员，他在化妆间给自己化妆，他面对镜子故作笑容，之后神情回归失落，随后他把两只食指放进嘴里，强行将自己的嘴角向上提，露出勉强的微笑。接着他嘴角又向下，露出失落的表情，最后他把手伸了出来，回归麻木的表情，此时电影推出了片名。在这个叙事单元中，事件是亚瑟·弗莱克给自己化妆，细节是亚瑟·弗莱克用手调整自己的表情。调整表情的细节刻画出了一个内心麻木但不得不面露笑容的小丑，这就是细节塑造人物的功能。

2. 间接参与叙事

电影《囧妈》中徐峥饰演的徐伊万误乘了去往莫斯科的火车，徐伊万的母亲希望他能陪自己去一趟莫斯科，圆自己多年的愿望，但火车到了集宁站时徐伊万想下车，他想去赶飞往美国的飞机，走在通往出站口的通道上，徐伊万看到手中的演出宣传单右下角有一行小字：参加活动需要缴纳报名费两万元。他没有在意，继续往出站口走，走了几步，他站住了，从大衣口袋中掏出三块大白兔奶糖。当他回头看向车厢时，车窗旁的妈妈也在偷偷地看徐伊万，看到徐伊万回头，妈妈又把自己的头缩了回去，留下了空空的车窗，之后徐伊万继续朝出站口走，忽然，他转身，他决定放弃去美国转而陪妈妈去莫斯科。

在这个叙事段单元中，情节是徐伊万看到宣传页上报名费的字样，放弃去美国，决定陪妈妈去莫斯科。细节是大白兔奶糖、空空的车窗。我们可以清晰地看出，情节负责叙事，主人公徐伊万看到报名费两万元的字样担心妈妈去莫斯科上当受骗，转而放弃原计划。细节中的大白兔奶糖和空空的车窗首要功能是塑造妈妈的人物性格，无微不至、舐犊情深的母爱从这两个细节可以看出来。但我们也要看到细节辅助情节叙事的功能，徐伊万看到报名费两万元的时候是没有改变主意的，他继续朝着出站口的方向走，这时大白兔奶糖和空空的车窗这两个细节辅助剧情顺理成章地进行下去。

3. 升华主题

电影《这个杀手不太冷》有一个贯穿始终的细节——主人公里昂身边的绿植。无论里昂一个人在家时，还是里昂和玛蒂尔达搬离公寓时，直到最终玛蒂尔达把绿植种在了学校的大树旁。绿植这个细节在电影中多次出现，从叙事角度看它没有推动叙事，但这个细节以隐喻的方式起到了升华主题的作用，让观众看到一个冷血杀手温暖的内心世界。

4. 渲染情绪

在电影《天堂电影院》的开端，功成名就的导演多多回到家中，撩动窗帘向外看，镜头的焦点由被摄主体的多多转为镜头中的前景风铃，之后多多在与妻子的交谈中得知老电影放映员阿尔弗莱多去世的消息，他将身体扭向了窗户的方向，此时印在多多脸上的影子便是风铃的影子，窗外响起了雷声，闪电照在了多多沉思的脸上。在这个叙事单元中，事件是妻子告诉多多阿尔弗莱多去世了，细节是风铃、闪电、雷声。这三个细节的主要功能是渲染多多的情绪，风铃声、闪电、雷声使多多陷入过往的回忆，观众可以感受到他的回忆一定是刻骨铭心的，也许是无忧无虑或不堪回首的童年，也许是一场海枯石烂的真爱或见异思迁的爱情，也许是一些关于生死离别的回忆，无论这之后的情节是什么，观众已从这几处细节中感受到人物复杂的情绪，由于细节对情绪的渲染烘托，拉近了观众与主人公多多的心理距离。

一、逆向思维：打破结构

当编剧脑海中的思绪在不断碰撞时，应该立刻把想法写下来，将那些重要场面、创意想法和人物都描绘出来，或许这时编剧已经迫不及待地想要将这些都搬上台面来。

但是我们还需要再拿出一些时间来仔细思考，这个思考会让写作更加顺畅，思考什么呢？思考如何建立你的剧本框架。

接下来我们探讨一下剧本的结构。

（一）打破结构，细化整合

先看这样一个故事，莱纳德新婚不久后遭遇了一次入室抢劫，两名歹徒不仅杀了他的妻子，还在搏斗中让莱纳德的头部受损，莱纳德患上了"短期失忆症"，他的记忆仅能保留十分钟。

莱纳德在警察泰迪的帮助下杀了两位歹徒，复仇后他拍照留念。警察泰迪心生歹意，打算利用莱纳德的复仇欲望和"健忘症"将其"复仇线索"导向毒贩吉米。莱纳德在警察泰迪的误导下杀死毒贩，而泰迪独吞了毒贩留下的20万美金。莱纳德对此误导并不知情。有一次，他来到酒馆结识了娜塔莉，这个时候泰迪再一次利用莱纳德的病让他除掉了威胁自己的同伙多德。无法分辨真假的莱纳德将警察泰迪的车牌号列入凶手的线索清单，最终杀了"杀妻凶手"。

在此期间，另一个萨米的故事穿插其中，将原先的电影结构打破，整个故事分成 45 个片段，成为一半顺叙一半倒叙的混合。

在这个名叫《记忆碎片》的电影里，男主人公莱纳德自受伤之后，再也不能产生新的记忆，新发生的一切事情他都会忘记。导演诺兰想找到一个方法将这种体验赋予观众。诺兰决定将故事对观众进行隐瞒，使其能像对主角隐瞒一样把信息对观众也隐瞒起来，这样就能把失忆这种感受很好地传递给观众。导演始终用倒叙的彩色段落和顺叙的黑白段落将这种感官色差来回切换，让观众在谜团和事实之间穿梭。整个影片故事的结构被打破，这种结构使观众不可能在一场戏的开头就掌握情况，在观影过程中观众会一直陷入迷茫，这种结构让观众始终面对一个又一个问题，伴随剧情发展再揭开一个又一个谜团。

图 8-1　电影《记忆碎片》海报

结构重组后最核心、最重要的问题在电影开头的几场戏中被引出。开场时，观众看见主角莱纳德杀害了一个叫泰迪的男人。这个谋杀的情景让观众不解。莱纳德为什么要杀泰迪？泰迪就是那个杀了莱纳德妻子的人吗？之后，导演通过一些和拍立得照相机有关的镜头，贯穿了好几个场景。

莱纳德由于患有"短期失忆症"，因而他会给每一个他遇到的人拍照，并且在背后做笔记。这样过一阵子，在他忘记这个人的时候，他可以靠这些信息了解他和这个人的关系，一旦观众注意到这些事，就想知道笔记背后的故事。比如娜塔莉的相片后面写着：她也曾失去挚爱，她会帮你走出伤痛。这个信息第一次出现时我们才知道他是在什么样的情境下写的，但是照片上有一行字被划掉了，这让观众产生好奇：这行字是什么？它为什么被划掉？划掉的字究竟隐藏了什么秘密呢？

直到信息再次出现，观众才发现，泰迪警告莱纳德，娜塔莉只是在操控他，不值得信任。泰迪劝说莱纳德，不要相信娜塔莉的话。但当泰迪离开时，莱纳德看到了他写在泰迪照片背后的话：不要相信他的谎言。

于是再一次，观众想知道莱纳德写下这行字的原因。结构重组后，每一场戏都把我们带回更早之前，寻常的场景构建中的一些元素必须得到调整。在大部分电影中，每一场戏的结尾都会使观众想知道接下来将发生什么，但在《记忆碎片》中，彩色段落开头就让人产生疑问，不是"接下来将发生什么"，而是"刚刚发生了什么"。

比如，有一场戏的开头部分，莱纳德坐在一间汽车旅馆的洗手间里，他手里拿了一个空酒瓶。他觉得自己没有喝醉。所以我们开始想，他是怎么来到这里的？为什么他拿着一个酒瓶？

在下一个彩色段落中，我们知道莱纳德是为了躲避一个追他的男人。他闯入了这个房间，以便能够伏击正在追赶他的男人，他抓起一个酒瓶当作武器，躲进洗手间，但由于他的记忆问题，他很快忘记他在做什么。

电影以这种方式在每个彩色段落提出一个新问题，同时也回答一个之前的问题。通过持续地保留信息，诺兰使他的倒序段落保持吸引力，但是用这种结构组成一部电影很容易让人感到疲惫，为了让观众始终保持一种新鲜感，不觉得故事单一，就需要不断给予观众新的刺激，这就是为什么诺兰要选择在其中安插一个萨米·詹金斯的故事。

电影中莱纳德大部分时间都在与一个身份不详的人打电话，萨米·詹金斯的故事以闪回的形式讲述，莱纳德详细叙述了从前的事件，他讲述了在他是个保险调查员的时候与同样有记忆问题的萨米打交道的故事，萨米的故事对观众来说之所以真实可信，正是因为电影采取了一种令人熟悉的叙事方式，让观众了解萨米也是这个故事的支柱之一。

而在那些彩色段落的呈现，例如，有个场景是莱纳德拿着一个空酒瓶，呆呆地坐在旅馆的洗手间，这个场景会引发观众思考情景出现的原因，紧接着在下个彩色段落观众立刻得到了答案，莱纳德为了伏击正在追赶他的男人，才抓着酒瓶当武器在洗手间紧张地等待。从这些结构段落中，我们更加清晰地了解了莱纳德的人物弧，可以一瞥他从前的样子，看到塑造了他性格的那些选择，以及他看世界的方式。同时，萨米·詹金斯的故事也对我们理解影片的末尾起到了至关重要的作用，因为有了这些分散但连贯的段落故事，我们才知道莱纳德那些自以为丧失的记忆碎片，甚至是事实，究竟是什么，最终意识到所有的一切不过是一种自我逃避的心理暗示，让大家在理所当然中又觉得有些不可思议，这才是诺兰的高明之处。当然，这个复仇故事也可以从头讲起，按照时间顺序讲述，讲述一个男人如何与妻子相爱，新婚后妻子被杀害，他在搏斗中受伤，他患上了短期失忆症，之后他想找到杀害他妻子的人复仇。

两种结构方式，第一种彩色段落的倒叙结构充满了张力，让人时时刻刻想要知道莱纳德下一刻的行为，第二种黑白段落的顺叙结构则是按照时间顺序缓缓道来，用细节逐渐推动剧情。

其实不难发现，即使是同样的故事，结构不同，电影带给观众的感觉也会截然不同。很显然，《记忆碎片》的导演诺兰将复仇故事的结构切碎后，找到了一个独特的角度切入故事，他巧妙地在倒叙中不断插入一小段正叙故事，让原本带着谜团的倒叙在最恰当的位置中断。而从观众的视角，就如同那记忆有问题的主角一样，从最近发生的事情开始，一个片段一个片段地想起前面发生的事件，最终将一切串联起来。导演将时间结构打乱揉碎，用一种另类的表达方式重组整个事件结构，使这部电影充满了吸引力。

重组结构是将故事的叙述方式揉碎了以后再整合，它是一种编结构造故事的动作，是一种独特的呈现方式，也是承载故事内容的骨骼。如果骨骼构架散乱，内容将溃不成军。所以在创作中，结构可以独特，但一定不能散，剧情要牢牢地把握整体构架。

（二）结构是什么

在古希腊时期，人们就已开始了对结构理论的探索和研究，现如今，新的结构层出不穷。那么，结构究竟是什么呢？

一个故事是由人物、情节、场景、段落、动作、对白、事件等元素组合而成的，作者需要将这些有规律、有条理地组织成一个整体，并且给予这个整体丰满的人物形象，完整的开场、中段和结尾。基于此我们也可以将电影剧本故事定义为由画面、对白和描述性文字来叙说的故事。

结构就是对创作素材的布局和设计，它是电影剧本创作过程中的起始点，它与人物以及情节等元素时刻紧密地交织在一起。结构是剧作者根据自身对生活的理解和感悟，按照一定思想内容以及主题的需求，运用影视思维将人物、素材、事件合理地加以组织和排列，使其展现艺术创作的规律，使其内容既符合生活又高于生活，从而呈现统一、完整的思想内容。

结构是一个框架脉络，也是整个故事的脊椎骨。它可以将整个故事中零散细碎的小片段、小画面通通收纳到一起，以一定的次序将其框入框架中。我们可以将咖啡、茶水、牛奶、橘汁、水等任何液体注入玻璃杯，也可以在其中添加什锦干、果仁、葡萄干等，但玻璃杯外在结构并不会有变化。同样的道理，剧作结构的框架也可以妥帖地容纳所有故事，无论故事是什么题材、描写了什么人物，无论故事是线性叙述型故事还是非线性叙述型故事。

一般情况下，我们研究结构有两个目的：

第一，结构可以用于分析一部作品。我们可以用所习得的结构来切割、解读一部作品。

第二，结构可以作为剧本创作的参考依据。在电影剧本创作过程中，电影作品和文章、小说一样，没有一个必须规定的结构方式。结构是研究者总结出来的，目的是为创作提供参考依据。

结构不是唯一的，它是多样性的。因为生活本来就是丰富且多变的，每一个剧作者要表达的思想和主题都是不同的，他们对生活的认识也是不同的，剧作的表现形式会因为内容和感受的不同而发生相应的变化。

需要注意的是，提到影片结构，从来不是指剧本精神层面的深层次结构，而是指能够看得见的剧本外部构成，即电影情节的构成和铺展的方式，也就是一部电影是如何开头、如何展开、如何结束的。

（三）分解结构：切成三段

电影里的结构究竟是怎样呈现的呢？

让我们以 2019 年奥斯卡金像奖最佳影片《绿皮书》为例：

混混托尼为了养家，亟须一份工作，他参加了黑人音乐博士唐·雪利寻找前往南方巡演司机的面试，并最终通过。在 20 世纪 60 年代种族隔离严重的美国南部地区，他们很容易陷入麻烦。一路上，两人因为观念不同和迥异的性格产生了很多矛盾，南部地区对黑人的歧视让他们多次陷入困境。在巡演最后一站，不忍看到唐·雪利博士遭受不公正待遇的托尼与唐·雪利一起反抗，两人最终在观念上达成一致，成为真正的朋友，并在下着大雪的圣诞夜返回家乡。

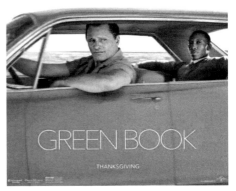

图 8-2　电影《绿皮书》海报

《绿皮书》除去片头片尾全片长度为 2 小时 12 分钟。三个部分在全片所占时长分别是：开头部分为 24 分钟，约占全片 1/4；发展部分为 24 分钟至 96 分钟，约占全片 1/2；结尾部分为 96 分钟至 120 分钟，约占全片 1/4。结构如下：

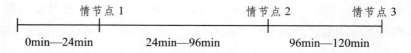

开头的任务是将人物带入困境，也就是开始建制情境。主人公托尼因为夜总会装修，难以养家，他不得不重新找一份工作。作为白人，在面对雪利博士时，他能够接受为其开车、摆平事情，但不能接受烫衣服等一些仆人才会做的事。雪利博士亲自打电话说服托尼妻子，让托尼接受这份工作。雪利博士打电话给托尼妻子改变了托尼的动作轨迹，让两个主要人物正式产生交集，为矛盾的产生做好了准备，这个情节是开头部分与发展部分的分割点，这个情节被称为情节点 1。

发展部分是主要剧情所在，在中国剧作理论中被称为"猪肚"，发展部分的情节是主要人物矛盾产生和对抗的过程。《绿皮书》的发展部分，讲述了托尼与雪利博士正式踏上南方巡演之路，两人一路上经历了赌博、捡石子、雪利酒吧被欺负、雪利教托尼写信、雪利被抓、雪利误会托尼辞职和雨夜被抓等多个事件，两人在矛盾和对抗中不断靠近。雨夜被抓事件后的争吵，是托尼与雪利博士人物内在关系的转折点，从此之后，托尼与雪利博士开始互相理解。这个情节是发展部分和结尾部分的分割点，被称为情节点 2。

结尾部分，矛盾最终解决，是人物走出困境、故事走向结局的关键部分。巡演最后一站，因为雪利博士在演出餐厅遭遇种族歧视，托尼决定同雪利博士一起反抗不公正的黑人歧视，放弃巡演最后一站。雪利博士将才华献给了黑人专属酒吧。两人冒雪开车回家，在托尼支撑不住时，雪利博士开车将托尼送回家。圣诞夜寂寞的雪利博士来到托尼家，受到托尼家人的热情欢迎，尤其是托尼的妻子，她与雪利博士深情拥抱。这个情节代表托尼与雪利博士的友谊从工作延伸到生活日常，它将全片推向了高潮，更是人物塑造与剧作主题的最后一次升华，堪称全片的点睛之笔。这个情节被称为情节点 3。

以上是戏剧结构中最常见的一种结构——三段式结构。

电影结构最早的参照物是戏剧结构。影视剧的结构模式源于戏剧结构模式。

随着戏剧结构的演变和延伸，也为了让故事更加吸引观众，原来的三幕剧开始被引入电影结构，形成三段式结构。三段式结构是最古老的一种剧作结构，至今仍然有着强大的生命力，后来还发展出四段式结构和五段式结构。

悉德·菲尔德是一位著名的电影编剧，他将三段式结构分为三部分，结构如下：

在一部标准的电影剧本中，不管它的情节点有多少，设置了多少个情节段落，它都可以分为三个部分：开端、发展和结尾。假如电影时长 120 分钟，那么，剧中开头、发展和结尾所占的时间比例为：开头部分占时长约 1/4，30 分钟；发展部分占时长约 1/2，60 分钟；结尾部分占时长约 1/4，30 分钟。

《绿皮书》的结构堪称传统三段式结构的范例。三段式的开始，重点在于"交代"，交代人物，树立起主要人物形象，思考将主要人物放在何种情境下、主要人物和其他人物之间的关系，以及主要人物的目标等。发展是故事的核心，这部分内容包括主角在实现目标的过程中遭遇的挫折及他做出的反应。结尾需要给观众交代主角到底有没有达成他的目标，交代人物命运的归宿是什么。

（四）四段式结构

三段式结构是结构中较为工整的一种结构，除三段式结构外，还有四段式结构。下面我们以一部根据真人真事改编的电影《左右》来解说四段式结构的几个部分。

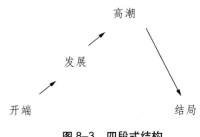

图 8-3　四段式结构

1. 开端

故事发生在21世纪的当下，地点是中国的某个中型城市。故事的开端介绍了人物关系和所处的环境：女主人公枚竹和前夫离婚三年，她带着女儿禾禾生活，枚竹和前夫分别成家，各自都有幸福的归属。如今枚竹是一名房地产中介，她现在的老公是个善良的人，对待她们母女也非常好。故事从枚竹突然发现女儿禾禾得了白血病开始，故事的矛盾中心开始凸显：如何找到治疗孩子病的方法。最有效的方法是利用孪生姐妹的脐带血，但如何让禾禾有个孪生姐妹成为难题。于是一个人的问题发展成为两家人的烦恼。如何救禾禾成为影片的总悬念。

开端，又叫起因或开场，它一般位于影片的前10分钟至15分钟，在这个时间段，需要让观众知道谁是故事的主角，然后去交代故事的时代背景、社会背景、时间、地点、空间环境、人物以及他们之间的关系。主角所处的环境以及故事展开的前提要素在这里都需要展现出来，为整个故事做铺垫。电影《左右》中枚竹如今的婚姻状况、前夫现如今的婚姻状况等都属于基本信息。当基本信息介绍完毕后，在开端部分需要引出整个故事的起因，将主要的矛盾冲突点建置出来，引出影片的最大悬念，为后续情节的发展埋下伏笔，接着再去推动剧情。

2. 发展

电影《左右》的剧情接着推动，总悬念在开端部分化作伏笔，禾禾被查出患白血病，那么枚竹就要和前夫再生一个孩子，用脐带血来救禾禾的命。可是他们已经离婚多年，各自都有了新的家庭，面对这样一个合情但不合理的要求，两家人要如何面对？一个又一个问题产生了。枚竹如何把这个想法说给自己的丈夫听，丈夫会理解并支持自己的行为吗？如何让前夫答应自己的要求？前夫的现任妻子又会有怎样的反应和态度呢？究竟该如何挽救女儿禾禾呢？面对这一系列阻碍，人物性格得以慢慢展现，我们在电影中看到主人公枚竹始终以母亲对孩子无私的爱来展示自己的执着和坚强。在拯救禾禾的目标前提下，她对深爱自己的丈夫充满了内疚，面对一次又一次试管婴儿的尝试失败，她迫不得已一次又一次去恳求自己的前夫，而她的前夫面对现任妻子的指责，对枚竹的请求一次又一次躲闪。影片中矛盾一次又一次显现，让每一个人物的性格在剧情中都得到展现。

这是整部影片的发展部分，是剧情从开端到高潮中间的部分。

一部 90 分钟的影片，发展一般是在影片的 20 分钟至 60 分钟，占影片大部分的时间。开端部分的矛盾冲突被揭开后，会在发展部分进一步加深和凸显，主要矛盾和其他冲突相互交织，使情节和情绪有一个上升的过程。

3. 高潮

剧情经过一定发展，在枚竹的不断努力下，两家人终于接受了枚竹的建议，但事情并没有想象中那么顺利，由于前夫精子数量不足，枚竹试管婴儿的尝试失败了。枚竹迫不得已向前夫提出请求，想要与他进行自然受孕，这样尖锐的矛盾和冲突，是非常难以抉择的。在孩子的生命与道德束缚的天平上，剧情推向了高潮。

高潮也叫"顶点"，一般在影片的 70 分钟至 80 分钟左右呈现。高潮对剧情起决定性作用，它对人物的命运、事件的发展走向起关键性的作用，是剧情的核心部分。矛盾冲突通过发展的铺垫，在这一刻已经达到最激烈、最尖锐的时刻，是观众的情感和剧中人物的情感碰撞最激烈的地方。这个部分是整个剧作的中心，主题此时应该有明确的升华和展现。

"高潮的三个功能是：冲突和矛盾的最后爆发；化解、人物戏剧需求的最终实现和总悬念的解决。"在这部电影中，冲突的最终爆发就在于究竟是继续采用大概率会失败的人工受孕，还是采用成功率更高但会受到道德谴责的自然受孕法。在生命与道德的抉择中，情节的发展也让观众的情绪达到高潮，同时进行着思考和选择。

4. 结局

最终，枚竹的前夫在苦苦挣扎之后，为了孩子的生命，越过道德的谴责和社会的舆论，选择配合枚竹完成自然受孕。枚竹怀孕了，枚竹的丈夫用博大的胸怀接受了这个孩子，枚竹的前夫和妻子也和好如初。两家人最后用一种包容的态度，接受了对方的做法，用爱托起了禾禾的生命。

结局也叫"收场"，是四段式结构中最后一个部分。它是在剧情的高潮结束后给观众们的心理形成缓冲的一个阶段，是整个剧情的结束部分，有时可以补充一些剧情的结果。在这一部分矛盾冲突在高潮点结束或化解后，故事在情节上有了结果，人物的性格塑造已经完成，人物关系得到解决，主题得到升华，整个故事完成。

一般来说，结局有两种方式：封闭式结局和开放式结局。这部电影的结局有了明确的态度和结果，矛盾被化解，属于封闭式的结局。无论是喜剧结尾还是悲剧结尾，只要有了一个明确固定的结尾，那么就属于封闭式结局。矛盾没有得到明确的解决，但已经有了新的突破，给人一种联想，观众可以按照自己的理解方式和喜好去揣摩故事，给故事一个结尾，这是开放式结局。

四段式结构要求每一部分环环相扣，开端、发展、高潮、结局这种结构与我国古代作文中的"起承转合"相契合。

这种戏剧模式强烈的矛盾冲突容易造成紧张感、富有悬念。它形成于电影艺术发展初期，到 20 世纪三四十年代日渐成熟，此结构在电影创作中占有重要的地位。经典影片《魂断蓝桥》《燃情岁月》《红高粱》《霸王别姬》《长江七号》等都运用了四段式结构。

德国戏剧理论家古斯塔夫·弗莱塔克曾提出过五段式结构，与四段式结构有很多相似之处。

通过图示，我们能够发现弗莱塔克将五段式结构分为开端、上升、高潮、下降和结局五个部分。这个结构范式被称为"金字塔公式"。五段式结构有其合理性，但这个结构的问题也很明显，那就是它的高潮部分出现在第三部分，也就是中间部分。正常电影的高潮总是出现在影片的后部，高潮过后马上结束全片，但五段式结构中高潮过去后还有一半的情节在走向下降。

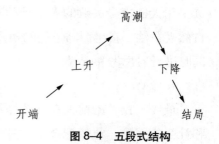

图 8-4 五段式结构

二、非传统式结构

非传统式结构是戏剧式结构之外的其他结构形式的泛称。它是跟随影视剧作结构的不断发展，逐渐形成的一种创新型结构，包括：套层式（也就是戏中戏结构）、板块式、散点式、圆形式、对立式的结构和时空逆序式、时空重组式、拦腰截断式等结构形式。本书着重讲解以下几种非传统式结构。

（一）戏中戏结构

剧本的结构可以将一个故事放入另一个故事，让一个故事套着另一个故事，变成戏中戏。

1593 年夏天，英国伊丽莎白一世时代，当时威廉·莎士比亚作为伦敦剧场界一名前途无量的新星却突然失去了创作灵感，承受着巨大压力的他越来越没有动力。就在这时，无比需要一位创作缪斯的莎士比亚，没有想到他会陷入爱河并将其现实的情景融入戏剧剧本。

那是一位叫薇奥拉的女士，她打破时代的禁锢，假扮成一位绅士，到剧场为莎士比亚试剧，当然莎士比亚很快就发现她是一位女士，他很快地陷入与她的热恋中，这位缪斯让莎士比亚重新获得源源不断的灵感，他觉得应该将他们之间的爱情表达出来，他创作了著名的剧本《罗密欧与朱丽叶》，薇奥拉就是他人生中的朱丽叶，而他则是守护她的罗密欧。

当然现实终归是现实，虽然笔下的恋人是勇敢热烈的，剧中的经典桥段也是莎士比亚的真实心声，但是在现实中，他只能与心爱的女人两两相望，将爱恋埋藏心底，继续生活。《莎翁情史》就是一部以《罗密欧与朱丽叶》为引，讲述莎士比亚自身创作历程的电影。

通过《莎翁情史》这部电影，我们可以看出相对于传统结构电影，戏中戏结

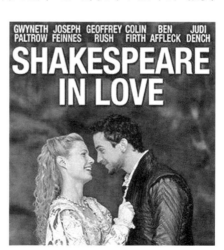

图 8-5　电影《莎翁情史》海报

构的关键就在于内层结构与外层结构之间的相互联系。

戏中戏的结构是在一部电影中套用或者引出其他故事的一种处理方式。电影《莎翁情史》涉及一明一暗、一内一外两个结构层次，外层结构是莎士比亚与薇奥拉之间的整个恋爱历程，它大体上符合传统式结构模式：铺垫、危机以及高潮。内外层结构的联系才是构成本剧最有特色、最吸引人的地方。莎士比亚从构思剧本，一直到《罗密欧与朱丽叶》完成上演的整个过程，实际上就是这部电影的内层结构。

（二）散点式结构

我们再来看电影《巴顿将军》的故事梗概：

故事发生在 1943 年的北非，美军遭遇德军反击，惨败。这时为了扭转局势，乔治·巴顿将军被临时派任第二特种部队司令官。年过半百的巴顿，上任后制定了严苛的军纪。经过巴顿的重新整顿，其部下的士兵成为一支骁勇善战、纪律严明的军队，在不久后与隆梅尔军队的再次交战中取得了巨大的胜利。

因为英勇的战绩，巴顿又被指派为第七军的指挥官。此时他决定让蒙哥马利将军去牵制赛罗可斯的敌军，自己从西西里岛南部进攻巴勒莫，但遭到了反对。艾森豪威尔作为美英联军的最高司令最终还是决定采用英

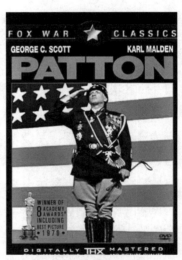

图 8-6 《巴顿将军》海报

方的作战计划。虽然巴顿非常生气，但是军人必须服从命令，他只能服从。然而在 1943 年，由于德军战斗的勇猛，蒙哥马利带领的军队无法突破防线，于是再次派巴顿上阵。在伤亡惨重的状态下，巴顿被通知停止战斗。这次巴顿一意孤行继续战斗，最终取得了胜利，攻克了防线。

基于战争取得的成功，巴顿继续被委任攻克墨西拿，而在攻克墨西拿的过程中，他因为殴打一名已经精疲力尽的战士而引起舆论的谴责，虽然巴顿以血的代价占领了墨西拿，但因其嗜血手段被迫公开致歉，最终被革职处理。

1944 年，诺曼底登陆战役，巴顿又被艾森豪威尔起用，但在这次战役中，他只起到声东击西的配角作用。德国投降后，巴顿开始发表公开言论，希望和德国人斗争下去，他再一次被撤职。

《巴顿将军》这部电影整个剧情被切割成这样几个部分："整改军队纪律，战胜隆梅尔""进攻西西里""殴打下属被革职""战后遭遇车祸"，影片将这一连串的事件整合为一体。这样的结构就如散文一般"形散而神不散"，给观众足够的回味空间。

（三）板块式结构

《罗拉快跑》这个电影的背景发生在德国柏林，主人公罗拉和曼妮是一对相爱的情侣。

故事开始，画面是曼尼站在德国柏林的电话亭里和罗拉通话，曼尼和罗拉说，如果自己在 20 分钟后没有拿出弄丢的、属于黑社会老大的 10 万马克，他肯定会被老大弄死。

图 8-7　电影《罗拉快跑》剧照

爱情至上的罗拉为了爱人，不得不拼命奔跑，她要争取在 20 分钟内筹到钱。

电影通过循环叙述和情景转换，表现了罗拉的三次奔跑，展示了三种结果。

而每次罗拉的奔跑，目的性都很明确，就是为了筹集 10 万马克去拯救自己的爱人。这是一个三段式的电影结构，每一段故事、每一条线索的剧情都处理得吊人胃口，三种人生都充满了不确定性，虽然罗拉都在奔跑，但是结局各有不同。

故事叙述的三条故事线，有三个不同版本的结局。从根本上来看，三条线其实在时空关系的表现中是有你没我的状态。一般来讲，这种时空关系的结构应该是线性唯一的，但类似《罗拉快跑》这种类型的电影，结构在空间上是非线性、多线平行的，也就是板块式结构，它虽然由多个独立的内容组织并列起来，但每个部分都有其核心的连接点。

板块式结构打破了传统电影时间单一的局限性，但板块式结构和"段落"

又有着不同之处。"段落"只是电影的一个单位，有着严密的逻辑和因果关系，它无法前后挪动，设置点是固定的。"板块"虽然也作为一个单位出现，但逻辑性并不是明显表现出来的，甚至互换设置点也并不会影响影片的主旨，其板块的顺序排列不同，有时还会产生不同的效果，而每一种排列都会给观众带来不同的观感。

（四）环形结构

1994年的电影《暴雨将至》，是环形结构的一个典型剧本。整个电影被分割成三部分：Words、Faces 和 Pictures。

第一个部分（Words）：故事发生在马其顿的一家修道院，邻村女孩莎美娜被怀疑谋杀教徒而逃亡，她藏身于修士基卢的房中。基卢是个哑巴，无法表达自己的情感，也听不懂莎美娜的语言，但爱情来临什么也无法阻挡，也是因为爱情导致莎美娜死亡。

第二个部分（Faces）：亚历山大是一名获得普利策奖的伦敦摄影师，他从战争前线回到伦敦，想要和同事安妮结婚。但是安妮是个有夫之妇，如果选择了亚历山大就意味着要离开丈夫尼克，两难之中，亚历山大来到马其顿，而尼克在餐馆的一次枪战中身亡。

第三个部分（Pictures）：亚历山大在和心爱的安娜告别后，回到了家乡马其顿。此时正处于内战，虽然马其顿和阿尔巴尼亚两地表面是平静的，但是稍有导火索关系就会炸裂。这时亚历山大遇到了莎美娜，为了避免战争再次的杀戮，在救出莎美娜后，亚历山大被本族的人杀害了。镜头转到了伦敦，此时安妮已经做好选择，准备追随亚历山大，可就在摊牌的餐馆，尼克被枪击而死。此后，安妮追寻着亚历山大的脚步来到了马其顿，却只能参加爱人的葬礼。

在影片结尾，观众看到莎美娜在逃跑，这时电影开篇的影像又重新放了一遍，至此，观众才会惊叹，原来三个看似独立的部分，其实是环环相扣、首尾相接的一个环形结构，像一个圆，终点亦是起点。

其实这部影片剧情当中有很多故意设定的漏洞，例如这个时空错乱的循环就验证了片中多次出现的一句话——"Time never dies, circle is not round"。还有在第二段安娜看科瑞和萨米娜的照片时，科瑞打电话来找亚历山大，安娜回复说："亚历山大已经走了，你可以留言。"这说明安娜那时不知道亚历山大已经去世。而在第一段中，萨米娜被杀之前，安娜已经去马其顿参加了亚历山大的葬礼，这是矛盾的。根据电影前期的各个细节，这是个不可能存在的循环。因为通过情节，可以看到亚历山大在莎美娜逃离的过程中已经死亡，他不可能出现在后面的 Faces 和 Picures 的故事中。虽然有内部设定的矛盾，但从外表上看整体时，你会发现整个故事其实是个封闭的循环结构，这也让原本看似很沉闷的影片，变得耐人寻味起来。这种非传统结构形成了封闭循环的回路，起点亦是终点。

除了以上提到的这些新颖有趣的结构模式外，还有其他结构形式，例如碎片结构、意识流结构、交织对比结构等，其丰富程度远远超过想象，而我们所能做的就是不断去学习并将它们运用到剧本创作中。

三、剧本节奏

（一）节奏感

每一部电影都像是一首动听的歌，或婉转悠扬，或跌宕起伏，而这些歌曲都有自己独一无二的节奏。

那么，"剧本之歌"的节奏究竟是怎样的呢？

我们以三幕剧结构的 120 分钟电影为例，一起来研究如何填充这张音乐节奏表。

（二）《"剧本之歌"节奏表》（仅供参考）

表 8-1　《"剧本之歌"节奏表》

片名：　　　　　类型：　　　　　编剧：　　　　　日期：

序号	节拍	主要作用	情节
1	开场，起调〔第 2 分钟（即第 2 页，下文同）〕	设定基调、情绪、风格，介绍主要人物，设置起点	
2	展现乐心〔第 5 分钟〕	提出问题或做陈述，暗示电影主题	

续表

序号	节拍	主要作用	情节
3	铺垫之音〔1分钟—10分钟〕	主要人物出场，设定主角，赏金和故事目标	
4	打破静止，不破不立〔第12分钟〕	催化时刻，粉碎原来平静的世界	
5	斗争之音〔第12分钟—25分钟〕	让主角面对以后行动的疑问，使他/她做好准备	
6	第二幕变奏点〔第25分钟〕	主角做出决定，进入第二幕	
7	副歌起〔第30分钟〕〔缓和第一幕的紧张气氛〕	喘息时刻，通常是爱情故事，从另一方面承载主题	
8	多重烟花展现〔第30分钟—50分钟〕〔呈现设定和背景〕	精彩片段，大前提中的约定，可做海报的核心元素	
9	中点〔第55分钟〕	"伪胜利"或者"伪失败"，中点撞击，提高赏金	
10	紧迫，铿锵逼近〔第55分钟—75分钟〕〔主角茫然无知而危机逐渐逼近〕	内外部邪恶逐渐收紧，主角面临队伍瓦解	
11	消亡之音，一无所有〔第75分钟〕〔死亡气息的出现〕	与中点相对，死亡的气息，旧世界消亡	
12	挣扎之弦〔第75分钟—85分钟〕〔"最痛苦的深渊"〕	黎明前的黑暗，主角濒临死亡，深陷深渊	
13	第三幕变奏点〔第85分钟〕〔解决方案诞生〕	出现解决方案	
14	解因之弦〔第85分钟—110分钟〕〔合题时刻，一切结束，人物定型，旧世界毁灭，新世界确立〕	人物定型，创建新世界，问题被解决	
15	终局，收调〔110分钟—120分钟〕〔开场起调相互回应的部分，首尾呼应〕	开场起调的对照，有所改变	

把整张表填满之后，创作思路会越来越清晰。在填表时会发现很多不曾发现的问题以及产生新的灵感。

虽然有的影片篇幅比较长，但是它们各个节拍之间所占的篇幅比例是一致的。以影片《寻枪》为例，影片开场 5 分钟，主题已经交代得非常明确了，主人公的枪丢了，所有线索围绕着寻枪展开。从剧本到成片，如何让每一幕衔接得自然，编剧将从多个角度考虑，以确保整体结构的合理性。合理的结构会让整个剧本看上去非常具有吸引力。

1. 开场，起调（第 2 分钟）

起调时，这是展现主角、让观众了解主角或者前史的良机，整部影片的类型与题材、基调和情绪将随着开场的起调被揭露。

有很多影片的开场非常具有吸引力，一开始就牢牢抓住了观众的心。比如电影《空中营救》，空警比尔正在飞机上巡逻，突然收到一条未知的短信，命令他转 1.5 亿美元至一个特殊的账户，如果不照做，每隔 20 分钟将会有一名乘客死亡，这使观众在开篇就因为未知而产生一种代入的刺激紧张感：到底是谁发的短信？观众会产生一种要继续追查的兴趣。

开场在此处起调，在影片结尾处也会有对应的节拍：终场，收调。开场以及终场具有强烈的戏剧性变化。有不少制片人拿到剧本后，通过观其开端及结尾，来判定此剧本是否能吸引观众。

2. 展现乐心（第 5 分钟）

现在很多网络视频公司将收费点设置在 5 分钟至 10 分钟的位置，也就是说，想要抓住观众的心，最好在前 5 分钟就设置主角，做出陈述，或以旁白的方式抛出问题，也就是主题。

在 2000 年上映的电影《偷拐抢骗》中，盖里奇在片头以第一视角的有趣运镜带观众进入他的"盖式黑色喜剧"风格。在开头钻石抢案之后，由于本片角色众多，盖里奇利用了钻石下场的快速剪接，介绍了故事的主要角色，利落又极具吸引力。电影《僵尸世界大战》，片头在新闻片段、大自然画面与人类文明的交织下，搭配紧凑的配乐，率先架构了人类、病毒、大自然的因果关系，引出电影的整体基调。

无论喜剧、正剧还是科幻片，在前5分钟一定要明确地说出很多信息，如果前5分钟片子没有将主题抛出，会产生很多问题。

3. 铺垫之音（第1分钟—10分钟）

一般来讲，所有铺垫要在前10分钟交代清楚，如果内容实在太多交代不完，最多到第12分钟。抓住观众的注意力，成败就在于"铺垫之音"了，如果没有足够的吸引力，观众不会继续观赏下去。

所以，我们要在影片的开头10分钟内，将主角、故事的基调设立完成，保证观众能看到他们想看到的。

在很多优质的电影作品中我们可以看到，在前10分钟出场的人物会被塑造得尽可能丰满。比如《雨人》，在前10分钟，观众能看出主角是个时髦、精明同时又有点冷酷的汽车进口商；比如《律政俏佳人》，在前10分钟，观众能看出主角是个外表漂亮身材一流但头脑空洞、没有什么内涵的傻瓜；比如《绿宝石》，观众很快就能看出主角是个生活在虚幻世界中离群索居的作家。

4. 打破静止，不破不立（第12分钟）

无论原先的世界是怎样的，在这一刻，记得打破它。

因为生活中时刻充满着这种打破静止的时刻。比如《律政俏佳人》中女主角心爱的未婚夫在聚餐中说要甩掉她；比如《雨人》中汤姆突然接到父亲逝世的电话。

伊朗电影《小鞋子》在第一幕乐章中，家境贫寒的男孩帮妹妹去取修补好的鞋子时，不慎将鞋子弄丢，这打破了他们原本平静正常的生活。这个时候他既害怕让父母知道导致自己被责罚，又担心妹妹没有鞋子没办法走路。小男孩陷入两难境地，他既不能告诉父母自己弄丢了鞋子，也不能让妹妹一直光着脚。因此他央求妹妹替他暂时保密，两人替换着穿他的鞋子上学，并答应一定会帮妹妹买一双新鞋子。

打破静止的时刻，通常会以一种坏消息的形式出现让人措手不及。但任何事情都有其对立面，在冒险结束时，这种打破静止的事件最终会将主角引向他真正向往的追求与快乐中。

5. 斗争之音（第 12 分钟—25 分钟）

在 12 分钟到 25 分钟之间，当打破静止的声音出现之后，我们需要在主人公行动开始之前创造第二幕的变奏点。

斗争之音指的是这里是一场激烈的争执。主人公在面对打破静止的困难时，开始不断挣扎。他究竟该去做什么？他究竟该如何抉择？

在《律政俏佳人》这部影片中，艾丽的未婚夫抛弃了她，这就是打破静止状态的事件。这个事件像催化剂，让艾丽做出了她的决定：她要去哈佛学习法律。但同时也抛出另一个问题，她能进入哈佛吗？艾丽只有美貌，家世完全无法匹配她的未婚夫华纳，她还有什么办法挽回华纳？这些是斗争之音在该部影片中抛出的问题。第 12 分钟—25 分钟艾丽要进一步解决这个问题。在她成功申请了学校、混过了法学院入学考试后，问题的答案变得十分清晰：是的，她可以顺利进入第二幕了。

6. 第二幕变奏点（第 25 分钟）

在这首曲子奏响到第 25 分钟的时候，我们应当进入第二幕。

时长在 120 分钟内的剧本，不应该晚于第 25 分钟进入第二幕。

在乐章的第二幕中，主人公将离开旧世界、从原先的正面进入反面开始进行对抗。

很多编剧在写剧本时，第一部分与第二部分之间衔接的变奏点会比较模糊，想找到把主人公拖入第二部分的那个事件——但其实这样做并不好。因为主人公不能是被引诱、不知不觉地进入第二幕做对抗，他应当是主动积极地进入第二幕的对抗中，也就是说主角必须自己去做这个决定。

例如电影《小鞋子》中，促使主人公想要攒钱给妹妹买鞋子的起始原因是他不小心把妹妹的鞋子弄丢了，但攒钱给妹妹买鞋子这个决定是他自己做出的。

7. 副歌起（第 30 分钟）

在整个剧本乐曲的篇章中，副歌始于故事的第 30 分钟。副歌一方面可以承载电影主题，另一方面它是整个剧本的助推器，有助于第一幕与第二幕的衔接。

以《律政俏佳人》为例，在开端部分，艾丽出现了自己人生的破弦之音，她被甩了。于是她决定去上哈佛的法律学校，并追回未婚夫。她尽了一切努力，她做到了，即便她是蒙混过关的。但入学之后，学校很严格，这让艾丽喘不过气来，一度产生自我怀疑和退学的想法。

在这个时候，剧本中出现了另外一个新的故事，这便是乐章中的副歌。

在前10分钟里，往往有部分新的角色不会先被告知，观众不会知道其存在。但随着情节的递进，这些全新的角色将会和前面介绍的故事情节有所比较，形成一个强烈的对比。《律政俏佳人》中，美甲师波莱特这个角色，她拥有的爱情故事，正是艾丽之前遇到的那些女孩的另一版本。正因为如此，后面新的故事才能成功。

由此可以看出，副歌部分的故事也很重要。在这个新故事中，不仅揭示了整部电影的主题，也给第一个故事提供了一定的缓冲时间。

8. 多重烟花展现（第30分钟—50分钟）

多重烟花展现位于整个乐章的30分钟—50分钟。在这个章节我们将会回应观众各式各样的问题。比如，我来看电影的原因是什么？这个电影的创意点在什么位置？

这是电影乐章中冲击力最强的部分。多重烟花展现的效果很棒，它整体的氛围比别的段落更轻快。

这个时间段是故事主角与故事反派（或障碍）互相角逐和对抗的阶段，犹如烟花绽放般绚烂。

9. 中点（第55分钟）

如果将整部电影分成两半，那么第55分钟便是前段和后段的中心分割点。在这个位置上，主人公处于极端的状态，抑或一种表象的成功顶端，抑或处于世界的角落，也可以称之为伪失败阶段，但不管是何种情形，从中间这个分割点开始，事情要往好的方向发展。

《救猫咪》的编剧布莱克·斯奈德在年轻时，常常把电影声音录到磁带上，当他在桑塔·芭芭拉和洛杉矶之间来回参加会议时，他会坐在汽车上听电影录音带。他买的磁带每面刚好45分钟，出于巧合，从桑塔·芭芭拉到洛杉矶开车的路程恰好被一座山间大桥均分两半。每趟旅程 45 分钟，布莱克刚好达到山顶，此时 A 面磁带播放结束切换到 B 面。很多影片在第 45 分钟被完美地分为两半，中点便是"低谷时期"。

距离主角真正获得成功还有很长一段路要走。

一般来说，在 75 分钟的位置会出现一个与中点相对应的点，在这个点上，主人公会丧失所有，但这种失败不是真正的失败，而是主角爆发觉醒的前置，这个点也可以称之为"伪失败"。胜利与失败，两个点时刻相互呼应。

10. 紧迫，铿锵逼近（第 55 分钟—75 分钟）

当剧本节奏落入中点，直到主角丧失一切的低谷，这一段内容其实是非常艰巨的。

在中点时候，即使有阻碍势力，也会暂时停歇下来告一段落。表面上一切都很好，一切看上去似乎都很完美，但其实潜在的危机正在慢慢逼近。反派正在武装自己准备再次发动袭击。而主角这边也在面对各种质疑、各种内部分歧、各种瓦解势力。

比如，影片《少年的你》中周冬雨饰演的陈念一直受到校园压迫，最后她决定反抗学校邪恶的校园暴力发起者魏莱。在故事中点时，魏莱收到了小北恐吓式的警告后，有所收敛，不敢再去欺负陈念。陈念的生活也开始趋于平静，那是她向往的可以安心学习的生活。但是接下来该怎么办呢？故事仿佛陷入了瓶颈。

如何推动剧本乐章的走向？

答案就是——回到基本要素，让魏莱接着挑起矛盾，而主角之间出现了内部分歧。魏莱蓄力再次出场，被折磨的陈念逐渐崩溃，面对魏莱的步步紧逼，陈念被逼向了绝路，她为了躲开魏莱，不惜钻进垃圾箱里。

这个时候，主人公陈念在内外部的打压下，已经没有办法寻求帮助了。她必须依靠自己，必须坚持下去。同时她也会受到巨大的挫折……

11. 消亡之音，一无所有（第 75 分钟）

结构合理、节奏舒适的剧本，消亡之音一般都会出现在第 75 分钟。主角从这一刻开始变得一无所有，他们将跌入无尽的低谷，一切都是黑暗的。

这时主人公精神崩溃，但同时也是主人公发现自我的地方。很多剧本在这个时候会创造一个与死亡相关的事物。

当主角在消亡之音中沉浸时，也是他之前的一些旧思想、旧人物消亡之时。

比如电影《少年的你》，陈念为了躲避魏莱的步步紧逼，失手将她从台阶上推了下去，于是，她变成了一个杀人犯。一直守护她的小北为了替她顶罪，成为监狱囚犯，被监禁。此时此刻的陈念已经一无所有，世界对她来说已经没有任何希望了。

12. 挣扎之弦（75 分钟—85 分钟）

当主人公面临消亡之音时，他开始痛苦挣扎。这个时候的主人公躺在黑暗的深渊里，不断喘息，苦苦挣扎。影片的 75 分钟—85 分钟，都是主人公挣扎的痕迹。

不过，这些黑暗是每个主人公需要经历的必然，这是黎明前的黑暗，当主人公还没有找到正确的方法解救自己和身边人时，他只能不断挣扎。例如，前面提到的《律政俏佳人》，主人公在上第一节课时，就被卡拉汉教授严厉教育，让只拥有美貌的主人公终于知道，一切都不是开玩笑的。电影《何以为家》中的 Zain，在计划了带妹妹逃跑的一丝希望出现后遭遇了计划失败，好心带他回家的拉希尔没钱办签证被逮捕，Zain 用尽了努力去生活去妥协，却还是没办法抵抗住生活的压力，最后引出了悲剧的结局。

挣扎之弦给予主人公吸取教训找回自己的时机，一般在第 85 分钟，主人公会想到解决方案，他认识到了人性自带的软弱，开始直面人生……

13. 第三幕变奏点（第 85 分钟）

当消亡之音弥漫时，第三幕的变奏点犹如黎明前的曙光，带给主人公新的希望。

第三幕的变奏点会慢慢与主曲交错，让主人公受到启发，突然觉醒，并找到解决方案。

这个变奏点是实施解决方案的时刻。

在电影《楚门的世界》中，主人公楚门因为制作组的失误，发现一个流浪汉是自己本已去世的"父亲",此时楚门觉醒,有了不断挖掘自己身世之谜的动力,这种变奏点使剧情一步步推动下去。

14. 解因之弦（第 85 分钟—110 分钟）

在《楚门的世界》中,楚门通过各种努力终于发现原来自己的世界就是个谎言,是一个充斥上千个摄像头,只为某些大人物提供谈资和娱乐的节目。他决定冲破谎言,走向现实,面对真实的自己。

此时为合题时刻,一切结束,人物定型,旧世界毁灭,新世界确立。

15. 终局（第 110 分钟—120 分钟）

终局为剧本的最后,是与开场起调相互回应的部分,但又应该与开头的基调有所区别。

在影片《寄生虫》中,开场是无业游民一家四口和富豪一家四口的两个世界,最后因为欲望改变了所有人的人生轨迹,结尾用年轻儿子和司机爸爸的自述完结,从过去、现在、未来三个时间点出发,与开场呼应,又寄希望于未来,在阴暗中似乎能看到一丝丝光芒。尾声回到现实落寞的地下室,窗边还有几只袜子,与开场晒在窗边的袜子相呼应,代表影片始终处在现实的悲剧中,人物永远逃不出这样的牢笼,让观众的情绪沉浸其中,陷入深思。

（三）节奏表使用注意事项

第一,将节奏表打印出来,随身携带。

第二,选一部你喜欢的电影,然后试着简述节奏表中每一个篇章的节奏,记住不要超过一句话。

第三,检查剧本乐章节奏,再去看看同类型的电影,看看影片节奏的相似性,来回拉片分析节奏。

第四,观看其他结构类型的影片,比如套层式结构影片《假如爱有天意》《盗梦空间》等,分析它们的节奏差异性。

第九章 情境

法国剧作家、小说家小仲马说过：剧作家在设想一个情境时，他应该问自己三个问题：在这个情况下我该做什么事？别人将会做什么事？什么是应该做的事？谁不觉得这种分析是必要的，谁就应该放弃戏剧，因为他将永远不会成为一个剧作家。[①] 美国戏剧电影理论家劳逊在点评这三句话时又追加了三句提问，他认为应该问：这个情境是如何设想出来的？是什么促使剧作家想起或想象起这个情境，使他选择它作为戏剧结构的一个部分？[②] 实际上，小仲马所说的"情况"就是"情境"。

小仲马和劳逊分别从剧本创作的两个侧面说出了情境的重要性：情境是剧本创作的重要一环。俄罗斯著名戏剧家斯坦尼斯拉夫斯基在他的经典表演理论著作《演员的自我修养》中首先提出了"规定情境"的概念：

这就是剧本的情节，它的事实、事件、时代，剧情发生的时间和地

[①] 约翰·霍华德·劳逊：《戏剧与电影的剧作理论与技巧》，邵牧君、齐宙译，中国电影出版社，1999，第222页。

[②] 约翰·霍华德·劳逊：《戏剧与电影的剧作理论与技巧》，邵牧君、齐宙译，中国电影出版社，1999，第222页。

点，生活环境，我们演员和导演对剧本的理解，自己对它所作的补充，动作设计，演出，美术设计的布景和服装、道具、照明、音响及其他规定在创作时演员应该注意的一切。[1]

在斯坦尼斯拉夫斯基看来，"规定情境"包含的内容十分广泛，剧本的情节、演员的表演、美术设计、道具等所有跟演出相关的一切都是应该被注意的，它们是演员创造角色时论述的问题，对演员的表演创作影响重大。

到了 20 世纪，著名文艺理论家苏珊·朗格在谈到情境时，认为情境是行为的一部分，它完全是由戏剧家设想出来的，然后再转达给演员，以便他们理解和表演，正如戏剧家要为演员编写台词一样。苏珊·朗格也是从演员的角度给剧作家提出要求。

"电影情境"涉及的内容广泛，镜头、灯光、色彩、音响、台词、表演等都被纳入情境中来讨论。电影是一门综合艺术，因此将电影艺术的各个工种纳入其中是没问题的，但这种涉及电影综合性特征的情境定义与我们讲的剧本中的情境有所不同，我们这里所谈的情境是除去摄影、灯光、音响等文字之外的剧本中的情境，所以称为"戏剧情境"或者"情境"更合适。这里我们统一称之为"情境"。那"情境"是什么呢？下面我们来看一个例子：

和风熏柳，花香醉人，正是南国春光漫烂季节。

福建省福州府西门大街，青石板路笔直地伸展出去，直通西门。一座建构宏伟的宅第之前，左右两座石坛中各竖一根两丈来高的旗杆，杆顶飘扬青旗。右首旗上黄色丝线绣着一头张牙舞爪、神态威猛的雄狮，旗子随风招展，显得雄狮奕奕若生。雄狮头顶有一对黑丝线绣的蝙蝠展翅飞翔。左首旗上绣着"福威镖局"四个黑字，银钩铁划，刚劲非凡。

大宅朱漆大门，门上茶杯大小的铜钉闪闪发光，门顶匾额写着"福威镖局"四个金漆大字，下面横书"总号"两个小字。进门处两排长凳，

---

① 斯坦尼斯拉夫斯基：《斯坦尼斯拉夫斯基全集（第二卷）》，郑雪来等译，中央编译出版社，2012，第 73 页。

分坐着八名劲装结束的汉子，个个腰板笔挺，显出一股英悍之气。

突然后院马蹄声响，那八名汉子一齐站起，抢出大门。只见镖局西侧门中冲出五骑马来，沿着马道冲到大门之前。当先一匹马全身雪白，马勒脚镫都是烂银打就，鞍上一个锦衣少年，约莫十八九岁年纪，左肩上停着一头猎鹰，腰悬宝剑，背负长弓，泼喇喇纵马疾驰。身后跟随四骑，骑者一色青布短衣。

这是一个看起来颇有冲突的开头。如果我们只看这个开头，难以得到真正有价值的信息。锦衣少年是谁？他要去做什么？他会得到什么样的结局？如果作者不能给出这些问题的答案，仅凭这个漂亮的开头是无法俘获读者的心，无法吸引读者继续看下去的。

上文节选的是金庸小说《笑傲江湖》的开头。这位白衣少年正是即将遭遇人生最大变故的林平之。小说中林平之带镖师到福州城郊打猎，遇到了调戏少女的青城派余少帮主：

宛儿低头走到两人桌前，低声问道："要什么酒？"声音虽低，却十分清脆动听。那年轻汉子一怔，突然伸出右手，托向宛儿的下颔，笑道："可惜，可惜！"宛儿吃了一惊，急忙退后。另一名汉子笑道："余兄弟，这花姑娘的身材硬是要得，一张脸蛋嘛，却是钉鞋踏烂泥，翻转石榴皮，格老子好一张大麻皮。"那姓余的哈哈大笑。

林平之气往上冲，伸右手往桌上重重一拍，说道："什么东西，两个不带眼的狗崽子，却到我们福州府来撒野！"

那姓余的年轻汉子笑道："贾老二，人家在骂街哪，你猜这兔儿爷是在骂谁？"林平之相貌像他母亲，眉清目秀，甚是俊美，平日只消有哪个男人向他挤眉弄眼地瞧上一眼，势必一个耳光打了过去，此刻听这汉子叫他"兔儿爷"，哪里还忍耐得住？提起桌上的一把锡酒壶，兜头摔将过去，那姓余汉子一避，锡酒壶直摔到酒店门外的草地上，酒水溅了一地。史镖头和郑镖头站起身来，抢到那二人身旁。

当故事进展到这里，观众已经得到了足够多的信息，知道锦衣少年是福威镖局少东家，他来福州城郊打猎，正为了一位少女与两位粗鲁汉子发生冲突。

以上林平之与粗野汉子之间的这场冲突就是情境。

如果把"情境"两个字拆开，情，指的是情感；境，指的是处境，即人物所面临的情况，如故事发生的时间、地点等。人物只有在特定的处境中才能表达丰富的情感，情感出现的同时，丰富的人物关系随之出现，人物关系之间的纠缠需要事件来支撑。情境的出发点是人物的情感，情境的终结也在于人物的情感。

只有在冲突中才能表现人物的情感吗？只有冲突发生了才是情境吗？情境会不会有另外的情况？以上问题需要从情境的定义谈起。

一、情境的定义

关于情境，在启蒙主义时期，狄德罗在《论戏剧诗》中已经把"情境"当成作品的基础。他提出：一切情节上的纠纷都是从人物性格引出来的。人们一般要找出显出人物性格的周围情况，把这些情况互相紧密联系起来，应该成为作品基础的就是情境。[①]

德国哲学家黑格尔对情境有新的认识。他从哲学意义上将"情境"看作所有艺术都应该具备的要素。他认为："艺术最重要的一方面从来就是寻找引人入胜的情境，寻找可以显现心灵方面深刻而重要的旨趣和真正意蕴的那种情境。"[②] 他将情境分为无定性情境、平板状情境和冲突性情境三种。

（一）无定性情境

无定性情境也就是无情境。黑格尔认为有些艺术作品如庙宇建筑、埃及和古希腊的雕塑等属于无定性情境，这类艺术作品虽然已经有了"有定性的形

---

① 狄德罗：《狄德罗戏剧美学论文集》，张冠尧、桂裕芳译，人民文学出版社，2008，第 248 页。

② 黑格尔：《美学（第一册）》，朱光潜译，商务印书馆，1996，第 254 页。

象"，但是"还没有跳出自己的范围而同其他事物发生关系，内外都处于自禁闭状态，只是和它本身处于统一体"①。无定性情境，其实就是无情境，无定性情境的艺术作品无法表现个别人物的性格、思想和情感。

（二）平板状情境（有定性的情境）

如果说无定性情境表现的是一种尚未经过特殊化定性，还保持着普遍的形式的艺术，那么在平板状情境中，艺术家的创造需要从普遍来到个人，"即用个别外在事物作更具体的表现的步骤"②。如果说在无定性情境中，艺术作品中的形象还是泰然自若、高高在上的，那在平板状情境中，形象应该走下神坛，与外界发生联系，拥有自身独特的外观和动作，能够让欣赏者从它身上看到一定的人物性格、情感。古希腊罗德岛雕塑《拉奥

图 9-1　古希腊雕塑《拉奥孔》

孔》就是如此，特洛伊战争中，因为警告特洛伊人将希腊人留下的木马拉进城里会有极大的危险，拉奥孔被希腊保护神雅典娜派出的两条巨蟒缠死。雕塑《拉奥孔》表现的就是拉奥孔和他的两个儿子被巨蟒缠住时痛苦、惊恐、绝望的瞬间。这个雕塑所处的情境就是平板状情境。

与无定性情境相比，平板状情境作为有定性的情境，有进步的成分，但也有很强的局限性。因为它的定性依然处于自我封闭状态，没有与外界发生联系，缺乏敌对事物，无法引导艺术形象产生进一步动作，也就无法表现人物与人物之间的对立矛盾。既如此，那在表现人物性格的复杂性与情感的深入上便会有所不足。

---

① 黑格尔：《美学（第一册）》，朱光潜译，商务印书馆，1996，第 255 页。
② 黑格尔：《美学（第一册）》，朱光潜译，商务印书馆，1996，第 256 页。

在某些并不以冲突开场的小说、剧本中，介绍完人物之后，人物平静的生活尚未被其他人物或事件打破，那么，情境就处于平板状情境中。本章节开头所举《笑傲江湖》的开头，在林平之外出打猎、与两位粗鲁汉子发生冲突之前的情境即是平板状情境。

（三）冲突型情境

平板状情境与无定性的情境相比，有了一定的发展，但还是无法摆脱"死水状"情境的现状。这两种情境类型都是无法流动的，我们在情境中看不到人物行动的发展、情感的变化，属于静止的艺术形式。冲突型情境中，原本被定性的情境中各方力量是平衡的，这种平衡会被突然出现的具有破坏性的力量打破，这种破坏性的力量是冲突型情境的基础，它出现的目的不仅是对情境做出破坏，还要推动后续的发展。

举个例子，在电视连续剧里，第一集的结尾处会产生第二集将要面临的矛盾冲突，这个矛盾冲突的出现由前文提及的破坏性的力量导致，而这个矛盾冲突会成为第二集的开端，一般会要求在第二集解决，同时在第二集结尾产生第三集的矛盾冲突，以此类推，直到剧集结束。

当破坏性力量出现、平衡被打破，冲突性情境出现后，两种相抗衡的力量——对立面的矛盾和对抗随之出现。

中国传统戏曲中，才子佳人戏有一个相对固定的剧本模式：书生落难，小姐相帮，私定终身，考中状元，衣锦团圆。当然，真实剧本中情节并不会与这个模式完全相同，编剧会根据自身的创作经历有所改动。在这个模式中，原本进京赶考书生的行动处于平衡的情境中，随着剧情的发展，情境的平衡会被打破。《张协状元》中，打破情境平衡的是两个山贼；《拜月亭记》中，打破平衡的是突然爆发的战争；《西厢记》中，打破平衡的是前来包围寺庙、要将崔莺莺与他做压寨夫人的孙飞虎。在《西厢记》中遭遇困境的并非张生，而是小姐崔莺莺，张生将崔莺莺的困境解除后，就打破了暴乱发生前由老夫人主导一切的和谐态势，在老妇人食言拒绝将崔莺莺许配张生为妻后，出现了张生、崔莺莺、红娘三人与老夫人对立抗衡的矛盾冲突，这就是冲突性情境。我们可以参考《西厢记》中老夫人变卦那一刻的人物反应：

[末^① 见旦^② 科]

[夫人^③ 云] 小姐近前，拜了哥哥者！

[末背云] 呀，声息不好了也！

[旦云] 呀，俺娘变了卦也！

[红^④ 云] 这相思又索害也。

张崔两人互相爱慕，张生千盼万盼，终于等到机会能够迎娶崔小姐，使过两个皂角，换过两桶水，乌纱帽擦得锃亮来见心上人。原想着可以拜天地的两个人相见后，老夫人变卦食言，让崔莺莺拜张生，认作哥哥。毫无疑问，在老夫人这句话说出来的那一刻，张崔二人的内心波动是最激烈的，另一位列席人红娘作为知情人也会有所触动。在剧本中通过独白将此时张生、崔莺莺、红娘三个人的心理反应表现了出来。

情境本身要表达的是内心情感最丰富的那一刻。

狄德罗认为："考虑到你的人物要度过的 24 小时是他们一生中最动荡、最严酷的时刻，你可以把他们安置在尽可能大的困境之中。情境要有力地激动人心，并使之与人物的性格发生冲突，同时使人物的利害互相冲突。"^⑤

在狄德罗的这一段论述中，情境可以等同于"困境"，或者说是人物正在经历的"处境"。我们在狄德罗的这段论述中能够发现，他对剧中人物面临的处境是有要求的，最好是人物"一生中最动荡、最严酷的时刻"，能够"与人物的性格发生冲突"，"使人物的利害互相冲突"。剧作家不能让人物在情境中波澜不惊，这种设定观众并不爱看，要让人物在这个情境中感受到压力，让人物在这个情境中进退维谷、骑虎难下、如临深渊、如履薄冰。狄德罗所论述的其实就是黑格尔所说的冲突型情境。

---

① 末：张生。

② 旦：崔莺莺。

③ 夫人：老夫人，崔莺莺母亲。

④ 红：红娘。

⑤ 狄德罗：《狄德罗戏剧美学论文集》，张冠尧、桂裕芳译，人民文学出版社，2008，第 246 页。

情境如果要有意义，必须与人物动作、动机联系在一起。人物动作即人物的行动、行为，动机即情感。"一个动作的目的和内容只有在下述情况下才能成为戏剧性的：由于这种目的是具体的，带有特殊性的，而且个别人物还要在特殊具体情况中才能定下这个目的，所以这个目的就必在其他个别人物中引起一些和它对立的目的。"① 换句话说，剧本中人物的行动都需要一个正当的理由，不能随心所欲，这个正当理由就是人物的动机，也就是情感，情感能够催生人物的动作，以及在"特殊具体情况"下具体的、带有特殊性的目的，总的来说，就是情境。

二、情境的构成

如前所说，有意义的情境包含人物的情感、处境以及对立的目的。谭霈生将情境包含的内容总结为三点：剧中人物活动的具体时空环境、对人物产生影响的具体事件、有定性的人物关系。

（一）时空环境

电影中随着事件的发展，故事不断向前推进，直到结尾。所有的情节都是在特定的时间和空间中发生的。时空环境是电影中最基本和最简单的因素，但是剧作家在选取时空环境时不能随心所欲，要让故事发生的时间和空间能够与剧中人和事件有紧密的联系，不能硬生生地加入。

剧作家在创作剧本时需要考虑选取故事发生的时空环境是否适合本场戏中人物的行动，能否对电影中剧情的发展起到推动作用，能否烘托气氛、渲染情境。由陈可辛执导的经典电影《甜蜜蜜》就将故事发生的时代社会背景安排在回归前十年的中国香港。当时的中国香港，繁荣发达，无数内地民众前往香港试图实现发家致富的梦想。电影主人公天津人黎小军和广东人李翘都是其中的追梦人，影片表现了两个漂泊异乡的青年人在香港的奋斗故事以及情感纠葛。试想，如果《甜蜜蜜》的故事发生在如今的香港，发生在内地与香港差距越来越小的时代，发生在香港不再对内地民众拥有强烈吸引力的

---

① 黑格尔：《美学（第三册）》，朱光潜译，商务印书馆，2012，第246页。

时代，那《甜蜜蜜》的故事将不会成立，因为支撑整个故事的现实基础是不存在的。

除了大的时代社会背景外，剧本每一个场景中的时空环境也需要仔细考虑。在《甜蜜蜜》中，黎小军和李翘两人在新年夜市场摆摊卖邓丽君的磁带，为了衬托李翘生意失败的低落情绪，特意为她准备了一场大雨。这场大雨进一步烘托了心气极高、原本打算在新年夜大赚一笔的李翘的失意情绪。随后黎小军和李翘在黎小军的房间吃饺子，气氛越来越微妙，两人的情感逐渐升

图9-2　电影《甜蜜蜜》剧照

温，直到黎小军准备送李翘出门时，狭窄的环境让两人越靠越近，最终他们抱在了一起。黎小军和李翘的相拥是社会大背景下两位异乡人的抱团取暖，而催化剂则是时代环境对人物的影响。

（二）事件

事件是剧本不可或缺的因素，在正式开始电影剧本写作前，一般会有一个故事梗概的写作。所谓"故事"，"故"，指的是电影正式开始前过去发生的事件，它能够对人物产生影响，对剧情产生影响，一般会被编剧写进人物小传中；"事"，指的是电影开始之后发生的事件，也就是观众能够在银幕上看到的剧情。

1. 电影开场后发生的事件

任何一部电影都会有事件发生，即使是卢米埃尔兄弟最早拍摄的一分钟左右的电影短片《火车进站》《工厂大门》《水浇园丁》等，也都是有事件的。事件每时每刻都在发生，无论它是大、是小，是轻、是重，都会对剧情有所推动。

电影中人物的行动，都源于事件的推动。影片《我不是药神》中主人公程勇在电影开场时是一个典型的失意中年男性形象，当时的程勇并不想成为

"药神"，他甘愿冒着风险前往印度买药只是想赚钱。促成他印度之旅的是三个事件：

（1）前妻想通过打官司要回儿子的抚养权，并带儿子出国，程勇因生活窘迫很有可能败诉，彻底失去儿子。

（2）父亲病情恶化，需要钱做手术。

（3）吕受益请求程勇代替他前往印度购买仿制格列宁。

原本程勇对吕受益的请求不屑一顾，但前两个事件将程勇平衡的生活状态打破，亟须恢复生活平衡的他选择接受了吕受益的请求，继而推动了后面情节的发生。

《绿皮书》中，托尼被黑人钢琴家唐·雪利聘为司机，负责在他举办南方巡演时的接送工作，在此过程中两人跨越种族、阶级，结下了深厚的友谊。促使原本对黑人有歧视的托尼接受这份工作主要有两个事件：①托尼工作的夜总会关门装修，失去收入的托尼亟需一份工作养家；②唐·雪利亲自给托尼的妻子德劳瑞丝打电话，请求她同意托尼接受这份工作。在这两个事件的推动下，原本对这份工作有偏见的托尼接受了钢琴家的工作邀请。

《我不是药神》和《绿皮书》中的事件，都是电影正式开始之后作为情节的开端而存在的事件，也就是故事中的"事"。这一类电影中，主人公在开场会面对突发的事件，进入情境，在情境的影响下，产生进一步的行为，进而推动剧情向前发展。

2. 电影开场前发生的事件

还有另外一类事件，是电影正式开始前过去发生的事件，可以称之为"前史"。这一类电影中看不到"前史"的发生，因为它可能在几天、几个月甚至几年前已经发生过了，不会在大银幕上呈现，而要通过剧中人之口讲述出来。

如改编自同名话剧的电影《十二怒汉》，讲述的是一个 18 岁的男孩被指控谋杀亲生父亲，案件的凶器和证人、证词证明男孩有罪，担任此案陪审团的 12 个人在休息室讨论案情最终达成一致结案的故事。电影中，编剧并没有选择将谋杀事件作为剧情的开端，而是将法庭上对男孩的审判作为影片开场，主要情节则是担任此案陪审团的 12 个人要于案件结案前在陪审团休息室里讨论案情，最开始有 11 个人认定男孩有罪，但最终经过科学的推测，12 个人达成一致意见：男孩无罪。电影将矛盾冲突集中在陪审团身上，着重展现陪审团之间的矛盾冲突，在矛盾冲突中将案件的真相一步一步揭示出来。电影中曾经发生的案件是影片的"前史"，它作为情境的重要因素，约束着剧中人的行动，将 12 名陪审团的人物关系纠结在一起，推动着他们从矛盾走向最终和谐。

电影《驴得水》也是如此，影片讲述了民国时期一所偏远学校，教师们将一头驴虚报成老师冒领薪水，面对即将到来的教育部特派员，他们将临时出现的小铜匠假扮成"吕得水"，试图蒙混过关，不料却引发了更大的麻烦。电影《驴得水》同样没有选择展现老师们将驴虚报为"吕得水"的过程，而是以收到特派员即将到来的通知这一事件作为开场，将以往的经历作为"前史"在影片中展现，使得剧情具有极大的张力，让观众为剧中人"吕得水"高兴、悲伤，每个人物的命运都被虚构出来的"吕得水"束缚，影响着人物之间的关系，推动剧中所有人走向不可预料的结局。

3. 幕后的事件

有些事件，并不适合在银幕上展现，但是确实已经发生了，编剧可以将此类事件安置在幕后，作为暗场戏。一部电影的容量有限，并不能将所有的事件包含进去，需要有所取舍。什么样的事件可以作为明场在银幕上表现，什么样的事件可以作为暗场，需要考虑以下两点：

（1）将与主题无关的事件作为暗场戏处理

在电影《甜蜜蜜》中，黎小军与李翘第一次分手后，李翘遇到豹哥，与豹哥在一起，黎小军将未婚妻小婷接到香港并与其举办婚礼。期间李翘与豹哥是如何走到一起，黎小军如何将小婷接到香港以及筹办婚礼的过程在影片中都被一带而过。影片的名字虽然是"甜蜜蜜"，但全片表达出来的是"漂泊""无根"的外乡人互相取暖的苦涩情感，当黎小军的生活中有了小婷，李翘的生活中有了豹哥以后，两位主人公在香港的生活就扎下了根，因此创作者将主要笔力放置于两人"无根"状态下苦涩的感情事件中。

《绿皮书》中，托尼与唐·雪利博士前往南方巡演两个月，如果将零碎的琐事都写进剧本中，那观众难以看到如今银幕上如此优秀的电影作品。《绿皮书》中表达的是关于偏见、歧视与友谊的主题，因此在事件选择上，创作者选择了幸运石事件、赌博事件、雨夜被捕事件、雪夜回家事件等有代表性的、能反映两人因价值观不同导致冲突的事件，让观众渐进地看到托尼与雪利博士两个人从不同走向和谐并互相尊重的过程。

（2）将真正有"戏"的事件放入明场中

前文提及，电影的核心是写人。因此真正有"戏"的事件必然是写"人"的事件，是能够对主人公有影响的事件。这里所说的对人的影响，更多的是指对人物心理的影响，能够让人物内心产生触动，并促使他产生下一步行动，进而推动情节的发展的事件。如《甜蜜蜜》中，原本李翘打算跟豹哥讲明白她与黎小军重拾感情，要与豹哥分手，万万没想到豹哥突然被警察通缉，不得不前往台湾避难。李翘来到豹哥躲藏的船上与豹哥相见，临走前豹哥的一番话让李翘感动不已，她决定放弃黎小军，跟随豹哥避难。我们能够看到，李翘与豹哥相见这一事件就是属于真正有"戏"的事件。在船上，豹哥的真情告白打动了李翘，促使李翘放弃了黎小军，转而与豹哥离开。

综上，我们能够发现，所有事件的意义其实都在于对人物的影响，对人物关系的影响。

（三）人物关系

现代社会中，每个人每天都会接触大量的信息，有些信息初听时，会感到有趣、惊讶，但无法铭记于心，有些信息会被记在脑海深处，久久不能忘怀。只有我们看到的新闻、段子与自己的生活密切相关、与我们熟悉的人物（例如父母、挚友、爱人等）恰好产生关联，这样的信息才能真正吸引我们的关注。

影视艺术最终表现出来的都是人物以及人物的情感。很多作品观众看完之后并不能记住其中的情节、结构、语言，但其中的人物形象会徘徊脑海，即使忘记了人物的姓名，剧中人做了什么、他们是什么性格却难以忘记。初学者在创作剧本时往往被情节吸引，为一个自认为曲折离奇的故事打动，没有事先规划好剧中的人物，在下笔之前，人物的性格尚不明确，主角之间、主角和配角之间的关系也没有设计清楚，这样在剧本创作时容易找不准方向。

1.人物关系在剧作中处于核心地位

电影的核心是情感，情感是人物的情感。因此在剧本创作时永远不要忘记，人物是核心，其他剧作元素如情节、结构、悬念、语言等都是由人物生发而来。写剧本的第一要素是人物，人物写好了戏才会好看，因此人物的设定是情境设置的中心问题。

电影开场后，首先要有一场事件将人物带入冲突情境，这时，人物应该行动起来。但是他该如何行动，是什么导致了他行动的特殊性？答案是人物。除了人物性格的设置外，还要注意人物关系的设置，它是情境中占据主导地位的因素。"对一个人物影响最深刻、最能激发他（或她）的内心活动的，是他（或她）同其他人物的交往。而且在剧本中，一个事件发生了，大都是通过影响人物关系的变化，才对各种人物发生作用，使他们产生特有动作。"[①]

我们之所以会对父母、挚友、爱人的信息感兴趣，是因为我们本人与他们是有关系的，而且关系是具体的、明确的，如果没有关系，那发生在他们身上的事件再重大，也不会对我们的内心造成真正的影响。这里所说的人物关系是指人物之间的内在关系，是深入人物内心饱含情感的心理关系。剧本创作也是同样，如果编剧设定的事件既与主人公无关，又与主人公在乎的人物无关（或者关系太小，不足以引起主人公的重视），那么就无法让主人公的情感产生巨大波动，情境设置就是失败的。

在开始剧本写作之前，可以先写人物小传，其中必须要写的一点是人物之间的相互关系以及相互之间曾经发生过和现在正在发生的事件。如果编剧能将每个人物之间的关系及其关系的发展过程梳理清楚，那这个剧本基本上就成型了。

例如根据莎士比亚经典戏剧《第十二夜》改编的青春片《足球尤物》，剧中的人物互相纠葛，本片通过人物之间的互动不断推动情节向前发展。下面是《足球尤物》的主要人物关系图：

---

① 谭霈生：《论戏剧性》，北京大学出版社，1984，第137页。

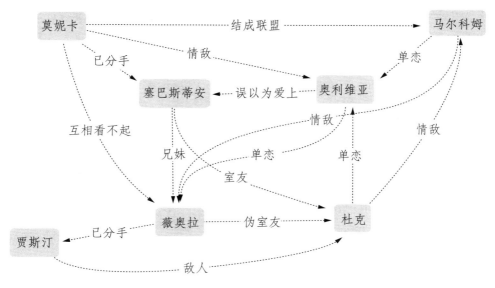

图 9-3　电影《足球尤物》人物关系图

从人物关系上分析：

（1）薇奥拉与图中其他六个人物都产生了交集，她是本片的第一主角，是人物关系的交汇处，也意味着薇奥拉是所有事件的中心人物。

（2）杜克与五个人物产生联系，除了塞巴斯蒂安延伸出去的线索人物莫妮卡，都与杜克有交集，他是次中心人物。

（3）奥利维亚与杜克相同，都是与五个人物产生交集，除了薇奥拉延伸出去的线索人物贾斯汀，都与奥利维亚有交集，她也是次中心人物。

（4）塞巴斯蒂安、马尔科姆和莫妮卡三人都是与四个人物产生交集，但是马尔科姆和莫妮卡分别作为奥利维亚和塞巴斯蒂安的延伸线索人物来设置。

（5）塞巴斯蒂安虽然只在开场和高潮段落后出场，但是他一直"在场"。且不说薇奥拉假扮塞巴斯蒂安一直在学校维持着他的存在，莫妮卡为了追求他不停寻找，与薇奥拉发生冲突，甚至奥利维亚把薇奥拉当做塞巴斯蒂安并爱上了他，杜克因为奥利维亚爱上了"他"而与薇奥拉发生冲突。塞巴斯蒂安虽然不在学校，却一直对全片的情感矛盾产生影响。因此塞巴斯蒂安在本片中的地位是高于马尔科姆和莫妮卡的。

本片绝大部分情节的发展是由人物关系推动的，影片开场薇奥拉原本生活的平衡被打破，为了在足球场打败前男友贾斯汀，薇奥拉假扮哥哥塞巴斯蒂安前往伊利瑞亚高中，与杜克成为室友。随后因为杜克喜欢的女孩奥利维亚爱上了假扮塞巴斯蒂安的薇奥拉，薇奥拉得以与杜克成为死党，薇奥拉不得不在自己与塞巴斯蒂安两个身份之间转换，应付她与杜克、奥利维亚三人之间的感情纠纷以及马尔科姆和莫妮卡带来的麻烦。最后的高潮段落，真正的塞巴斯蒂安回归，薇奥拉坦白真实身份，误解最终解开，有情人终成眷属。

全片情节紧凑，薇奥拉与杜克、奥利维亚之间的关系由平缓走向激烈，尤其是高潮场面，情节在短时间内发生多次转折，跌宕起伏，具有强烈的戏剧性。这一场中，情境的构成是复杂的：

（1）伊利瑞亚高中与康沃尔高中的足球比赛一触即发。

（2）薇奥拉爱上了杜克，与杜克因为奥利维亚的感情问题大吵一架，第二天早晨薇奥拉起晚了，赶到球场时比赛已经开始，因为真正的塞巴斯蒂安的到来，薇奥拉无法及时出现在球场上。

（3）塞巴斯蒂安恰巧在此时归来，入住宿舍，第二天早晨被强迫去赛场参加与康沃尔高中的足球比赛，但因为他之前处于逃课状态，因此不敢将实情说明。

（4）莫妮卡和马尔科姆密谋在赛场上揭穿薇奥拉假扮塞巴斯蒂安的真相。

我们看到，本场第一次戏剧性出现在马尔科姆的破坏计划施行时，他说服了校长将比赛暂停，要在球场上揭露薇奥拉，但是因为塞巴斯蒂安的到来，让马尔科姆的计划付诸东流。下半场薇奥拉假扮塞巴斯蒂安上场后，深受情感折磨的杜克不再信任薇奥拉，这让他们在与康沃尔高中的比赛中处于劣势，这是一个新的情境，奥利维亚不合时宜的出现让两个人矛盾彻底激化，为了能够挽回杜克的心，赢得比赛，薇奥拉不得不向杜克坦白了自己的真实身份，这个情节再一次引爆了观众的热情。可见，使这一场戏具有戏剧性的主要原因，是剧中人之间饱含情感的错综复杂的人物关系不断产生变化，人物处在这样的关系中，处处有戏。

当然，我们也可以改变人物关系，为这场戏找到其他的发展方向，例如让薇奥拉在前天晚上与杜克吵架后就将实情坦白，或者塞巴斯蒂安敢于吐露他对足球毫不知情的真相，这场比赛的结果仍然会以伊利瑞亚高中的胜利结束，但过程显得简单平静，不会像原剧情那样一波三折、扣人心弦。究其根本，《足球尤物》能够吸引观众，在于编剧将主要笔力放置在人物关系的设置上，编剧将人物关系的发展变化置于全剧情节发展变化的中心地位。

2. 各类编剧技巧的实现需要依靠人物关系

需要注意的是，各类情节模式、编剧秘诀、创作箴言以及情境创作技巧的最终落脚点都要在"人物"身上，需要通过人物之间的关系来实现。不管哪一种创作手法，在电影中实现它们的都是人物，误会需要人物来产生并最终解除，巧合需要人物来经历，隐喻、夸张、对照需要人物来心领神会。

韩国电影《欢迎来到东莫村》讲述的是 1950 年的朝鲜，三名朝鲜军人、两名韩国军人以及一名美国士兵偶然同时流落到一个未受战火波及的偏僻山村——东莫村，并在那里从对立到相识、交往、成为好友，最后为了保护村民共同作战的故事。影片中有一场经典的喜剧场面，是三名朝鲜军人与两名韩国军人在东莫村初次相遇的场景，很多人会有疑问：对峙的两方军人相遇，难道不应该是狭路相逢、冲突激烈吗？确实，在影片中，两方军人见面后马上持枪对峙，针锋相对，但是因为本片在人物关系设置上的巧妙，让原本火星撞地球一般的激烈情境变成轻松幽默的喜剧情境。在这一场中共有四组人物：

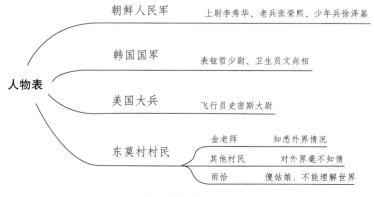

图 9-4　电影《欢迎来到东莫村》人物表

影片的四组人物中，前三组来自残酷的外部世界，东莫村村民被分为三类，其中金老师有接触外部世界的经历，他会说几句简单的英语，认识

图9-5　电影《欢迎来到东莫村》剧照

手雷、枪支这些凶器，其他村民则彻底与外部世界绝缘，雨恰因为智力原因对所有的一切都不知情。编剧在影片中设置了精妙的巧合，将朝鲜人民军、韩国国军、美国大兵齐聚到这个村子。朝鲜人民军与韩国国军持枪对峙，逼迫东莫村村民站到一起，举起手。在军人看来他们得到的正确回应应该是所有村民双手举过头顶，噤若寒蝉，但实际情况是只有金老师乖乖听话举起双手，大气不敢出一口，其他村民们只是感到好奇，丝毫不以为意，甚至议论纷纷，说出"枪只是一根铁棍子，手雷是上了色的土豆"之类的话，雨恰在旁边跑来跑去，甚至拔掉了手雷的保险，将两方对峙造成的紧张感完全消弭，引发了强烈的喜剧效果。

（四）情境三要素的关系

情境的三个构成要素：剧中人物活动的具体的时空环境，对人物发生影响的具体情况——事件，有定性的人物关系。它们在电影中并非相互独立，而是相互依赖、密不可分的。

如图9-6所示，只有当人物关系、事件和时空环境全部交叉重叠时，一个完整的情境才会诞生。单一要素无法构成情境，两种要素的组合也无法构成一个完整的情境。以下面这段话为例：

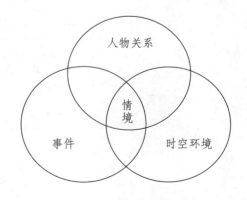

图9-6　时空环境、事件、人物关系构成情境图

见情势危急，不能和他在梯上多拼掌力，长剑向上疾刺，或击小腿，或削脚掌。向他背心疾刺数剑，招招势若暴风骤雨，但对方并不回头，听风辨器，一一挡开，便如背上长了眼睛一般。

这段文字描述的打斗场面精彩、激烈，但这一段话只提供了事件，观众不知道事件发生的时间、地点，更不知道事件的主人公是谁，不知道这场打斗因何而起，因此它不是一个完整的情境。

再来看下面这句话：

醒来一看，已经上午 10 点了，陈强顾不上洗漱，赶紧收拾东西出门。

这一句话有了时间，地点没有明说，很有可能是在家中。人物是陈强。事件是陈强起晚了，着急出门。看起来这一句话已经建构出一个完整的情境，但真的是这样吗？前文说过，真正的事件是能对人物内心产生影响的事件，能够对人物心理产生刺激，推动人物进一步行动的。很明显，"起晚了"这件事无法达到这个效果，真正让陈强顾不上洗漱出门的显然是藏在背后的深层次原因，因此目前这个情境缺乏真实的事件。我们把这句话修改一下：

醒来一看，已经上午 10 点了，陈强猛然想起原本今天 9 点开始的重要考试，顾不上洗漱，赶紧收拾东西出门。

经过修改后，陈强着急出门的深层次事件出现了，原来是睡过头错过了考试，这才是能够对陈强内心产生影响的核心事件，这句话也就成为一个真正完整的情境。

除了事件外，时间也非常重要，现在的时间是上午 10 点，假如陈强醒来的时间是晚上 10 点，他还会着急出门吗？显然不会。

通过以上两个例子能够发现，情境中占主要因素的是人物关系和事件，人物关系是依赖事件和时空环境而存在的，事件离开人物关系和时空环境是没有意义的，同时也不能忽略时空环境的作用，它能够赋予情境中的人物关系和事件更多的内涵，让情境的内涵更加丰富。

三、运动的情境

（一）情境是运动的

黑格尔在谈到绘画的本质时认为：

> 绘画不能像诗或音乐那样把一种情境、事件或动作表现为先后承续的变化，而是只能抓住某一顷刻。从此就可以见出一个简单的道理：情境或动作、动作的整体或精华必须通过这一顷刻表现出来，所以画家就须找到这样的一瞬间，其中正要过去的或正要到来的东西都凝聚在这一点上……因此，画家有能力使过去的残余一方面在消逝，一方面却在现实仍发生作用，而且同时也把未来表现为当前情境所必然产生的直接后果。[①]

那些富有故事性的绘画如达·芬奇的《最后的晚餐》、列宾的《意外归来》、路易·达维特的《贺拉斯三兄弟的盟誓》，虽然呈现出来的只是一瞬间，但"这类绘画作品的情境以及人物在具体情境中活动，确实具有戏剧的生动性。而这类绘画作品的情感表现力，也根植于情境的集中性、完满性"[②]。雕塑大师罗丹曾自豪地说："绘画和雕塑能做到和戏剧艺术相等的地步。"[③] 真的是这样吗？

绘画在表现情境的瞬间具有优势，但黑格尔说得很明白，绘画表现的只是一瞬间，而戏剧和音乐能够表现情境"先后承续"的关系。在戏剧、电影、电视等包含事件的艺术形式中情境是运动的，是"先后承续"的。黑格尔曾说："情境是本身未动的普遍的世界情况与本身包含着动作与反动作的具体动作这两端的中间阶段。所以情境兼具前后两端的性格，把我们从这一端引到

---

① 黑格尔：《美学》，朱光潜译，商务印书馆，2012，第 289 页。
② 谭霈生：《戏剧本体论》，中国戏剧出版社，2005，第 193 页。
③ 罗丹口述、葛塞尔笔记：《罗丹艺术论》，傅雷译，人民美术出版社，1978，第 42 页。

另一端。"① 这句话指的就是情境具有运动的特性。

保加利亚文艺理论家托多洛夫在提到叙事时认为："一个叙事单位中最小而且完整的情节指的是从一个平衡点到另一个平衡点的过渡变迁。"② 托多洛夫所说的"一个叙事单位中最小而且完整的情节"其实就是黑格尔所说的"本身未动的普遍的世界情况"的具体化，而"相反方向的动力因素"就是"反动作"，也就是从动作、反动作到恢复平衡的情境运动过程。

1. 剧本的"情境创作构造"

一部电影在开场时，编剧要安排一个具体的情境，毫无疑问，这个情境的时空环境、事件和人物关系是设定好的，在这个设定好的情境中，人物的平衡状态被打破，人物为了恢复平衡采取行动，人物的行动改变了人物关系，最初设定好的情境就此得到发展，新的情境产生，新的情境又导致人物新的行动，直到影片结束，一部电影正是在这样的过程中不断向前发展的。如下图所示：

情境平衡状态→平衡被打破→人物为了恢复平衡采取行动→新的情境

人物行动的产生受制于情境的刺激，情境的刺激作用于人物的心理，人物的心理外化为行动，谭霈生认为"行动的动机乃是人的内在生命运动在情境中的凝聚"。所谓"人的内在生命运动"指的是人物的个性，以下是谭霈生总结的人物行动逻辑模式：

在剧本的三级构造中，细节组成情节，完整的情节链条组成全剧的结构。其中，组成情节的细节来源之一就是人物的行动，尤其是人物具体的行动。例如在电影《甜蜜蜜》中，促使黎小军和李翘放下内心藩篱，面对自我真实情

---

① 黑格尔：《美学（第一册）》，朱光潜译，商务印书馆，1996，第 255 页。

② 转引自：汤姆·甘宁：《叙事情境与叙事者机制》，梅峰译，《理论研究》2012 年第 6 期，第 117 页。

感的标志是两个人在车水马龙的路边相拥而吻，这个行动就是细节。

在实际的剧本创作中，完整的剧本"情境创作构造"更为复杂，它一般包含六级构造：

$$情境 \longrightarrow 动机 \longrightarrow 行动 \longrightarrow 细节 \longrightarrow 情节 \longrightarrow 结构$$

不单是创作，剧本的六级"情境创作构造"还可以用来分析剧本，以检验剧本在具体细节、情节、人物等剧作元素的设计上是否合理，逻辑上是否经得住推敲等。

2. 总情境、分情境

总情境既是作品的开端，又是全剧情节的基础，所有的情节都是由总情境生发而来。如《甜蜜蜜》的开场是黎小军乘坐火车到达香港，下车后面对巨大人流，他小心翼翼地投入香港的怀抱。黎小军和李翘漂泊异乡，试图寻找一个幸福的港湾。奥斯卡经典电影《飞越疯人院》的开场是载着墨菲的汽车来到监狱，彼时日出还未到来，天边还有一丝阴暗，这似乎隐喻了全剧阴郁的情调，全剧情节始于此，墨菲来到精神病院是后面所有剧情的基础。

在剧本的开端、发展、高潮、结局每个单元内，伴随上一个单元的结束，下一个单元开启，事件变化，人物行动深入，新的情境必然出现，继而人物心理会发生变化，导致人物做出符合心理动机的行动，剧本细节相应产生，细节叠加成为情节，最终本单元结构形成。每个情节单元都能按照六级构造细分创作，每一个情节单元中产生的新情境被称为"分情境"。

情境在剧中有三种情况：①开场情境，又称为总情境；②剧中情境，又称为分情境，即在每个情节段落中出现的新的情境；③结尾情境。第三种情境出现时全剧已经结束，因此在电影中需要重点关注第一种和第二种情境。

那么，总情境是如何被打破，分情境是如何实现的呢？如何让情节在总情境之后越来越精彩？这些问题就涉及情境激化了。

（二）情境激化

托多洛夫在提到情节由一个平衡点向第二个平衡点过渡变迁时认为这个

过程并非平稳而过、一蹴而就的，在过渡的过程中会"受到来自相反方向的动力因素的扰乱驱动，新的平衡点重新被建构；第二次平衡点的出现类似于第一次，但是两者绝不会混淆"①。

　　在电影中，情节的第一个平衡点指的就是作品的第一个情境，当第一个情境"受到来自相反方向的动力因素的扰乱"时，情境的平衡状态被打破，由平板状情境转入冲突情境。谭霈生指出：要使潜伏的矛盾迅速爆发为冲突，剧作家需要在情境中提供一种特殊的条件，诸如突发的事件，等等。正是这种前提和条件，构成戏剧冲突展开的机缘。② 冲突爆发的过程，小说家在小说里可以娓娓道来，详细地铺垫，描写冲突酝酿的过程，但是在戏剧、电影等艺术中，限于篇幅、表现手段和欣赏者心理的差异，编剧需要尽量避免将大量笔墨用于矛盾酝酿的过程，而应在剧本的开头迅速将人物带入矛盾，激化情境，让冲突爆发。

　　造成情境激化的方式主要有内部激化和外部激化两种，具体如下图所示：

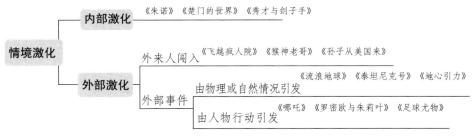

图 9-7　"情境激化"方式图

　　从图中能够看到，外部激化可以分为外来人闯入和外部事件，外部事件又可以分为由物理或自然情况引发的情境激化和由人物动作引发的情境激化。

　　1. 内部激化

　　内部激化是指由直接作用于人物心理的事件引发的情境激化。如黑色喜剧《秀才与刽子手》中，通过晚清政府取消酷刑与科举这个事件，沉迷于"杀"的刽子手马快刀和沉迷于"考试"的书生徐秀才被拉出各自的理想世界，

①　汤姆、甘宁:《叙事情境与叙事者机制》，梅峰译，《理论研究》2012 年第 6 期，第 117 页。
②　谭霈生:《戏剧艺术的特性》，上海文艺出版社，1985，第 101 页。

这才引发了后续一系列荒诞怪异的事件。

2009 年奥斯卡最佳改编剧本《朱诺》讲述的是中学生朱诺与男朋友偷尝禁果后意外怀孕，将孩子送给一对夫妇抚养的故事。作为中学生，朱诺的生活中原本就充满各种各样的困惑，意外怀孕这件事让她的生活发生了翻天覆地的变化，成了矛盾激化的事件，朱诺一下子从少年世界被拉入成年人的世界。从影片中观众能够看到朱诺一开始与成人世界的格格不入，她最初面对成人世界时惶恐不安，经历了一系列冲突后，她终于能平静应对，冷静思考，做出服从内心的决定。

2. 外部激化

外部激化可以分为两种：

（1）外来人闯入

在电影的开场，外来人员的闯入打破原本平衡的情境，造成情境的激化，进而矛盾冲突爆发。上文提到的《欢迎来到东莫村》，就是典型的由外来人闯入引起情境激化的电影。外来人的闯入之所以能够引起情境激化，是因为外来人的诉求与开场情境格格不入，进而与情境中的人发生冲突，导致矛盾激化。

影片《飞越疯人院》，讲述了正常人迈克·墨菲被送入疯人院，由于不愿意接受疯人院护士长的掌控，他向以护士长为代表的院方不断发起挑战，并试图逃离疯人院。最后，迈克·墨菲逃离失败，他被医院通过手术切除了大脑额叶。他的好朋友酋长不忍看到失去灵魂的迈克·墨菲以行尸走肉的方式生活下去，于是闷死墨菲，带着他的灵魂逃离了疯人院。在这部影片中，原本疯人院处于平衡的情境中，正常人迈克·墨菲作为外来人闯入了这个被以护士长为代表的院方"精确统治"的领地，崇尚自由的他拒绝接受护士长的"治疗"，当迈克·墨菲的诉求与院方发生矛盾时，迈克·墨菲选择了反抗，与护士长针锋相对。本片中外来人迈克·墨菲的闯入激化了疯人院原本平衡的情境，引发了全剧的冲突。

（2）外部事件

① 由物理或自然情况引发的情境激化

自然灾难或者物理灾难之所以能够成为艺术作品的重要选题来源，是因为自然的急剧变化能够对人类产生影响，对个人的心灵产生作用，进而推动人物关系的发展变化。

由詹姆斯·卡梅隆编剧并执导的经典灾难爱情电影《泰坦尼克号》中情境的激化就是由自然灾难引起的。电影中原本互不相识、分属两个阶层的杰克和露丝在泰坦尼克号上相识，感情逐渐升温，露丝决定下船后不再做被养在

鸟笼中的金丝雀，她要同富豪未婚夫卡尔解除婚约，与杰克一起去过自由的生活。没想到正常航行的巨轮不幸撞上冰山即将沉没，这场灾难为电影中矛盾冲突的进一

图9-8 电影《泰坦尼克号》剧照

步发展提供了动力。泰坦尼克号的不幸让卡尔与杰克、露丝的矛盾提前爆发。卡尔发现了杰克和露丝的秘密，他撕下了原本伪善的面具，甚至想要杀死杰克和露丝。最后，在生与死的边缘，杰克牺牲了自己，拯救了露丝，杰克的选择让两人的爱情超越了生命，也改变了露丝对爱的信仰。

同样作为灾难电影，2019年国内最高票房大片《流浪地球》中电影故事分为主线地球与副线领航员空间站两条线索。主人公刘启和韩朵朵偷偷溜到地表被逮捕，如果没有意外，他们会被遣回地下城。然而恰好遇到地球被木星引力捕捉，全球发动机停摆事件。这个突发事件让地球、人类的命运悬于一线，将刘启、韩朵朵、刘启外公韩子昂、救援队长王磊、科学家李一一等人的命运联系在一起，主线剧情在刘启、韩朵朵等人重启发动机，拯救地球中展开。副线领航员空间站上，刘培强中校为地球救援提供通信、信息支援，主线、副线相互纠缠。在拯救地球的过程中，我们看到剧中人物关系的转变、情感的转变，刘启目睹最爱的外公牺牲，他与父亲破裂的感情得到弥合，不相信希望的韩朵朵流着眼泪说出："希望是我们这个时代最宝贵的东西。"

② 由人物行动引发的情境激化

由人物行动引发的情境激化是由外部事件引发情境激化的另一种形式。在电影《哪吒之魔童降世》中，太乙真人奉命将灵珠托生于陈塘关李靖的儿子哪吒身上，然而由于粗心大意，误将被调包的魔丸注入哪吒体内。这就导致拥有一颗英雄之心的哪吒与其本身混世魔王的身份发生了强烈的冲突。在电影《罗密欧与朱丽叶》中，罗密欧与朱丽叶私定终身后，情境处于平衡状态。后来罗密欧为了给好友班伏里奥复仇，杀死了朱丽叶表兄提博尔特，被维罗纳城通缉，造成了情境的激化。

3. 多种情境激化方式的复合运用

影片是由一个总情境和多个分情境组成的，那不同情境的激化方式是否相同呢？以电影《欢迎来到东莫村》为例，看一下多个情境是如何被激化的，本片可以分为七个情境：

（1）开场时朝鲜人民军、韩国国军、美国大兵三条线索各自为政，每个人物组都有单独的情境；

（2）三个人物组在东莫村相遇，朝鲜人民军、韩国国军、美国大兵和东莫村村民四条情境线索汇为一条，各自的心理动机让朝鲜人民军和韩国国军持枪对峙，导致对峙情境出现；

（3）对峙情境以一颗手雷误炸粮仓结束，各方决定和平相处，帮助村民重建粮仓，但和平是表面的，实际上仍处于对峙状态；

（4）共同抵抗野猪的经历让所有人放下成见，成为朋友；

（5）美军空降兵到来，对峙情境再一次出现；

（6）大家得知东莫村即将被空袭，朝鲜人民军、韩国国军、美国大兵决定牺牲自己，为东莫村村民引开空袭；

（7）三位朝鲜人民军和两位韩国国军牺牲，东莫村村民得救。

以上七个情境中，（1）（2）（5）情境的激化为外来人闯入，情境（3）（4）（7）为人物行为造成的情境激化，第（6）场情境是由人物心理造成的情境激化。因此，一部电影中的多个情境，并不会运用单一的情境激化方式，而是在不同的情境中，选择适合本情境的，也可以将多种情境激化方式复合运用。